꽃아 꽃아
문 열어라

꽃아 꽃아 문 열어라

이윤기 우리 신화 에세이

열린원

나는 누구인가.
나는 어디에서 와서 어디로 가는가.

정미소 때문에 망한 놈

우리 시골집 앞에는 물매가 가파른 산이 있다. 높이는 200미터가 채 안된다. 그 산자락에서 6년째 살고 있는데도 불구하고, 20~30분이면 너끈히 될 터인데도 나는 아직도 그 산을 끝까지 올라가보지 못했다. 끝까지 올라가보지 못했지만 내게 그 산은 산삼 다섯 뿌리가 숨어 자라고 있는 아주 거룩한 산이다.

봄여름 해질녘이면, 논의 물꼬를 보러 올라왔던 마을 노인 몇 분과 내 집 뜰에 모여 앉아 막걸리를 마시고는 했다. 악동 시절부터 반세기 이상 그 마을에서 함께 살아온 분들이어서 모이면 여전히 악의 없이 아옹다옹했다.

그중에 박씨라는 분이 있었다. 3년 전에 작고한 분이다. 이분이 내 뜰에 앉아 그 산을 손가락질하면서 이런 이야기를 들려주었다.

"나 죽기 전에 저 산 한번 샅샅이 뒤지려고 해요. 내 나이 서른 살 무렵이오. 꿈에 산신령이 나타나 현몽하는데…… 산신령 모습 말이오? TV 드라마에 나오는 산신령과 똑같아요. 하여튼 그 산신령이 나에게 이러는 거요.

'노구메 지어 치성하고 내일 저 산에 오르거라. 내가 산삼 다섯 뿌리를 마련해놓으마.'

노구메가 무엇이냐고요? 식구들 먹으려고 짓는 밥이 아니고, 조상이나 산신께 치성 드리려고 짓는 밥이오. 하여튼 그 다음 날 아침 나락 한 소쿠리 퍼내어 찧고, 그 쌀 헐어 노구메를 정갈하게 지었지요. 물론 목욕재계하고 정성껏 치성을 드렸고요. 그러고는 마을 사람들 모르게 산에 올랐는데, 아무리 찾아도 산삼이 없어요. 빈손으로 내려왔지요. 그러니까 이선생, 혹 저 산에서 산삼을 본다고 하더라도 그건 이선생 것이 아니오. 40년 전에 놓친 내 산삼인 것이니 그리 아시도록."

박씨의 이야기가 시작될 때부터 옆에서 실실 웃고 있던 조씨가 껴들었다.

"박가 이놈, 40년 전에 노루 때린 작대기, 또 울궈먹는다! 그게 노루를 잡은 작대기던가? 잡을 '뻔' 한 작대기지? 이선생, 이 박가 놈이 어째서 산삼을 못 찾아내었는지 아시오? 아, 산신령이 노구메 지어 치성 드리라면 마땅히 나락을 퍼내어 디딜방아에다 정성스럽게 찧어야 할 것이 아니오? 그런데 박가 이놈은 어떻게 한 줄 아시오?"

내가 알 턱이 있나. 조씨의 말은 계속된다.

"나락을 퍼내어 디딜방아에다 찧은 것이 아니라 정미소로 들고 튀었대요. 이게 무슨 정성이고, 이게 무슨 치성이오? 박가 이놈, 산신령 현몽을 얻고도 정미소 때문에 망한 놈이오."

2000년 한 해, 「문화일보」에 서양의 고대 신화 에세이를 연재했다. 가까이 있는 우리 신화는 거들떠보지도 않고 먼 데 있는 서양 신화만 들고 판다는 질책을 많이 받았다. 2001년 2월 같은 신문에 '작가 이윤기의 한국 신화 기행'의 연재를 시작했다. 공교롭게도 '정미소 때문에 망한 놈'은 연재를 시작한 지 두어 달 뒤에 들은 이야기다. 그때 생각했다. 노구메 지을 나락을 디딜방아에다 찧을 것이냐, 정미소에 가서 찧을 것이냐.

신화의 해석이나 분석은 자제하고 되도록이면 쉽게 읽힐 수 있게 쓰고자 했다. 나는 이 때문에 신화를 '의도적으로 말랑말랑하게' 쓴다는 비난을 받고는 한다. 하지만 다시 꼼꼼히 읽어보니 말랑말랑하지 못한 대목이 더러 눈에 띄어 마음이 말랑말랑하지 못하다. 『삼국유사』를 비롯한 옛 신화 책들을 처음부터 끝까지 두루 다루지 못한 것도 마음에 걸린다. 『삼국유사』의 경우, 두루 다루자면 불교 쪽으로 너무 치우칠 우려가 있어서 조심스러웠다.

우선 일간신문과 계간잡지에 연재했던 것만으로 책 한 권을 꾸리다.

높지는 않지만 나름대로 거룩한 우리 집 앞산에 발 들여놓기가 늘 망설여진다. 우리 신화의 세계도 그렇다. 우리 집 앞 작은 산, 나는 오르지 않지만 아내는 더러 오른다. 아내가 풀잎 같은 것을 따들고 내려와, 이거 산삼 아냐, 하고 물을 때면 나는 깜짝깜짝 놀라고는 한다.

차례

일연 스님을
찾아서

참회하는 심정으로 쓴다. 이것은 나 개인의 자괴^{自愧}이기도 하고 우리 모두가 살아온 시대의 서글픈 내력이기도 하다.

나는 경상북도 군위군 우보면에서 태어나 열한 살 될 때까지 그곳에서 살았다. 고향에는 우리 형제들의 생가가 있고, 생가에서 100여 미터 떨어진 곳에는 조부모와 부모를 모신 선산^{先山}이 있다. 선산에는 우리 형제들 묻힐 자리도 마련되어 있다. 내 경우는 아직 작정이 되어 있지 않지만 형님들은 아마 거기에 묻힐 것이다. 한 분이 벌써 거기 묻혀 계신다. 오랜 세월 지나지 않아, 조부모와 부모가 그랬듯이 우리 형제들도 무덤과 이야기로만 남았다가 세월 더 지나면 그나마 훼멸될 것이다. 앞질러 말하기 쓸쓸하지만 언필칭, 적멸^{寂滅}이 문밖에 와 있다.

마을에 택호를 '화북댁'으로 쓰는 집안이 있었다. 그 집 형제들이 우보초등학교를 나와 함께 다녔는데 상급생도 있고 하급생도 있었다. 그

15

들은, 외가 '고로면 화북동' 이야기를 자주 했다. 외가에서 큰일을 치르느라고 며칠씩 다녀올 때마다 나에게 '어마어마하게 큰 절' 이야기를 했었다. 지금도 내 기억에는, '군위군 고로면 화북동'에서 시집온 '화북댁' 및 그 아들들과, 거기에 있다는 '어마어마하게 큰 절' 이야기가 선명하게 남아 있다.

학교를 차례로 다니면서, 『삼국사기』는 김부식, 『삼국유사』는 일연 스님, 하는 식으로 달달 외기만 했다. 서른 살이 다 된 다음에야 두 사서의 엉성한 번역본을 처음 읽었다. 비록 서양 것들이기는 하지만 신화에 관심을 가지고 있던 참이라 『삼국사기』보다는 『삼국유사』가 좋았다. 그래서 『삼국유사』를 여러 차례 읽었다.

준비되지 않으면 읽어도 보이지 않고 들어도 들리지 않는 모양인가? 나는 여러 차례 듣거나 읽었을 텐데도 근 쉰 살이 다 되어서야, 『삼국유사』가 쓰어진 곳이 내 고향 군위군의 인각사麟角寺라는 것, 인각사가 '화북댁' 형제들의 외가가 있는 '군위군 고로면 화북동'에 있다는 것, 그 집 형제들이 '어마어마하게 큰 절'이라고 부르던 절이 바로 인각사라는 것을 알았다.

부끄럽고 억울한 일이다. 고대 그리스의 서사 시인 호메로스의 고향 터키의 이즈미르까지 찾아다닌 나에게 그것은 참으로 부끄럽고도 억울한 일이다.

인각사는 내가 다니던 우보초등학교에서 겨우 16킬로미터밖에 떨어져 있지 않다. 하지만 나는 초등학교 다닐 당시(4학년까지), 40리밖에 안 떨어진 화북에 있다는 절이 인각사라는 말은 들어본 적이 없다. 바로 그 절이 일연 스님이 주석駐錫하던 절, 『삼국유사』의 산실이라는 소리는 더더욱 들어본 적이 없다.

하지만 내 고향 인각사의 내력을 안 뒤에도, 서양 신화에 발목이 잡힌 나머지 나는 오래 그 절을 찾아가지 못했다. 카메라를 메고 가야 할지 향촉香燭을 짊어지고 가야 할지 몰라 오래 망설이다 21세기를 맞고서야 인각사를 찾았다. 대구의 시인 이하석이 '민족 사학이 태동한 성지聖地'라고 부른 바로 그 인각사를 찾았다. 대찰을 본 적이 없는 화북댁의 아들들이 '어마어마하게 큰 절'이라고 하던 그 인각사를 처음 보았다.

큰 절은 아니었다. 일주문도 없고, 본당이라고 할 수 있는 극락전은 작고 초라했다. 극락전 앞에는 일연 스님의 유골을 모신 부도浮屠가 서 있었다. 극락전, 강설루, 명부전도 짜임새 없이 흩어져 있었다. 인각사를 찾았던 답사자들은 입을 모아 '언제 가봐도 황량하고 찬바람이 돈다'든지, '소중한 유산을 우리에게 물려준 일연 스님에 대한 이 시대의 대접이 지나치게 소홀하다'고 쓴다. 이하석은 심지어 '버려진 성지'라는 말을 쓰기도 한다. 하지만 절의 뜻이 어찌 그 크기에 있을까. 내가, 지척에 두고도, 오래 알아보지 못한 인각사는 큰 절이다. 오늘날의 『삼국유사』를 있게 한 절이라서 큰 절, 크게 기억해야 할 절인 것이다.

한국문화유산답사회가 펴낸 『답사여행의 길잡이』(8권)는 인각사를 답사하면서 『삼국유사』에 대해 이렇게 쓰고 있다.

『삼국유사』는…… 우리 고대사 연구뿐만 아니라 지리 문학 종교 미술 민속 등 문화 전반에 관한 정보를 캐내는 데 없어서는 안 될 금광과도 같은 책이다. 만일 『삼국유사』가 없다면 우리의 고대사는 어떤 모습일까? 우선 우리는 민족사의 첫머리에서 단군 신화를 지워야 할 것이다. 그래서 건국 신화를 갖지 못한 허전함을 감내해야만 할 것이다. 다음으로는 향가 14수를 잃어야 하리라. 그리하여 노래가 없고 서정이 사라진 건조한 고대사를 아쉬워해야 하리라. 그 밖에 그 속에 담긴 수많은 신화 전설 설화가 스러져 우리 선조들의 생활과 사유는 물론 우리 꿈까지도 길어 올리던 샘이 말라버릴 것이다. 실로『삼국유사』없는 우리의 고대사는 상상할 수조차 없는 일이리라.

『삼국유사』와는 달리,『삼국사기』는 김부식이 고려 인종의 명을 받아 편찬한 역사서다. 신라 백제 고구려, 이 3국의 역사를 개국부터 멸망까지 기전체紀傳體로 기록한 역사서라서, 설화나 풍습 쪽으로는 전혀 고개가 돌아가 있지 않다.

『삼국유사』는 그보다 140년 뒤인 1285년에 일연 스님이 지은 유사遺事, 즉 '전해지는 이야기' 책이다.『삼국사기』와는 달리, 고대국가와 3국의 사적史蹟을 간략하게 적되, 대부분을 신화 전설 설화 시가에 할애함으로써 우리 민족이 살아온 삶의 결을 엿볼 수 있게 하는 책이 바로『삼국유사』다.

인각사에 남아 있는 일연 스님 부도비의 정식 명칭은 보각국존비普覺國尊碑다. 스님이 세상 떠난 지 6년 뒤 부도비가 세워질 때는 충렬왕 당대의 학자 민지閔漬가 글을 짓고, 진나라의 명필 왕희지의 글씨를 집자集字해서 비문을 새겼다고 한다.

지금은 벙어리장갑 모양의 파편이 남아 있을 뿐이다. 다행히도 옛 탁본의 사본이 비각 안에 걸려 있다. 한 탁본의, 1701년에 씌어진 서문에 따르면, 임진년 전란 때 섬 오랑캐들이 이 비를 보고 '왕희지의 참 자취를 여기에서 다시 보는구나' 하고 감탄하면서 다투어 탁본을 뜬 것으로 되어 있다. 이 서문은, 때가 마침 겨울이라 불을 놓고 찍어내다가 왜인들이 비를 쓰러뜨려 깨뜨렸다면서 '섬나라 오랑캐들 횡포가 어찌 이리 심한가' 하고 한탄하고 있다.

이 비문에는 일연 스님이 쓴 100여 권의 저서 이름이 낱낱이 기록되어 있다. 그러나 『삼국유사』는 기록되어 있지 않다. 이것은 당대 유생이었던 민지가 『삼국사기』를 의식했거나, 스님의 기록을 심심소일로 희작戱作한 확인될 수 없는 일사유문逸事遺文으로 여겨 고의로 넣지 않았을 가능성이 있다.

하지만 육당六堂 최남선崔南善이 다음과 같이 쓴 데는 까닭이 있다.

　『삼국사기』와 『삼국유사』 중에서 하나를 택하여야 될 경우를 가정한다면 나는 서슴지 않고 후자를 택할 것이다.

일연 스님은 만년에 국존國尊으로 책봉되고 여러 차례 왕의 부름을 받았으나 끝내 뿌리치고 귀향하여 늙으신 어머니를 모셨으며 그 어머니가 가신 뒤에는 인각사를 지키다 입적했다. 그가 『삼국유사』를 쓰기 시작한 것은 1281년으로 추정되는데, 이 시기는 그가 『게송잡저偈頌雜著』 등 100여 권의 불서佛書를 편찬, 저술한 뒤의 일이다. 일연 스님에게 고려의 신화 설화 시가 등의 유사는 사기史記로써는 도달할 수 없는, 마침내 돌아가야 할 어머니의 품 안 같은 것이 아니었을까?

추운 겨울날, 나는 인각사에 한동안 머물다 거기에서 불과 40리 떨어진 내 고향의 어머니 무덤 앞으로 달려가, 허연 머리를 조아렸다.

나는 군위군 인각사에서 내 어머니 품 안 같은 우리 신화의 세계를 열고자 한다.

* 인각사의 모습은, 이 글이 신문에 연재되기 시작했을 때 그렸다는 뜻이다. 보각국사비는 뒷날 복원되었고 2006년 11월에는 인각사에서 뜻 깊은 제막식이 열렸다. 이 비석의 4천 50자의 비문에는 일연 스님의 생애가 고스란히 새겨져 있다.

사랑하면 알고
알면 보이나니

연전에 환경운동연합과 문화연대 관련자들에 묻어 그리스, 터키 및 이집트를 답사한 적이 있다. '문화 운동에 대한 종사자들 눈높이 돋우기'가 목적이라고 했다. 한가한 여행이 아니고 답사 일정이 매우 가팔라 그 자체가 격렬한 육체 노동 또는 몸풀기 운동이기도 했다.

문화에 대한 눈높이 돋우는 역할을 주로 맡은 이는 『나의 문화유산답사기』로 유명한 한국 미술사가美術史家 유홍준 교수(영남대)였다. 서양 미술사에 대한 그의 안목도 한국 미술사에 못지않게 넓고도 깊어 보였다. 그는 『나의 문화유산답사기』를 통해 독자들의 눈을 열어줌으로써, '아는 것만큼 더 보이게' 만들고, 본 만큼 더 알게 만든 장본인이다. 그의 주장에 따르면 '사랑하면 알게 되고 알면 보이나니 그때 보이는 것은 전과 같지 않다'. 그는 관심과 사랑으로써 '말하지 않는 것과의 대화'를 가능하게 한 인물이기도 하다.

문화유산답사기라는 것을 그가 처음으로 쓴 것은 아니다. 하지만 그처럼 친절하고 자상한 문화유산답사기 저자를 우리가 보유한 적이 있었던가 싶다. 우리가 그를 통하여 말없는 문화유산 앞에서 매우 수다스러워질 수 있게 되었다는 뜻에서 나는 그의 출현을 문화사적 사건이라고 생각한다. 그의 출현으로 우리는 말없는 문화유산을 느끼는 데 그치지 않고 설명까지도 시도할 수 있게 되었다.

그와, 서양 미술의 고향이라고 할 수 있는 그리스, 그리스 미술의 원적原籍이라고 할 수 있는 이집트 답사를 동행하면서 나는 그의 방대한 '인류 문화유산답사기'를 한편으로는 희망하고 한편으로는 예감했다. 나는 그의 일거수일투족을 유심히 관찰했는데 그것은, 그리스와 이집트를 답사하고 다니던 그때가 바로 내가 우리 신화로의 귀향을 위해 이 원고를 준비하고 있던 시점이었기 때문이다. 나는 우리 신화에 대해 '사랑하면 알게 되고 알면 보이나니 그때 보이는 것은 전과 같지 않다'는 그의 명제를 원용하자는 착상을 떠올렸다. '말하지 않는 것과의 대화'를 가능케 한 그의 방법을 빌려, 나는 '말 그 자체'인 우리 신화에 대한 관심과 사랑을 환기시키고자 했다.

무관심은 증오보다도 유독하다고 나는 생각한다. 그래서 나는, 혹시 우리 신화는 극심한 애정 결핍증을 앓아온 것은 아니었던가, 하고 물어본다.

　무속巫俗의 현장은 '본*풀이'로부터 시작된다. 본풀이는 제물을 흠향할 대상신對象神의 내려과 일대기를 말로 풀어내는 일이다. 우리 삶의 현장도 우리의 근본을 푸는 '본풀이'로 시작되어야 마땅하다. 우리의 본은 우리의 바탕자리다. '본풀이', 할 때의 '본'은 관향貫鄕을 뜻하는 '본관本貫'의 '본'보다 까마득히 높은 데 존재한다. 우리의 근본을 푸는 '본풀이', 이것이 곧 우리 신화다. 나는 우리 신화, 우리 본이 의례로 풀리는 '본풀이'의 은밀한 현장을 알고 있다. 신화는 원래 의례와 동행한다.

　지난해 10월에는 충청도 옥천의 한 절이 그 의례의 현장이 되었다. 해마다 10월에 베풀어지는 단군제는 1970년대 초 베트남에서 사귄 내 친구 지승智勝 스님이 근 30년 전에 시작한 제사다. 단군 성조檀君聖祖의 자손 된 몸으로서 마땅히 관심과 사랑을 기울여야 한다며 지승 스님은 단군제를 시작한 것이다.

　이날이 되면 지승 스님은 손수 지방紙榜을 '국조단군왕검신위國祖檀君王儉神位'로 써 붙이고 제사를 모신다. '만남의 의례'라고 이름 지어진 대목에 이르면 스님 자신이 환웅桓雄 할배가 되어 곰과 호랑이를 상징하는 한 여성에게 쑥 한 다발과 마늘 스무 개씩 나누어주는 의례를 재현한다. '국조 단군왕검신위' 앞에 절할 사람은 해도 좋고, 하고 싶지 않은 사람은 하지 않아도 좋다.

단군제 통문通文이 돌면 나는 행복해진다. 시월상달의, 날 좋고 달 좋고, 춥지도 덥지도 않은 그날을 맞으면, 호젓한 산중에 여남은 명 친구들이 모여 본풀로 밤을 지새운다. 우리는 이날이 되면 '지금 여기'와 '아득한 그때' 사이에 가로놓인 긴긴 시간이 소거되는 아뜩한 느낌을 체감하면서, 하루쯤 사회에 대한 모든 권리와 의무에서 해방되어 산대나무처럼 홀가분하게 바람에 한 번쯤 쏼쏼 나부끼는 호사의 자유를 덤으로 누린다. 이 자유에 절도 있는 범위 안에서 누려야 한다는 단서가 붙어 있는 것은 아니지만 절도는 흐트러져본 적이 없는 만큼 교단敎團이 이를 시비하는 일은 아주 없었으면 한다.

나는 단군 숭모崇慕 단체의 단군제보다 한 스님이 차리는 단군제를, 단군 신화에 바쳐지는 조촐한 관심과 사랑을 더 좋아한다. 나는 절에서도 절을 하지 않고 교회에서도 무릎을 꿇지 않는다. 하지만 단군제에 가면 사배四拜하는 것을 거절하지 않는다. 따지기 좋아하는 사람들은, 단군이 실존인물로 증명된 분이냐고 묻는다. 그가 실존인물이 아니라면 제사는 무엇이고 절은 또 무엇이냐고 묻기도 한다.

단군은 실존인물이 아니었는지도 모른다. 그러나 단군 신화는 『삼국유사』에, 『제왕운기』에 실재한다. 그리스의 아테나 여신은 실존하던 여신이 아니었는지도 모른다. 그러나 여신에게 바쳐진 파르테논 신전은 그리스 수도 아테네에 실재한다. 나는 이러한 실재를 '신화적 실재'라고 부른다. 나는 그 신화적 실재에, 지승 스님이 단군 신화에 기울이는 관심과 사랑에 절하는 것이다.

공자님의 괴력난신怪力亂神

그리스·로마 신화에 견주어도 그렇고, 힌두 신화나 유럽의 신화에 견주어도 그렇다. 우리 신화는 그 수가 많지 않고 체계화되어 있지도 않아서 빈약하고 어수선하다는 인상을 준다. 하지만 처음부터 그랬던 것 같지는 않다. 우리 신화가 우리 문헌에 기록되는 시기는 합리적이고 현실적인 유교가 우리 삶에 깊숙이 침윤하고 있던 시절인데, 불행히도 이때는 비현실적이고 비합리적인 신화가 거의 소독消毒당하다시피 하던 시절이었다. 유교 경전의 하나인 『논어』의 「술이述而」편은 공자님이 '괴이한 것과 힘센 것과 변란과 귀신에 대해서는 말씀하시지 않았다^{子不語怪力亂神}'고 전하고 있다. 「옹야^{雍也}」편도, 앎이 무엇이냐는 제자 번지^{樊遲}의 물음에 공자님이 '귀신을 공경하면서도 멀리하면 안다고 할 수 있겠다^{敬鬼神而遠之}'고 말한 것으로 전한다. 신화가 껴들 자리가 없다.

경북 군위군 인각사에 남아 있는 일연 스님 부도 비문에 일연 스님이 쓴 100여 권의 저서 이름이 낱낱이 기록되어 있으면서도 정작 가장 중요한 『삼국유사』가 빠져 있는 것도, 비문을 지은 민지가 당대 유생이었기 때문일 것이다. 그는 『삼국사기』를 의식했거나, 스님의 기록을 공자님 뜻을 거스른 희작으로 여겨 고의로 넣지 않았을 가능성이 있다. 민지보다 세 세대 이전 학자에 속하는 이규보는 『동국이상국집^{東國李相國集}』 「동명왕^{東明王}」 편 서문에다 당시의 분위기를 공공연히 밝히고 있기도 하다.

세상에 동명왕에 대한 황당한 이야기가 떠돈다…… 나 일찍이 이를 듣고 웃으며, 공자님도 괴력난신을 말씀하시지 않았는데다, 동명왕 얘기는 하도 황당하여 나 같은 유생은 감히 입에 올릴 바가 아니라고 했다.

우리 신화는, 그러나, 소독당하지 않았다. 우리 신화는 문헌에 남아 있고, 구비전설에 살아남아 있고 무가^{巫歌}에 살아남아 있다. 살아남은 것에는 살아남은 이유가 있다. 이제부터 우리 '본풀이'의 내력과, 신화가 살아남은 까닭을 찾아 먼 길을 떠난다. 본풀이다.

* 당시 영남대 교수였던 유홍준은 2007년 현재 문화재청장으로 재직중이다.

아버지 찾아
3만 리

나는 땅이 매우 척박한 시골 마을에서 태어났다. 어느 정도로 후미진 시골 마을이었는지 밝혀둘 필요가 있을 것 같다. 기차와 버스는 초등학교 들어가기 전 해, 4킬로미터 떨어진 면 소재지로 우두 예방주사 맞으러 가서 처음 보았다. 마을에서 학교까지 가는 길은 두 개가 있었다. 그중 하나는 자전거나 우마차가 다닐 만한, 그러나 신작로라고 부르기에는 너무 비좁은 길, 또 하나는 소삽한 논틀밭틀을 지나고, 골짜기 석비레 사이로 난 자드락길을 올라 큰 소나무 밑으로 서낭당이 차려진 고개를 넘고, 조그만 이웃 마을을 지나고, 다시 큰 고개를 하나 넘어야 학교 뒤의 교장 사택에 이르는 에움길이었다. 신작로를 이용하면 학교까지의 거리는 4킬로미터, 산길로는 3킬로미터였다. 우리 마을 아이들은 주로 산길로 다녔다.

　내 나이 예닐곱 살 때, 마을에는 스물네 채의 집이 있었다. 기와집은 한 채밖에 없고, 나머지는 모두 초가였다. 우리 집도 물론 초가였다. 그렇게 척박한 시골인데도 정월 대보름에는 축제가 열렸다. '축제'라고는 불리지 않았다. 무엇이라고 불리었는지는 잊었다. 어른의 축제가 아닌, 청소년들의 축제였다. 나는, 당시 각각 아홉 살 열다섯 살이던 형님들이 그 축제 중 연극에 출연했던 것을 또렷하게 기억한다. 비교적 큰 집 마루가 무대였고 마당이 관중석이었다. 홑이불이 커튼 노릇을 했다. 배경음악도 있었던 것 같다. 당시에는 우리 집에만 유성기가 있었다. 제목이 '유리 태자'였던, 그 연극의 내용과 장면장면을 나는 아직까지도 기억한다.

홀어머니와 사는 한 사내아이가 있다. 아이의 이름은 '유리'다. 유리는 팔매질을 잘한다. 한번은 참새를 겨누고 팔매질을 하는데 겨냥이 빗나가 밤돌이 그만 물을 이고 오던 아낙의 물동이를 맞히고 만다. 물동이에는 구멍이 나고 물이 쏟아져 내린다. 아낙이 유리를 향해 한마디 던진다.

"아비 없이 자란 자식이라 어쩔 수가 없구나."

팔매질의 선수였던 유리는 그 말은 짐짓 못 들은 척하고 이번에는 진흙을 집어 들고 재빨리 다진 다음에 물동이에 난 구멍을 향해 던진다. 구멍은 메워지고 물은 더 이상 새지 않는다. 짐짓 밝은 얼굴을 하고 유리가 아낙에게 말한다.

"이제 되었지요?"

물벼락을 맞아 옷을 흠뻑 적신 아낙은 눈을 흘기며 지나간다. 아낙이 지나가는 순간 유리의 눈에서는 불길이 인다. 한동안 사방과 위아래로 그런 눈길을 던지던 유리가 집으로 돌아가 어머니에게 묻는다.

"어머니, 저의 아버지는 누구입니까?"

"너에게는 아버지가 없다."

어머니의 대답에 유리는 단검을 뽑아 들고 제 목을 겨누면서 내뱉는다.

"근본이 없는 제가 살아서 무엇 하겠습니까? 오늘 '아비 없이 자란 자식'이라는 소리를 들었습니다. 더 이상은 그런 소리를 듣지 못하겠습니다."

어머니는 그제서야, 유리를 어머니 뱃속에 남기고 떠난 아버지의 내력을 말하고, 그 아버지가 일찍이 떠나면서 감추어둔 신표^{信標}를 찾아내면 능히 아버지를 찾아갈 수 있다는 이야기를 들려준다. 유리는 신고만난 끝에, 아버지가 감추어둔 칼도막을 찾아 들고 길을 떠난다. 험한 여행의 도정에서 유리는 이런 노래를 부른다.

저 산 너머 새파란 하늘 아래엔

그리운 아버님이 계시련마는

천리만리 먼 땅에 떠난 이 몸은

아버님 생각에 눈물지누나

유리는 길고 험한 여행 끝에 아버지 주몽과 해후한다. 하지만 '해피엔딩' 하는 장면은 내 기억에 남아 있지 않다. 당시 상연된 연극의 극본 같은 것은 남아 있지 않다. 오로지 내 기억에만 의존해서 재구성한 것이 위에서 내가 한 이야기 내용이다. 유리가 위의 노래를 부르는 장면에서 관중석인 마당은 물론이고 무대였던 대청마루까지 눈물바다가 되었던 것은 또렷하게 기억한다. 내 아버지가 내가 첫돌 지나던 해 돌아가셨으니, 기억에도 남아 있지 않은 아버지를 생각하면서 나 역시 울었던 것 같다. 형님들도 그랬을 것이다. 어머니는, 무대에서 울고 마당에서 우는 아들들을 보면서, 세상 떠난 아버지 생각에 울었을 것이다.

그러고는 이 일을 까맣게 잊었다.

고등학교 들어간 해, 새로 사귄 한 친구가 동요를 부르다 그만 울음을 터뜨리고 마는 것을 본 적이 있다. 내 친구는 유복한 집안에서 자란 아

이였다. 자애로운 어머니는 의사, 자상한 아버지는 교수였다. 그런 아이에게 무슨 설움이 있을까 싶었다. 친구가, 부르다 말고 울음을 터뜨리던 노래가 유리가 부르던 바로 그 노래였다. 나는 연극 '유리 태자'의 삽입곡이 꽤 유명한 동요라는 것을 그때 처음 알았다. 나도 눈시울을 붉혔던 것으로 기억한다.

저 산 너머 새파란 하늘 아래엔

그리운 내 고향이 있으련마는

천리만리 먼 땅에 떠난 이 몸은

고향 생각 그리워 눈물지누나

나는 다른 친구를 통해, 내 친구가 울음을 터뜨린 까닭을 알았다. 세상 떠난 친어머니가 아들과 손을 잡고 자주 부르던 애창곡이었다고 했다. 내 친구는 친어머니가 세상 떠났다는 이야기, 당시의 어머니가 계모라는 이야기를 나에게 한 적이 없다. 얼마 전에는 계모마저 세상을 떴다. 나는 세상 떠나신 어머니가 그의 계모라는 사실을 알고 있다. 그러나 내가 알고 있다는 것을 그는 모른다. 그 친구, 예전부터 슬픔을 어떻게든 잘 감추는 아이였다.

나와 그 친구에게 이 노래에 대한 추억은 신화의 영역을 기웃거린다. 나나 그 친구나 어떤 의미에서는 '상실'을 가슴 아파하는 '유리'였다.

내 나이 스무 살이 거진 되어서야 '유리 태자' 이야기가 고구려의 시조인 동명성왕 고주몽 신화를 노래한 이규보의 『동국이상국집』에 실려 전해지는 꽤 족보 있는 이야기라는 것을 알았다. 이때부터 나는, 대구로 나앉으면서 그토록 부끄러워하던 내 고향 마을을 비로소 자랑스럽게 여기기 시작했다.

상상해보라. 20호 남짓한 시골 마을의 초등·중등학교 학생들이 정월 대보름날 밤에 『동국이상국집』에 나오는 '유리 태자' 이야기를 유치하게나마 각색하여 무대에 올리는 문화를 상상해보라.

연극에서 유난히 빛나는 대사는 한동안 마을의 유행어가 되기도 했다. 그런 문화적 배경 덕분에 나는 동요 배울 나이가 되기도 전에 연극에 삽입된 노래를 여러 곡 배웠다.

내가, '나는 누구인가', '나는 어디에서 와서 어디로 가는가', 이런 의문을 제기한 것은 그 직후의 일이다. 하지만 내 속에서 일어난 질문은 나라고 하는 존재에 대한 생물학적 질문이 아니었다. 그것은, 나라고 하는 생물에 대한 존재론적 질문이었다. 그러나 나는 내가 제기한 질문을 오래 붙잡고 있지 못했다. 한동안은 세상과 더불어 분주했다.

서양의 신화를 읽기 시작한 것은 그로부터 세월이 5년쯤 더 지나 내가 20대 후반이 되었을 때의 일이다.

당시 나는 잡지사의 기자였다. 잡지사 편집실에는 책이 많았다. 우리말로 된 책, 일본어로 된 책, 영어로 된 책이 골고루 있었다. 신화와 관련된 책은 주로 일본 책이었다. '유리 태자'를 기억하고 있는 청년에게 다음과 같은 '파에톤 이야기', '테세우스 이야기'가 어떤 충격을 안겼을 것인지 상상해보기 바란다.

50여 년 전, 경상북도의 한 시골 마을에서 여남은 살 안팎의 아이들이 무대에 올린 '유리 태자'는 결국 '파에톤 이야기'이기도 했고 '테세우스 이야기'이기도 했던 것이다. 결국 우리는 고구려의 유리왕 이야기를 하면서도 실제로는 에티오피아의 '파에톤 이야기', 그리스의 '테세우스 이야기'를 아울러 하고 있었던 셈이 아닌가? '유리 태자'와 뼈대를 견주면서 세계적으로 유명한 이 영웅 신화를 읽어보기 바란다.

태양신의 아들 파에톤은 에파포스와 나이나 기질이 비슷했다. 어느 날 파에톤은, 족보를 자랑하는 에파포스에게 지기 싫어, 자기가 태양신의 아들이라는 자랑을 내어놓았다. 그러자 에파포스가 말했다.

"멍텅구리같이, 너는 네 어머니 말을 고스란히 믿는구나. 네 아버지도 아닌 분을 네 아버지라고 우기고 있으니 한심한 일이다."

파에톤은 얼굴을 붉혔다. 너무 부끄러워 차마 화를 내지 못한 파에톤은 집으로 돌아와 어머니 클뤼메네에게 말했다.

"어머니, 정말 견딜 수 없습니다. 저는 태양신의 아들이라고 큰소리를 쳐놓고도 말대답을 못하고 왔습니다. 부끄럽습니다. 이런 모욕을 당했다는 게 부끄럽고, 말대답을 할 수 없었다는 게 창피합니다. 어머니, 제가 만일 신의 아들이라면 신의 아들이라는 증거를 보여주십시오. 그래야 태양신의 아들로서 천계에서도 장차 제 권리를 누릴 수 있을 것이 아니겠습니까?"

이렇게 말한 파에톤은 어머니의 목을 끌어안으며, 자신의 머리, 의부 메로프스의 머리, 혼인을 앞둔 의붓누이의 행복에 걸고, 친아버지가 누구인지 밝혀줄 것을 요구했다.

아들 파에톤의 말에 마음이 움직였기 때문인지 아니면 아들에 대한 모욕을 자신에 대한 모욕으로 여기고 화가 나서 그랬는지, 어쨌든 어머니 클뤼메네는 벌떡 일어났다. 그러고는 하늘을 향해 두 팔을 벌리고 작열하는 태양을 우러러보며 이렇게 외쳤다.

"나를 내려다보고 계시고, 내 말을 듣고 계시는, 찬연히 빛나는 저 태양에 걸고 맹세하거니와, 너는 네가 우러러보고 있는 태양, 온 세상을 밝히는 태양신의 아들이다. 만일 내 말이 거짓이면 저분이 내 눈을 앗아가실 것인즉, 내가 세상을 보는 것도 오늘이 마지막이 될 것이다. 그러니 네 아버지를 찾아가거라. 네 아버지 처소로 가는 일은 어렵지도 않고, 그 길이 그리 먼 것도 아니다. 우리 땅의 경계, 그분이 솟아오르시는 곳, 그곳이 네 아버지이신 그분이 계시는 곳이다."

어머니의 말을 들은 파에톤은 곧 길을 떠났다. 그의 가슴은 하늘나라에 대한 생각으로 잔뜩 부풀어 있었다. 그는 고향 에티오피아 땅을 떠나, 작열하는 태양에서 가까운 인도 땅을 지났다. 그러고는 아버지 태양이 솟아오르는 곳으로 다가갔다.

—오비디우스의 『변신 이야기』 중에서

테세우스는 아테나이의 왕과 트로이젠의 공주 사이에서 태어난 아들이다. 테세우스는 외가인 트로이젠에서 자라나 장성한 다음에 야 아테나이로 가서 아버지를 대면하게 되었다.

아버지 아이게우스는 아들 테세우스가 태어나기 전에 아이트라와 헤어져 아테나이로 갔는데, 떠나면서 그는 자기 칼과 구두를 커다란 돌 밑에다 넣어두고는, 장차 아이가 자라 그 돌을 들어내고 감추어 놓은 걸 꺼낼 만한 힘이 생기면 자기에게 보내라고 일러둔 바 있다.

테세우스가 장성하자 아이트라는 아들과 헤어질 때가 온 것이라 고 생각하고는 아들을 그 돌 있는 곳으로 데려갔다. 테세우스는 간 단하게 그 돌을 치우고 아버지의 칼과 구두를 꺼냈다…… 그리고 길 고 험한 모험길 끝에 아버지를 상면했다.

—토마스 벌핀치의 『그리스·로마 신화』 중에서

신화란 무엇인가?

나는 신화에 내린 신화학자들의 정의를 좋아하지 않는다. 정의하는 순간, 신화의 참뜻은 신화학자들이 짠 정교한 언어의 틈새로, 두 손을 모아 길어 올린 물이 손가락 사이로 새듯이 그렇게 새어나가버리는 느낌 때문이다.

　나는 꿈으로써 신화를 얘기하기를 즐긴다. 꿈이 꿈꾸는 사람에게 의미심장한 메시지를 들려준다는 것은 너무나도 잘 알려진 과학적 사실이다. 하지만 꿈이 과학적 분석의 대상이 될 수는 있지만 과학이 이것을 해석해내는 데 항상 성공하는 것은 아니다. 꿈의 진정한 의미는 꿈꾼 자만이 짐작한다. 나는 미국의 신화학자 조셉 캠벨이 신화를 꿈에다 견주어 한 말 한마디를 좋아한다. 캠벨에 따르면 '꿈은 개인의 신화요, 신화는 모듬살이의 꿈'이다. 꿈의 진정한 의미는 꿈꾼 개인만이 알 수 있듯이 한 민족의 신화는 그 신화가 현재적으로 작동하는 그 민족의 모듬살이로만 진정으로 이해할 수 있다.

　동화 속의 '미운 오리 새끼'가 호수의 수면에 비친 제 모습을 처음 보고, 자기는 오리 새끼가 아니라 사실은 백조 새끼라는 것을 깨달은 순간의 느낌은 참 굉장하겠다. 백조는 사람의 희망이다. 모든 사람은, 아니 이 세상의 모든 오리는, 호수의 수면에 백조의 모습이 비칠 날을 기다리면서 살아가는지도 모른다. '적선謫仙'이 무엇인가? 땅으로 귀양 와 있는 하늘나라의 신선이다. 사람은 모두 자신이 귀양 온 신선이거니 여기면서, 신선으로 되돌아갈 날을 기다리면서, 이 어려운 세상을 살아가는지도 모른다.

나는 신화 같기도 하고 동화 같기도 한 이 '아비 찾기', '자신의 본모습 바라보기'를 직접 체험한 중년 여성을 만난 적이 있다. 라디오 음악 프로그램 진행자로 유명한 김세원이 바로 그다. 김세원의 자아도 편모슬하에서 성숙한다. 그러나 그는 유리와 똑같은 질문을 자기 자신에게 던지고도 아버지를 찾아 떠날 수 없었다. 아버지가, 자진 월북하는 바람에 남쪽에서는 모든 공민권을 잃은 유명한 음악가 김순남이었기 때문이다.

김세원이, 자기는 여느 여성이 아니라 완벽하게 비극적인 드라마의 주인공이었다는 사실을 알아낸 순간은 참으로 굉장한 순간이었을 것이다. 40년 동안 공산주의자였다는 이유 때문에 발표되지 못했던, 혹은 다른 사람의 이름으로 발표되어 있던 아버지 김순남의 작품이, 그의 노력으로 속속 발표되거나 아버지의 이름으로 복원되었다. 이것을 성사시킨 그는 이제 여느 여성이 아니다. 아버지의 복원은 자기 자신의 복원이다. 이제 김세원은 위대한 작곡가의 딸, 아버지를 복권시키면서 자기 존재를 복권시킨 살아 있는 전설이다.

김순남이 해금된 것은 1988년의 일이다. 김세원은 43년 만에 일어난

이 사건을 두고 '가슴의 못이 뽑히는 것 같았다'고 말한다. 이때부터 그는 아버지가 남긴 작품을 찾아내고 아버지의 삶을 복원하기 위해 러시아로, 중국으로, 일본으로, 미국으로 떠다닌다. 그의 아버지 김순남의 한살이는 이렇게 해서 한 조각씩 한 조각씩 복원된다. 김세원의 한살이 중, 아버지의 자리가 비어 있던 편모슬하의 어두운 삶은 이렇게 해서 한 조각씩 한 조각씩 복원된다.

1994년 12월 2일, 일본 도쿄문화회관에서는 '코리아의 마음, 코리아의 가곡, 김순남의 세계'로 짜여진 음악회가 열렸다. 김세원은 이 음악회 참관소감을 '허전함이 조금 메워지는 듯했다'고 쓰고 있다.

이것이 바로 개인의 '아비 찾기' 신화다. 김세원 개인의 정체성에 어떤 위기도 오지 않았다면 그의 '아비 찾기'는 시작되지도 않았을 것이다. '아비 찾기'가 쉽게 이루어질 수 있었다면 '아비'를 찾았을 때의 김세원의 느낌은 그다지 절실하지 않았을 것이다.

'아비 찾기'는 영웅 신화에 특히 자주 등장하는 요소다. 그래서 신화를 전문적으로 연구하는 사람들은, 영웅 신화의 성분을 분석할 때 자주 등장하는 이 중요한 구성요소를 '신화소' 중의 하나라고 부르기도 한다.

영웅의 '아비 찾기'는 생물학적 존재로서의 아버지 찾기일 수도 있고 영웅 자신이 속해 있는 모듬살이의 근본 찾기일 수도 있다. 그러므로 우리가 '영웅 신화'라고 부를 때 그 신화에 등장하는 '아비 찾기'의 주체는 개인일 수도 있고 아닐 수도 있다. '아비 찾기'의 객체인 '아비'도 개인이 아닐 수도 있다. 그것은 한 모듬살이의 정체성과 관련된 '아비 없음'과 '아비 찾기'일 수도 있다.

영웅의 삶은, 삶의 한 귀퉁이를 상실한 채로 태어난 사람, 자기 동아리에 허용되어 있는 정상적인 경험에서는 어딘가 동떨어진 사람에게서 시작된다. 적국에서 아비 없는 자식으로 자라나 장차 아버지 주몽을 찾아가는 유리 태자까지 거슬러 올라갈 것도 없다. 불행한 영웅들이기는 하지만, 태어난 지 사흘 만에 갈대숲에 던져지는 바람에 애꾸눈이 된 궁예가 그렇고, 서자로 태어나 아버지를 '아버지'라고 부르는 것이 소원이었던 홍길동이 그렇다.

아비 없이 자란다는 것, 혹은 아비를 아비라고 부르지 못하는 상태에서 자란다는 것은 삶의 중심부에서 주변부로 밀려나 있다는 뜻이다. 중심부와 주변부는 양립할 수 없다. 그러므로 어느 한 가지를 선택하지 않으면 안 된다. 삶의 중심부에서 주변부로 밀려난 인간, 그것을 인식하는 인간에게는 두 가지의 중요한 선택의 여지가 있다.

첫째는 중심부와의 화해를 꾀하면서 양립의 가능성에 자신을 의탁하는 방법이다. 이것이 바로 여느 사람의 삶이다. 여기에서는 어떤 드라마도 발생하지 않는다.

두 번째는 주변부를 소통의 중심부로 바꾸는 방법을 모색하는 일이다. 여기에는 시련이 따른다. 우리가 영웅이라고 부르는 인간들은 거의 대부분 이런 인간들이다. 그래서 영웅은 '떠나고', '시련을 당하고', 그러고는 동아리에게 득될 것을 획득하여 모듬살이로 '돌아온다'. 영웅 신화에서 이 세 가지 요소를 '영웅 신화소'라고 한다. 우리가 영웅이라고 부르는 사람 축에 드는 큰사람들은 불만족스러운 현실에 안주하지 않는다. 큰사람에게는 한 사람에게 한 번만 오는 결단의 순간을 경험한다. 그는 이렇게 자신의 근본을 묻는다.

"나는 누구인가, 내 아버지는 누구인가?"

주인공이 이렇게 자신에게 혹은 타인에게 묻는 순간, 신화는 대번에 의미심장하게 비장해지면서 대하드라마가 발생한다. '아비 찾아 나서기'는 이렇게 해서 시작된다.

큰사람은 이 사회적, 심리적 미숙 상태를 박차고 삶의 현장으로 나가 자신의 확신과 책임의 바탕 위에서 삶을 영위할 것을 결연히 결심한다. 그러자면 재생의 체험이 있어야 할 터이다. 살이 문드러지고 뼈가 깎이는 고통의 체험이 있어야 할 터이다. 이 고통으로 이루어진 재생의 관문이 바로 영웅의 시련이요, 이 시련을 상징하는 것이 바로 영웅 신화에 등장하는 난관과 괴물인 것이다.

우리의 신화 유리 태자 이야기에 등장하는 영웅 신화소의 하나인 '아비 찾기'가 파에톤 신화에도 등장하고 테세우스 신화에도 등장하는 것은 이 이야기가 이미 개인의 신화를 넘어 세계에 널리 퍼져 있는 보편적인 영웅 신화 범주에 들어 있다는 뜻이다. 그러므로 영웅 신화의 아비는, 그 영웅이 속해 있는 모듬살이의 아비이기가 쉽다.

'신화 쓰기'는 한 모듬살이의 정체성이 위기를 맞을 때 활발하게 이루어지는 속성을 지니고 있다. 일연 스님의 건국 신화집이라고 할 수 있는『삼국유사』, 이규보의 운문 신화집이라고 할 수 있는『동국이상국집』이 나온 것은 우리나라가 몽골의 침입을 받은 직후였다. 역사학계에서 인정받지 못하고 있는, 신화 쪽으로 되우 치우쳐 있는 사서『규원사화』가 나온 것은 임진왜란과 정유재란 직후, 역사가 이이화 선생이 한마디로 '믿을 것이 못 된다'고 잘라 말한『한단고기』가 나온 것도 일본에 나라를 잃은 다음 해였다.

영웅 신화에 '아비 찾기' 모티프가 자주 등장하는 것은 그러므로 크게 놀랄 일이 아니다. 그것은 영웅이 속한 모듬살이가 위기를 맞았다는 증거일 수 있기 때문이다.

개인의 신화 윗자리에 영웅 신화가 있듯이 영웅 신화의 윗자리에는 창세 신화가 있다. 세상이 이루어질 때의 이야기, 혹은 신들이 세상을 창조하는 드라마가 바로 창세 신화다.

창세 신화 하면 누구나 구약성경 첫머리를 차지하는 창세기를 떠올린다. 하지만 창세기는 신화가 아니다. 기독교와 유대교에 관한 한 그것은 아직도 유효한 종교의 경전이다. 아직도 유효한 종교의 경전은 신화집이 아니다. 신화에 등장하는 신들은 아직도 유효한 신들이 아니라 '은퇴하는 신들' 혹은 '은퇴한 신들', '사라지는 신들' 혹은 '사라진 신들'이다. 우편번호도 가르쳐주지 않고 떠나버린 신들이다. 그래서 사람들은 누구나 이 신들을 만만하게 다룰 수 있고 물렁하게 주물러 다시 빚어낼 수 있다. 신화의 생명은 '만만하게 다루기', '물렁하게 주물러 빚기'에 있다.

역사는 실증될 수 있어야 한다. 이이화 선생이 민족주의 계열의 사서를 '믿을 것이 못 된다' 한 것은 이 때문이다. 하지만 신화는 실증될 수 있는 것이 아니고 실증될 필요도 없다. 신화는 인문과학으로서의 역사가 아니다. 신화는 과학으로부터 어떤 임상적 증거도 빌려 올 필요가 없고 빌려 와서도 안 된다. 입 밖으로 나온 이야기가 믿음을 획득하면 곧 신화가 된다. 그리스 신화의 신들 이야기, 영웅들 이야기에도 많은 이본이 있다. 그리스 신들의 족보 만들기는 쉬운 일이 아닌데, 그것은 각 지역이 제 논에 물 대듯이 제각기 저희 족보를 제우스에게 끌어다 대었기 때문이다. 말하자면 만만하게, 물렁하게 주물렀기 때문이다.

우리에게는 창세 신화가 없다는 소리가 자주 들린다. 구약성서 창세기처럼 일목요연하게 정리된 창세 신화가 없기는 하다. 신화가 가장 풍부하게 수록되어 있다는 『삼국유사』만 해도 그렇다. 일연 스님이 쓴 이 책은 고대 중국의 전설적인 세 황제의 신화가 나올 뿐, 중국의 창조 신화라고 할 수 있는 '반고 이야기'는 아예 등장하지 않는다. 『삼국사기』에서는 신화가 거의 소독되다시피 했다. 그럴 수밖에 없다. 이 두 책은 사서다. 신화집이 아닌 것이다. 실증을 요구하는 역사의 그릇이라고 할 수 있는 사서는 임상적 증거를 필요로 하지 않는 신화의 그릇으로는 적합하지 않다. 사서에다 만만하게 다루어 물렁하게 주물러 빚은 것을 수록할 수는 없기 때문이다.

우리에게는 어떤 그릇이 있는가? 우리에게는 '무가'가 있다. 무당이 부르는 노래가 있다. 무당은 굿을 하기에 앞서 먼저 '본'을 푼다. 이것이 본풀이다. 본풀이는 자신이 모시는 신의 내력, 자신에게 그 신이 내리기까지의 과정을 풀어내는 노래인 동시에 그 무당이 모시고 있는 신이 내려와 함께 자리해줄 것을 비는 '청배가請拜歌'이기도 하다.

영웅 신화의 '아비 찾기'는 아비를 잃었다는 인식과 집을 떠나는 행동을 통해 아비를 찾아내는 '본 찾기'다. 본은 찾아야 풀린다. 무당이 풀어내는 사설은 '본을 찾아내어 그 본을 풀어내기'다. 우리의 창세 신화는 그 본풀이에 보존되어 있다. '고스란히 보존되어 있다'는 말을 나는 쓰지 않겠다. '고스란히' 보존되는 순간 신화는 죽는다. 송창식의 노랫말마따나 '동해의 고래'도 '신화처럼 꿈틀대는' 것이어야 하지만 신화도 '동해의 고래'처럼 꿈틀대는 것이어야 한다.

그리스 신화가 널리 퍼지게 된 것은, 우리에게는 신화 시대였던 기원전 8세기 그 시절에 이미 체계적으로 기록되어 후세에 전해지면서 회화와 조각과 건축의 밑그림을 제공했기 때문이다. 유럽의 르네상스는 그리스와 로마 문화로의 원시반본原時返本의 경험, 즉 뿌리와 근원으로 되돌아가보는 경험, 결국 '아비 찾기'와 '본풀이'의 경험이다. 하지만 그 신화는 이제 종교 형태로는 존재하지 않는다. 기록되면서, 기록에 갇히면서 고정된 이미지로 굳어지면 죽은 것이다.

우리 창세 신화의 그릇은 그들의 그릇과는 다르다. 풍부한 창세 신화와 무당의 시조에 대한 신화를 담고 있는 그릇인 무가의 '본풀이'는 지금도 유효한, 무당의 입에서 나오는 신성한 구송 경전이기도 하다. 우리의 창세 신화 '당고마기'는 강릉의 단오굿에서 들을 수 있고, '천지왕본풀이'는 제주도에서 들을 수가 있다. 개인의 '아비 찾기'가, 그 개인에게 정체성의 위기가 온 순간에 시작된다면 한 민족이 자랑하는 영웅의 '아비 찾기'는 그 모듬살이에 비슷한 위기가 온 순간 시작된다. 그런데 창세 신화에도 '아비 찾기' 모티프가 등장한다면 인류는 아득한 옛날부터 지금까지 인류로서의 정체성을 위태롭게 생각했던 것일까? 우리나라 창세 신화에 속하는 무가 '셍生굿'과 '당금아기'에도 '아비 찾기' 모티프가 등장한다. 그럴 수밖에 없다. '본풀이'는 '본 찾기'에서 시작되어야 하고 '본 찾기'는 '본의 위기', 혹은 '본 잃기'를 전제로 하지 않으면 안 된다.

(세쌍둥이 어찌나 영특하던지) 한 자를 가르쳐주면 두 자를 알고, 두 자를 가르쳐주니 넉 자쯤 알아

선생님이 가만히 본즉, 왕후장상의 귀태이지 인간은 아니거든, 그래서 한 말이,

"야, 너희는 이비가 누군지 알아 오너라, 아비 없는 아들 공부를 내가 어떻게 시키겠느냐?"

이들이 집으로 돌아와서 어머니에게 하는 말,

"어머니, 선생님이 우리 아버지 이름을 알아 오라고 해요. 아비 근본도 없는 아이들이 어찌 글공부를 하겠느냐고 합디다."

어머니 하는 말,

"나는 너희들을 아비 없이 낳았다. 뒷동산 쾌상나무 밑에 가서 오줌 세 번을 쌌더니 너희들이 생겨났다. 거기에 가서 세 번씩 절하고 아버지가 누군지 알아보아라."

그 아이들이 뒷동산 쾌상나무 밑에 가서 세 번씩 절을 해보았지만 아무 보람이 없었다.

선생님은 여전히 글을 가르치지 못하겠다고 한다. 삼태자가 어머니에게 하는 말,

"어머니, 어머니 앞에서 우리 셋이 한 칼에 죽겠소. 그러니 아버지가 누군지 가르쳐주시오."

─ '셍 굿'의 한 대목

나는, 땅이 매우 척박한 나의 고향 시골 마을에서 근 반세기 전에 처음으로 보고 들은 '유리' 이야기로 이 글을 열었다. 그러고는 이 유리 태자 이야기를, 나중에 읽어서 알게 된 '파에톤 이야기', '테세우스 이야기'와 견주면서 신화는 우리가 잃어버린 아버지(어머니)와 같은 것이라는 암시를 끊임없이 글 속에다 묻었다. '나'는 내 어머니 아버지의 아들인 '나'인 동시에, 한민족의 씨앗을 받은 조선인으로서의 '나'이며, 인류의 씨를 위에서 받아 아래로 전할 사명을 지닌 인종으로서의 '나'이기도 하다.

신화 또한 그렇다. 차차 밝혀질 테지만 신화는 '나'와도 같다. '나'는 혼자가 아니듯이, '신화' 또한 홀로 떠다니는 이야기가 아니다. 우리 신화를 얘기하되 끊임없이 남의 신화를 이야기해야 하는 까닭이 여기에 있다.

역사에서 탯줄이 떨어진 신화, 곧 신이神異한 이야기를 읽을 때마다 나는 아이처럼 늘 들뜬다.

신화의 새벽

고려 시대의 걸출한 문인 이규보는 「동명왕」편을 쓰면서, 공자님께서는 괴이한 것과, 용력勇力한 것과, 패란悖亂한 것과, 귀신스러운 것에 대해서는 말씀하시지 않았는데 내가 이래도 괜찮은지 모르겠다, 라는 뜻을 내비치고 있다.

「동명왕」편은 이규보가 지은 영웅 서사시다. 동명성왕東明聖王의 내력과, 건국 성업의 과정, 그리고 그 아들인 유리왕琉璃王의 방황에 이르는 웅대한 드라마까지 아우르는 이 운문체 서사시는 그의 명저『동국이상국집』에 실리어 전한다.

이규보가 누구던가?

경전經典과 사기史記와 선교禪敎와 노불老佛에 두루 능통했고, 시가詩歌와 거문고와 술을 어찌나 좋아했던지 '삼혹호선생三酷好先生', 즉 세 가지를 지독하게 좋아하는 선생으로 불렸을 정도로 시문과 풍류의 일가를 이루던

분이다. 그는 위인이 기개가 있고 호호탕탕한데다 또한 강직하여 '인중용人中龍', 곧 '사람들 속의 용'이라는 세평을 들었던 분이다. 그런 분도 '신기하고 이상한 이야기'를 쓸 때는 이렇듯이 조심스럽다. 하지만 그가 '인중용'이라고 불린 것 또한 '신기하고 이상한 이야기'에 속하는 것이 아닌가?

이렇게 쭈밋거리던 이규보도 옛이야기에 묻어 있는 깊은 상징성을 주목하고는 태도를 다음과 같이 바꾼다.

지난 계축년 4월에 『구삼국사』를 얻어 「동명왕본기」를 보았더니 그 신기하고 이상하기가 세상에서 말하는 것보다 더하더라. 처음에는 그저 믿기지 않는 허황하고 귀신스러운 이야기인 줄 알았는데 세 번 되풀이해서 읽어 그 근원을 알고 보니, 허황한 이야기가 아니고 거룩한 이야기, 귀신스러운 이야기가 아니라 신령스러운 이야기더라……

김부식이 국사를 중찬하면서 그 이야기 전하기를 생략하였는데 세상을 바로잡는 국사책은 크게 이상한 일을 후세에 전하는 것으로 보여서는 안 된다고 생각해서 생략했던 것일까…… 동명왕의 일은 참으로 신이한 것으로 사람들 눈을 현혹케 하기 위함이 아니라 실로 나라를 창시한 신기한 사적이니 이것을 써놓지 않으면 뒷사람들이 어떻게 알 것인가? 그러므로 시로써 기록하여 우리나라가 본래 성인聖人의 나라라는 것을 널리 알리고자 하는 것이다.

일연 스님의 『삼국유사』는 다음과 같은 말로 시작된다. 일연 스님 역시 '신이한 것'을 배척하던 당시의 유교적 분위기를 염두에 두고 있었음에 분명하다. 스님이 얼마나 조심스럽게 머리말을 쓰고 있는지 눈여겨볼 필요가 있다. '괴력난신', 이 네 마디는 스님의 뇌리에서조차 떠나지 못한다.

머리말로서 쓴다. 무릇 성인은 예절과 음악으로써 나라를 일으키고, 어짊과 의로움으로써 가르침을 베풀었다. 그래서 괴력난신, 즉 괴이한 것과, 용력한 것과, 패란한 것과 귀신스러운 것에 대해서는 말씀하시지 않았다.

그러나 제왕帝王이 마침내 일어날 때는 반드시, 부명, 곧 하늘의 명을 얻게 되고, 도록, 곧 미래의 길흉화복이 기록된 예언서를 받게 된다. 그러므로 여느 사람과 다른 데가 반드시 있는 법이다. 그런 조건이 갖추어진 다음, 변화의 고비를 능히 타고 큰 자리를 잡음으로써 우두머리가 되는 법이다. 그래서 하수河水에서는 하도, 즉 용마龍馬 등에 그려진 그림이 나왔고, 낙수洛水에서는 낙서, 즉 신이한 거북의 등에 씌어진 글이 나옴으로써 성인이 일어났던 것이다.

(보라!) 무지개가 신 어머니의 몸을 두르니, 성덕이 일월같이 크게 빛나는 태호 복희씨가 나고, 용龍이 여등女蹬과 교접하니, 염제 신농씨가 나며, 황아皇娥가 궁상窮桑이라는 벌판에서 백제白帝의 아들을 자칭하는 신동神童과 사귄 연후에야 소호 금천씨가 난다.

(어디 그뿐인가?) 간적簡狄은 알 하나를 삼켜 상商나라 시조 설契을 낳고 강원姜嫄은 거인의 발자국을 밟고 주周나라 시조 후직后稷을 낳으며, 성천자聖天子 요堯는 그 어머니에게 잉태된 지 열넉 달 만에야 태어나고, 한고조漢高祖 유방劉邦은 그 어머니가 큰 못에서 용과 교접한 뒤에 태어난다.

이렇듯이 신기하고 이상한 일은 얼마든지 있지만 여기에다 모두 쓸 수는 없다. 그러므로 고구려, 신라, 백제 시조들의 탄생이 신기하고 이상하다고 한들 괴이할 것이 무엇이 있겠는가. 이 책 첫머리를「기이紀異」, 즉 '신기하고 이상한 이야기'로 삼은 뜻은 실로 여기에 있다.

이렇듯이 '신기하고 이상한 이야기'를 의식적으로 소외시키고 배척했던 시대에 일연 스님은 '신기하고 이상한 분'이 되지 않았던가?『삼국유사』번역본 해제에서 번역자인 국문학자 김영석 교수(배제대)가 쓴, 일연 스님이 잉태되는 과정을 보라. 어쩌겠는가? 스님 역시 '신기하고 이상한 이야기' 속으로 들어가고 말았다.

전해지는 이야기에 따르면, 어느 날 햇빛이 방 안에 들어와 어머니 이씨李氏의 배를 비추기 시작한 지 거의 사흘 만에 일연 스님을 잉태하였다고 한다.

『삼국유사』는 천지창조, 혹은 천지개벽에 대해서는 언급하고 있지 않다. 다만 서문에 해당하는 「기이」 편에서 중국의 '삼황 신화三皇神話'를 머리말로 삼고 있을 뿐이다. 일연 스님은, 유교의 나라 중국조차도 '신기하고 이상한 이야기'로 건국 신화를 삼는데 우리는 어째서 안 되는가, 이렇게 묻고 있는 듯하다.

우리에게는 문헌 신화로서의 창세 신화나 개벽 신화는 존재하지 않는다. 다만 무수한 입을 건너다니면서 무수한 변개變改의 과정을 겪었을 터인 구전 신화가 존재할 뿐이다. 1955년 충남 금산군에서 녹취된 구전 신화(한상수에 의함)를 간추리면 다음과 같다.

아득한 옛날 세상은 온통 진흙투성이였다. 풀도 나무도 사람도 살지 않았다. 하늘의 하늘님이 해와 달을 만들고 있는 중에 따님이 하늘나라 공주님이라는 것을 나타내는 징표인 가락지를 가지고 놀다가 그만 세상으로 떨어뜨리고 말았다. 공주는 하늘님 몰래, 시녀를 하나 내려보내어 가락지를 찾게 했다. 하지만 가락지를 찾지 못한 시녀는 하늘나라로 돌아갈 수 없었다.

공주는 시녀를 기다리다 그만 울음을 터뜨리고 말았다. 하늘님은 딸이 우는 것을 보고는 달을 만들다 말고 까닭을 물었다. 공주는 가락지 떨어뜨린 것을 실토했다. 하늘님은 장수 하나를 땅 위로 내려보냈다. 땅은 만들어진 지 얼마 안 되어 온통 진흙투성이였다. 가락지 찾는 것은 언감생심이었다. 조바심이 난 장수는 진창을 마구 헤집었다. 한 번 헤집은 곳을 여러 차례 헤집으면서 정신없이 진창을 누비던 장수는, 반대쪽에서도 똑같이 진창을 헤집으면서 다가오는 여자를 보았다. 공주의 시녀였다. 둘은, 가락지를 찾지 못한다면 하늘나라로 돌아갈 수 없었으므로 땅에 머물러 살기로 했는데, 이들이 땅에 머물러 살면서 퍼뜨린 자손이 곧 이 땅 사람들이다. 이 땅에 산이 있고 골짜기가 있는 것은 바로 이들이 마구 주무르고 헤집었기 때문이다.

우리나라와는 달리 중국에는 다양한 창세 신화와 개벽 신화가 문헌에 전한다. 일연 스님이 그렇게 하고 있듯이 우리도 중국의 삼황 신화를 일별한 뒤에 단군 왕검 신화로 들어가기로 한다. 일연 스님은 어차피 중국의 창세 신화, 개벽 신화, 그리고 삼황 신화를 염두에 두고, 당시 민중 사이에 널리 알려져 있던 신화의 받아쓰기를 시작했을 터이다. 중국의 창세 및 개벽 신화 읽기는 단군 신화를 받아들일 만큼 부드러운 몸을 만들기 위한 준비운동이 되기도 할 것이다.

먼저 중국 도가道家 사상가 열자列子의 천지개벽론을 들어본다. 열자는 기원전 5세기경에 실재했다고 전해지기도 하고, 장자莊子에 의해 전설, 혹은 허구로 규정되기도 한 인물이다. '어리석은 노인이 산을 옮기다愚公移山', '아침에는 세 개, 저녁에는 네 개朝三暮四', '기나라 사람의 지나친 걱정杞憂'이라는 고사성어는 모두 그가 찬술한 것으로 전해지는 『열자』에서 유래한다.

한 처음에는 아무것도 없었다. 보아도 보이는 것이 없고 들어도 들리는 것이 없었다. 어디로 돌아다녀도 걸리는 것이 없었다. 이런 상태를 '태역太易'이라고 한다. 이 태역에서 원기가 생겨나고 형상이 생겨나고 성질이 생겨났다. 원기의 시작을 '태초太初', 형상의 시작을 '태시太始', 성질의 시작을 '태소太素'라고 한다. 맑고 가벼운 것은 위로 올라가서 하늘이 되고, 흐리고 무거운 것은 아래로 가라앉아 땅이 되고, 그 중간에서 위아래의 기운을 두루 받아 된 것이 사람이다.

1세기의 로마 작가 오비디우스는 『변신 이야기』에서 이 세상이 열리던 날의 이야기를 이렇게 쓰고 있다. 가벼운 것은 위로 떠올라 하늘이 되었고, 무거운 것은 아래로 가라앉아 땅이 되었다는 뜻에서, 시대가 다르고 발생한 공간이 달라도 이 두 신화는 놀랍게 비슷하다.

　바다도 없고 땅도 없고 만물을 덮는 하늘도 없었을 즈음 자연은, 온 우주를 둘러보아도 그저 막막하게 퍼진 듯한 펑퍼짐한 모양을 하고 있었다. 이 막막하게 퍼진 것을 '카오스(혼돈)'라고 하는데, 이 카오스는 형상도 질서도 없는 하나의 덩이리에 지나지 못했다. 만물은 서로 반목하고 서로 방해했다. 한 가지 질료 안에 있으면서도 추위는 더위와, 습기는 건기乾氣와, 부드러움은 딱딱함과, 무거움은 가벼움과 싸우고 있었던 것이다.

　이같은 반목에 종지부를 찍은 것은, 이런 요소들보다는 훨씬 빼어난 '자연'이라는 신이었다. 자연은 하늘로부터는 땅을, 땅으로부터는 물을, 무지근한 대기로부터는 맑은 하늘을 떼어놓았다. 자연은, 서로 떨어질 수 없는 지경에서 이들을 떼어내어 서로 다른 자리를 줌으로써 평화와 우애를 누리게 했다. 무게라는 것이 없는 불과, 사물을 태우는 힘은 가장 높은 하늘로 날아올라가 거기에 자리를 잡았다. 가볍기로 말하면 불 다음인 공기는 바로 그 밑에 자리했다. 이 두 가지보다도 밀도가 높은 대지는 단단한 물질을 끌어당겨 붙이면서 스스로의 무게 때문에 하강했다. 사방으로 퍼져 있던 물은 맨 나중 자리를 잡고 이미 굳어진 대지를 싸안았다.

—오비디우스의 『변신 이야기』 중에서

중국에는 이와 사뭇 다른 창세 신화도 있다. 반고^{盤古} 신화가 그것이다. 고대 중국인들은 세상의 만물이 창조되기 전에 반고라고 불리는 거대한 신인^{神人}이 있었다고 믿는다. 이 신화에 따르면 하늘과 땅에 모양을 부여한 것은 바로 반고다. 이 반고가 울자 그 눈물이 떨어져 황허강^{黃河江}과 양쯔강^{揚子江}이 되고, 숨을 쉬자 바람이 되고, 말을 하자 우뢰가 되며, 주위를 둘러보자 그 눈빛이 번개가 된다. 반고의 기분이 좋을 때면 날씨가 맑고, 반고가 슬퍼할 때는 구름이 하늘을 덮는다.

그가 죽자 몸이 나뉘어 중국의 거룩한 다섯 산^{五聖山}, 즉 오악^{五岳}이 된다. 머리는 동쪽의 태산^{泰山}, 몸은 가운데의 숭산^{嵩山}, 오른손은 북쪽의 항산^{恒山}, 왼손은 남쪽의 형산^{衡山}, 발은 서쪽의 화산^{華山}이 되었으며 두 눈은 각각 해와 달이 된다. 중국의 사서 『삼오역기^{三五曆記}』에 나오는 반고 신화를 간추리면 이렇다.

천지개벽 이전의 우주는 거대한 알의 속과 비슷했다. 두꺼운 알 껍질에 둘러싸인 우주는 어둠과 혼돈이 뒤섞인 상태였다. 반고는 혼수상태인 채 바로 이 알 껍질 속에 잠들어 있었다. 그러나 그냥 자고만 있는 것이 아니라 자면서 자라고 있었다. 1만 8천 년의 세월이 흘러서야 반고는 기나긴 잠에서 깨어났다. 깨어나서 사방을 둘러보았지만 반고의 눈에는 보이는 것이 없었고 귀를 기울여보았으나 귀에는 들리는 것이 없었다. 그제야 그는 거대한 알 껍질 속에 갇혀 있다는 것을 알았다. 반고는 그런 상태에서 오래 머물지 않았다. 그는 거대한 도끼를 만들어 알 껍질을 찍었다. 우주가 진동하면서 껍질이 부서졌다. 알 껍질을 빠져나온 반고는 움츠렸던 고개와 허리를 펴고 풀무라도 돌릴 듯이 숨을 내쉬었다. 알 껍질에 갇혀 있던 우주의 가볍고 맑은 정기는 위로 날아올라 하늘이 되었고, 무겁고 탁한 정기는 아래로 가라앉아 땅이 되었다. 하지만 하늘과 땅 사이의 공간은 반고가 마음 놓고 움직일 수 있을 만큼 넉넉하지 못했다. 게다가 반고가 보기에는 하늘과 땅이 언제 다시 붙을지 모르는 일이기도 했다. 그래서 반고는 머리로는 하늘을 받치고 두 발로는 대지를 내리눌렀다. 그러자 하늘과 땅이 날마다 반고의 키로 한 길씩 멀어졌다.

반고가 매일 한 길씩 자기 몸을 늘렸기 때문이다. 반고는 무려 1만 8천 년 동안이나 그렇게 한 채로 지냈다. 그동안 늘어난, 하늘과 땅 사이는 무려 9만 리였다.

1만 8천 년 동안이나 하늘을 밀어올리고 땅을 내리눌러 하늘과 땅 사이를 넓혔으니 얼마나 고단했을 것인가?

반고도 그만 몸을 눕히고 싶었다. 반고가 길이 9만 리나 되는 몸을 눕히는 순간은 반고가 죽음을 맞는 순간이었다.

하지만 우주를 위해 자신의 몸을 희생시킨 반고는 죽어서도 일에서 손을 놓지 않았으니 반고의 입김은 바람이나 구름이 되었고, 목소리는 뇌성이 되었으며 왼쪽 눈은 태양, 오른쪽 눈은 달이 되었다. 손발은 중국의 명산^{名山}, 핏줄은 하천, 힘살은 길, 살은 기름진 땅, 머리털과 수염은 별, 살갗의 털은 화초나 초목, 치아와 뼈는 은금보화로 바뀌었다. 한평생 홀로 하늘과 땅 사이에서 버티느라고 흘리던 땀은, 그 모든 것에다 새로운 생명을 부여하던 비와 이슬이 되었다.

『중국신화전설』(전인초·김선자 옮김, 민음사)을 쓴 중국인 원가^{袁珂}는, 남해에는 길이가 300리에 이르는 반고의 묘가 있어서 반고의 혼백을 모시고 있다는 소식을 전하면서, 혼백을 모셨으니 망정이지 반고의 시신을 모시려 했다면 그 무덤으로는 어림도 없었을 것이라고 비아냥거리고 있다.

그렇지 않은가? 길이 9만 리나 되는 반고를 길이 300리에 지나지 않은 땅에 묻어야 했으니. 저자는 이로써 현실의 잣대를 들고 신화를 더하기 빼기 하지 말자고 하는 것 같다.

신화나 종교의 교의教義에 이같은 '우주적 인간상cosmic man'이 자주 그려지는 것은 그리 놀라운 일이 아니다. 성서의 아담이나 페르시아 신화의 '가요마르트Gayomart', 힌두 신화의 '푸루샤Purusha'는 모두 이런 우주적 인간상이다. 반고는 용두사신, 즉 목 위로는 용, 허리 아래로는 뱀의 모습을 하고 있었던 것으로 그리는 신화 판본도 여럿 있다. 우주적 인간이, 신령스러운 인간으로 모습을 바꾼 동물과 통혼하거나(그리스 신화에 나오는 제우스는 이 방면의 천재), 인간과 동물이 한몸에 어우러진 모습으로 그려지는 것은 드문 일이 아니다.

'괴력난신'을 말하지 않고는 우리의 건국 신화를 쓸 수 없었던 일연 스님이 머리말에서 앞세우고 있는 중국의 삼황 이야기는 뒤로 미루기로 하고 이제 신화의 새벽, 인간의 새벽, 우리 민족의 새벽에 관한 이야기 책, 우리 민족의 꿈이 서리어 있는 『삼국유사』의 「고조선 단군 왕검」 편으로 돌아간다. 일연 스님의 원주原註는 본문에 노출시키기로 한다.

중국 북제 시대 위수가 지은 역사책 『위서魏書』에는 이렇게 씌어 있다.

지금부터 2천 년 전에 단군 왕검檀君王儉이 있었다. 그분은 아사달阿斯達에 도읍했는데 아사달은, 경經에 따르면, 무엽산無葉山, 혹은 백악白岳이라고도 한다. 백주白州에 있었다고도 하고 개성 동쪽에 있었다고도 하는데, 이곳이 바로 지금의 백악궁白岳宮이다. 단군 왕검은 여기에 도읍을 정해 나라를 세우고는 나라 이름을 조선朝鮮이라고 했다. 중국의 요堯와 같은 시기다.

단군의 사적을 기록한 『단군고기檀君古記』는 이렇게 쓰고 있다.

옛날 하늘님桓因 아들 중에 서자庶子 환웅桓雄이 있어 하늘 아래를 차지할 뜻이 있어 인간 세상을 탐내었다. 아버지가 아들 뜻을 알아차리고 몸소 삼위태백산三危太伯山을 굽어다 보니 아닌 게 아니라 홍익인간弘益人間, 즉 인간을 널리 이롭게 해줄 만도 했다. 하늘님은 아들에게 천부인天符印 세 개를 주어, 내려가 다스리게 했다. 환웅은 무리 3천을 이끌고 태백산太伯山, 곧 지금의 묘향산 마루의 신단수神檀樹 아래로 내렸다. 이곳이 신시神市이고, 이분을 환웅천왕이라고 한다. 이 이는 풍백風伯, 우사雨師, 운사雲師를 거느리고, 곡식, 수명, 형벌, 선악을 비롯 360여 가지 인간사를 주관하면서 백성들을 가르쳤다.

이때 한 마리의 곰과 한 마리의 범이 굴 속에서 살고 있었다. 이들은 늘 신웅神雄에게 빌어 사람으로 화化하기를 원했다. 이때 신웅이 신령스러운 쑥 한 줌과 마늘 스무 개를 내리면서, 너희들이 이것을 먹고 백 일 동안 날빛을 보지 않으면 사람이 될 것이다, 라고 말했다.

곰과 범이 이것을 먹으면서 삼칠일, 곧 스무하루를 삼갔는데, 곰은 여자의 몸을 얻었으나 범은 능히 삼가지 못해서 사람의 몸을 얻지 못했다. 웅녀熊女는 혼인해서 함께 살 사람이 없어 날마다 신단수 아래서 아기 밸 수 있기를 빌었다. 환웅이 잠시 거짓 변하여 웅녀와 짝을 이루니 곧 아기를 배었다가 아들을 낳았다. 이분이 바로 단군

왕검이다.

단군 왕검은 당요^{唐堯}가 즉위한 지 50년 만인 경인년 지금의 서경^{西京}인 평양을 도읍으로 정하고 비로소 나라 이름을 조선이라고 불렀다.

그런데 요^堯가 즉위한 것은 무진년이니, 50년 되는 해는 정사년이지 경인년이 아니어서 이것이 사실인지 아닌지 의심스럽다. 왕검이 도읍을 백악산^{白岳山} 아사달로 옮기는데 이 백악산은 궁홀산^{弓忽山}, 혹은 방홀산^{方忽山}이라고도 하고 금미달^{今彌達}이라고도 한다.

단군 왕검은 1천 5백 년 동안 여기에서 나라를 다스렸다. 주^周나라 호왕^{虎王}이 을묘년에 즉위하면서 기자^{箕子}를 조선에 봉하자 단군은 구월산^{九月山}으로 옮겼다가 뒤에 다시 돌아와 아사달에 은거, 산신^{山神}이 되어, 1천9백8세까지 살았다고 한다.

건국 신화로는 너무 짧다는 인상을 준다. 게다가 일연 스님은, 위의 글에 인용되지 않은, 역사적 사실을 의심하는 끝부분에서 조심스럽게 자신의 의견을 보탤 뿐, 가장 중요한 부분은 두 권의 사서를 인용하는 데 그치고 있다. 스님이 지어낸 말은 한마디도 없다. 두 권의 사서 중 『단군고기』는 일연 스님 당시에는 읽히고 있었는지 모르나 지금은 전해

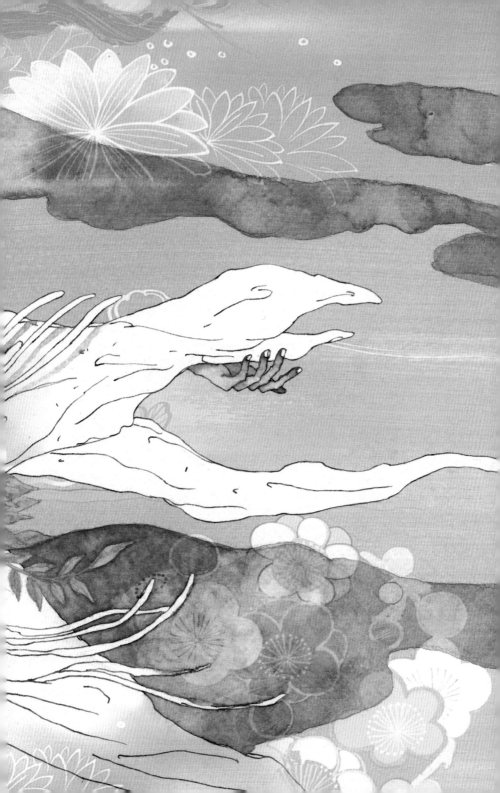

지지 않는 책이다. '환인^{桓因}'이라는 말이 나오는 것으로 보아 불교가 우리나라에 들어오고 나서 씌어진 책인 듯하다.

환인이 누구인가?

인도의 베다 경과 법화경에 등장하는 군신^{軍神} 인드라, 즉 사크라데바남 인드라^{釋迦堤桓因陀羅}의 한자 이름이다. 불교에서는 '제석천^{帝釋天}'으로 불린다.

동방의 수호신인 인드라는 빛의 신이기도 하다. 이 신이 은거하는 '메루 산'은 인도인들이 생각하는 '세계의 중심'이다. 몽골인, 부리야트인, 타타르인이 생각하는 세계의 중심은 각각 '숨부르 산', '수무르 산', 그리고 '수메르 산'이다. 중국인들은 '수미산^{須彌山}'이라고 부른다. 모두 '메루 산'에서 온 말인 것 같다.

제석천 환인이 모습을 드러낸 메루 산. 『삼국유사』의, 상당히 불교적인 이 들머리를 두고 '중이 지어낸 황당무계한 불교 신화'라고 폄하하는 사람들이 있는데 그게 그렇지만은 않은 것 같다. 그냥, 우리가 인지하는 '세계의 중심'으로 받아들이면 된다.

뒷날 '환웅천왕'이 되는 환웅은 그 환인의 서자라고 한다. 첩에게서 난 아들이라고들 하는데 아무래도 북한에서 나온 번역본의 '지차 아들'이라는 해석이 좋을 듯하다. 맏이는 아버지의 뒤를 이어야 한다. 하계^{下界}

로 떠나보내었으니 맏이가 아니었다는 뜻일 듯하다.

맏이는 신화에 잘 가담하지 않는다. 맏이는 아버지의 세계를 이어받을 뿐 새로운 세계를 짓지는 않는다. 영웅 신화는, 중심에서 이탈한 자가 자신의 주변성周邊性을, 소통의 중심을 변화시키는 인간에 관한 이야기다. 이제 이 '지차 아들'이 아버지로부터 천부인 세 개를 받고는 무리 3천을 이끌고 태백산의 신단수 아래로 내려, 바람 맡은 어른風伯, 비 맡은 어른雨師, 구름 맡은 어른雲師, 이 세 분과 함께 곡식, 수명, 질병, 형벌, 선악, 이 다섯 가지 일을 비롯 360여 가지 인간사를 주관하면서 백성들을 가르친다.

신화에는 원형적 신화와 사회적 신화가 있다.

원형적 신화는 우리 모두가 공유하는, 우리의 근본을 떠오르게 하는 신화다. 이런 신화를 읽으면 우리 안에서 신화가 잠을 깬다. 이런 신화를 읽으면 '언제 어디에서 들은 듯한 이야기', '어쩌면 나도 써낼 수 있었을지도 모르는 이야기' 같다는 느낌을 받는다.

사회적 신화는 사람이 필요에 따라 지어내는 신화다. 정치적 신화라고 해도 좋다. 국가나 국가의 우두머리에게 정통성을 부여하기 위해, 혹은 모듬살이의 물줄기를 특정한 곳으로 틀기 위해 지어진 신화다. 이 사회적 신화 혹은 정치적 신화에는, 원형적 신화의 틀을 갖추지 못할 경우 세월이 지나면 훼멸되는 경향이 있다.

『삼국유사』의 첫머리에 해당하는 이 인용문은 짧지만 무수한 열쇳말을 감추고 있는 어마어마한 압축 파일과 같은 글이다. '서자', '세 개의 천부인', '신단수', '신시', '곰', '호랑이', '쑥', '마늘' 같은 열쇳말들이 정말 『단군고기』에 나온 것들인지 일연 스님이 지어낸 것인지 지금으로서는 알 길이 없다. 하지만 그것은 문제되지 않는다. 그 책을 지어낸 이도 사람이다. 그 책의 저자가 되었든 일연 스님이 되었든 한 사람의 맑은 마음 바닥에서 고요히 떠오른 상징적 언어라면 그것은 그 시대의 언어, 그 시대의 마음일 수밖에 없다. 나는 그 언어에서, 그와 유사한 언어에서, 조선인의 마음을, 사람의 보편적인 마음을 읽어보려 한다.

거룩한 짐승,
거룩한 나무

말레이시아 아기의 돌잔치

미국 미시건 주립대학교의 한 인류학 교수 연구실에서 흥미로운 슬라이드 몇 장을 차례로 본 적이 있다. 그 미국인 인류학 교수가 말레이시아 현장 조사 중에 만난 현지인과 결혼하고 아들을 낳은 것은 그 전해의 일인데, 문제의 슬라이드는 처가에서 있었던 아들의 돌잔치 사진이었다.

방바닥에 'ㅅ'꼴 겹사다리 하나가 놓여 있다. 높이는 그날 잔치의 주인공인 돌바기의 키와 비슷하다. 겹사다리 양쪽에는 각각 일곱 개씩의 가로장이 있다. 겹사다리 왼쪽에는 세숫대야와 비슷한 그릇이 하나 놓여 있다. 그릇에는 물이 가득 담겨 있다. 아기가 외조부로 보이는 말레이시아 노인의 부축을 받으며 사다리 앞에 서는 순간……

찰칵.

노인이, 걸음마 마악 시작한 아기를 부액扶腋, 사다리의 맨 아래 가로장에다 발을 대게 한 뒤 하나씩 오르게 하는 순간⋯⋯

찰칵.

맨 윗 가로장에 이르면 같은 순서로 일곱 개의 가로장을 하나씩 내려가게 하는데, 아기가 내려서는 순간⋯⋯

찰칵.

사나리에서 내려서면 이번에는 아기의 발을 물그릇에 담그게 하고는 아기로 하여금 그 물을 건너게 한다. 아기가 그 물을 거의 다 건너는 순간⋯⋯ 찰칵.

그 인류학 교수에게 물었다.

"시베리아의 무당이 자작나무^{白樺}를 올라갔다가 내려오는 의례가 있어요. 자작나무 둥치에는 일곱 개의 '노치(칼자국)'가 나 있지요. 그러니까 이 자작나무는 칠천^{七天}, 즉 일곱 겹 하늘을 상징하는 것인데, 무당은 이 나무에 올라갔다가 내려옴으로써 하늘님의 강탄 및 사람의 죽음과 부활을 상징적으로 체험한답니다. 사진의 겹사다리는 시베리아 무당의 자작나무와 무관하지 않을 것 같은데요, 사다리의 일곱 가로장 역시 일곱 개의 '노치'일 것이고요. 의견을 듣고 싶네요."

인류학 교수가 활짝 갠 목소리로 대답했다.

"그렇습니다. 시베리아 무당 자작나무 타기의 말레이시아 '버전版'입니다. 죽음과 부활의 상징적 의례를 재현한 것이지요. 장인은 의례를 통해 내 아들에게 죽음을 미리 죽어두게 한 것이지요."

나는 북방계北方界 의례의 잔재가 말레이시아까지 이어진다는 것을 그날 처음 알았다.

우리의 신화는 세계의 보편적인 신화, 특히 시베리아에 흩어져 사는 여러 민족의 신화에서 조금도 자유롭지 못할 것이라고 나는 생각한다.

북유럽 신화에 따르면 세계의 중심에 '익드라실'이라고 불리는 거대한 나무가 있다. 이것이 바로 '우주수宇宙樹', 혹은 세계수世界樹다.

만주족은 천신에게 제사 지낼 때가 되면 '투루'라고 불리는 기둥을 세우고 개 모양의 상像을 얹는데, 개는 만주족의 조상 짐승이다. '투루'는 '하늘나무', '하늘기둥'으로 불리기도 한다.

일본인에게 우주의 중심, 세계의 중심은 '히모로기神籬', 즉 신이 머무는 산 혹은 나무 둘레에다 치는 울타리다. 뒤에 이 '히모로기'는 '신사神社'를 뜻하는 말로 쓰이게 된다.

타타르족에게 세계의 중심은 철산鐵山 한가운데 서 있는, 일곱 가지 하얀색으로 빛나는 자작나무다. 자작나무를 뜻하는 한자어 '백화白樺'는 '흰벚나무'라는 뜻이다.

빛의 신 인드라帝釋의 아들 환웅이 우리 땅에 내린다. 어디로 어떻게 내리는가? 빛의 신의 아드님이시니까 아주 환하게 내릴 것 같다. 태백산太伯山 위로 내리는데 이 산은 곧 '태백산太白山', '한량없이 밝은 산'이다. 그가 타고 내린 나무는 신단수神檀樹, 즉 신령스러운 박달나무다. 빛의 아들 환웅이, 한량없이 밝은 산에 우뚝 서 있는 박달나무를 타고 그 아래로 내린다. 박달나무는, 껍질이 하얀 자작나무白樺 과에 속한다. '박달'은 '붉다(밝다)'와 밀접한 관계가 있는 말인 것으로 알려져 있다. 이승휴의 『제왕운기』에 따르면 신단수 아래로 내리는 순간 환웅은 '단웅천왕檀雄天王'이 된다. 이승휴는 단웅천왕을 '단수신檀樹神'이라고도 부름으로써 박달나무의 신성神性을 한층 더 강화하여 환웅천왕과 나무를 거의 동격에 이르게 한다. 이로써 곧게 선 박달나무는 우리의 우주수, 우리의 세계수가 된다. 단수신이 내린 곳이 '신시神市'가 되고 신령스러운 박달나무가 선 곳은, 이제 한량없이 흰 산, 그 위에 차려진 신시의 한복판이 된다. 높은 산 위에 높이 솟은 나무의 우듬지는 우주의 기운과 땅의 기운이 만나는 접점이다. 곧게 선 '밝은' 나무는, 빛의 신이자 천신인 환웅이 타고 내려오기에 얼마나 적절한 사다리인가?

그가 이로써 땅의 두 주인 중 하나인 식물과 화해하는 순간 나무는 우리의 조상 나무祖上樹가 된다.

거룩한 짐승 이야기

퉁구스-만주족에 속하는 나나이족에게는 세 그루의 조상 나무가 있다. 누구나 짐작할 테지만 천상에 한 그루, 지상에 한 그루, 지하에 한 그루가 있다. 그들에게 사람의 삶과 죽음이란 이 나무에서 저 나무로 옮겨가기다. 천상의 나무는 '영혼의 나무', 바로 영혼이 새의 모습으로 은신하고 있는 나무들이다. 그들에게 생명이 잉태되는 일은 이 나무에 깃들여 있는 영혼이 어머니 탯줄로 옮겨오는 일이다. 이 세상에서 한살이를 마치면 인간의 영혼은 지하의 나무로 옮겨간다. 나나이 무당은 병든 자를 치료할 때, 죽은 사람의 영혼을 천도할 때 조상 짐승의 보호령保護靈이 되지 않으면 안 된다. 우노 하르바의 『샤먼의 의상과 그 의상의 의미』에 따르면 나나이족 무당은 조상 짐승인 곰을 보호령으로 삼아 지하의 나무가 있는 명계를 향해 상징적으로 여행한다.

시베리아에 흩어져 있는 여러 민족 및 몽골족의 경우 조상 나무와 조상 짐승은 짝으로 이루어지는 것이 보통이다. 몽골족의 경우 조상 짐승은 개다. 거룩한 기둥 '투루' 위에 개의 상像이 놓이는 것은 이 때문이다. 로마의 시조始祖인 레무스와 로물루스가 늑대 젖을 먹고 자랐듯이 몽골족 시조는 개의 젖을 먹고 자랐기 때문이다.

야쿠트족, 에벤키족의 조상 나무와 짝이 되는 짐승은 곰이다. 특히 에벤키족의 시조는 반웅반인半熊半人인 '망기宇宙熊'다. 나나이족의 경우, 조상 나무와 짝이 되는 동물은 유제류有蹄類, 즉 각질角質 발톱을 가진, 몸은 크고 송곳니가 없는 초식 동물이다.

『삼국유사』를 다시 읽어본다.

곰과 범이 쑥과 마늘을 먹으면서 삼칠일, 곧 스무하루를 삼갔는데, 곰은 여자의 몸을 얻었으나 범은 능히 삼가지 못해서 사람의 몸을 얻지 못했다. 웅녀熊女는 혼인해서 함께 살 사람이 없어 날마다 신단수 아래서 아기 밸 수 있기를 빌었다. 환웅이 잠시 거짓 변하여 웅녀와 짝을 이루니 곧 아기를 배었다가 아들을 낳았다. 이분이 바로 단군檀君 왕검王儉이다.

환웅은 이로써 동물과도 화해한 셈인가?

폭설이 내린 직후 강화도 마리산摩利山에 올랐다. '마니산摩尼山'은 일본인들이 개명한 이름이라서 '머리, 으뜸, 최고'를 뜻하는 '마리산'으로 이름을 되돌린 산이다. 꼭대기에, 단군이 하늘에 제사 지낸 것으로 알려진 참성단塹城壇이 있다. 금방이라도 사람을 날려버릴 듯한 강풍을 맞으면서 깎아지른 듯한 사면의, 흡사 하늘로 통하기라도 할 듯이, 끝없이 이어지는 계단을 올랐다. 자연석으로 쌓은 수더분한 제단이 있었다. 오르내릴 동안 내 머리를 내내 떠나지 않던 질문 하나.

'왜 범이 아니고 곰인가?'

곰이여,
그대였구나

순후한 선비와 강고한 무사

옛날 한 '어진' 선비가 먼 길을 가다가 비도 오고, 해도 앞세우고 해서 당시에는 '원院'이라고 불리던 여관에 들었다. 원에서, 빗물 잦아드는 마당을 내려다보던 선비는 오리가, 마당에 떨어져 있던 반짝거리는 물건을 쪼아 먹는 것을 보았다. 바로 그날 밤에 원주院主는, 집안의 값비싼 보석이 없어졌다면서 그 선비를 도둑으로 몰아 관가에 넘기려고 했다. 그러자 선비가 원주에게 애원했다.

"아침까지만 기다려주시오. 내가 도망칠까 봐 그러시는 모양인데, 정 염려스러우면 기둥에 묶어두셔도 좋습니다. 부디 아침까지만 참고 기다려주시지요. 그러면 내가 보석을 찾아드리리다."

원주는, 그 말에 일리가 있다 싶었던지 선비를 기둥에다 묶어두었다. 아침이 되자 선비는 원주에게 말했다.

"오리가 변ᵉ을 보았을 것인즉 변을 잘 헤쳐보시오. 그러면 변 속에 보석이 있을 것이오."

원주는 선비가 시키는 대로 해보았다. 원주가 도둑맞았다던 보석이 과연 오리의 변 속에 있었다. 원주는 미안해하면서 선비에게 물었다.

"진작 오리가 쪼아 먹더라고 하셨으면 되지 않습니까? 점잖으신 분이 기둥에 묶이는 창피한 경우까지 당하시면서도 어째서 오리가 쪼아 먹더라고 진작 말씀하시지 않았습니까?"

그러자 선비가 대답했다.

"그대가 만일에 내 말에 일리가 있다고 여겼다면 어젯밤에 그대 손으로 오리의 배를 갈랐을 것이 아니오? 오리가 그게 보석인 줄 알고 삼켰을 것이오? 큰 죄 지은 일 없는 오리를 살리자니 그 길밖에 없었소이다."

내 어릴 적의 초등학교 도덕 교과서에 실려 있던 이야기다. 무명의 선비가 벼슬길로 들어서니 이분이 바로 세종대왕 때 병조판서를 지낸 명신ᵃ윤회尹淮다.

옛날 일본에 한 떠돌이 무사가 있었다. 떠돌이 무사란, 마땅히 섬길만한 주인을 찾아 온 나라를 떠도는 나그네 무사를 말한다. 이 무사에게는, 외아들이 하나 있었다. 어머니가 세상을 떠난 참이어서 떠돌이 무사는 이 외아들을 데리고 다니지 않으면 안 되었다.

떠돌이 무사가 아들과 함께 어느 마을에 묵었을 때의 일이다. 그 마을의 떡장수 하나가 이 사무라이를 찾아와서 따졌다.

"아들이 떡을 훔쳐 먹었으니 마땅히 아비가 떡값을 물어야 한다."

사무라이는, 자식이 비록 헐벗고 굶주리는 처지이기는 하나 명색이 무사의 자식인 만큼 그런 짓을 했을 리 없다고 맞섰다. 그러나 떡장수는 무사의 주장을 도무지 이해하지 못했다. 그러자 사무라이는 긴 칼로 외아들의 배를 갈라 보였다. 밥통에는 떡을 먹은 흔적이 없었다. 아들이 그 자리에서 숨을 거둔 것은 물론이다. 아들의 결백을 증명한 무사는 아들을 무고(誣告)한 떡장수의 목을 베었다. 하지만 거기에서 끝난 것이 아니다. 무사는 덤으로 자기 배까지 가르고는 그 자리에서 숨을 거두었다.

어째서 범이 아니고 곰이었던가?

'사士' 자를, 우리는 '선비'로 읽는다. 하지만 일본인들에게 '사士'는 '사무라이侍'이기도 하다. '순후한 선비'와 '강고한 무사'를 각각 한국과 일본 옛이야기의 인기 있는 주인공을 대표한다고 함부로 말할 수는 없다. 이런 식의 단순 비교는, 특수한 사례를 보편화시킬 수 있다는 점에서 매우 위험하다. 우리가 이 사무라이들 때문에 매우 피곤한 역사를 경험했다고 해서 한국인은 다 순후한 선비이고 일본인은 모두 강경한 사무라이라고 주장할 수는 없다. 그러나 이런 질문을 제기하는 것은 얼마든지 가능하다.

윤회가 강고한 사무라이 같았다면 그 이야기가 우리 도덕 교과서에 실릴 수 있었을 것인가? 일본은 도덕 교과서에 윤회 같은 순후한 선비 이야기를 실을 수 있을 것인가?

일본인들에게는 전국 시대를 주름잡던 세 인물이 인기가 있다. 울지 않는 새를 두고 '죽여버려야 한다'는 노부나가織田信長, '울게 만들어야 한다'는 히데요시豊臣秀吉, '울 때까지 기다려야 한다'는 이에야스德川家康가 이들인데, 일반인들에게 가장 인기 있는 인물은 '죽여버려야 한다'는 노부나가, 가장 인기가 떨어지는 인물은 '울 때까지 기다려야 한다'는 이에야스라고 한다.

빛의 신 인드라의 아들 환웅은, 인간되기를 소원하는 범과 곰에게 신령스러운 쑥 한 줌과 마늘 스무 개를 내리면서, 너희들이 이것을 먹고 백 일 동안 날빛을 보지 않으면 사람이 될 것이다, 라고 말했다. 곰은 여자의 몸을 얻었으나熊女 범은 능히 삼가지 못해서 사람의 몸을 얻지 못했

다. 환웅이 잠시 거짓 변하여 웅녀와 짝을 이루니 곧 아기를 배었다가 아들을 낳으니 이분이 바로 우리의 국조國祖 단군 왕검이다.

어째서 범이 아니고 곰이었던가? 어째서 죽임의 명수인 호랑이가 아니고 기다림의 명수인 곰이었는가?

호랑이의 별칭은 암수 가림이 없이 산신령山神靈 혹은 산신山神이다. 백두산 인근에서는 암수 가림이 없이 '노야老爺', '대부大父'라고 불린다. 모두 남성 명사다. '남성 원리'다.

곰은 어떤가? 곰은 빛이 미치지 못하는 동굴에 사는, 말하자면 혈거 동물이다. 곰은 동굴에서 동면한다. 봄이 되면 새로 태어난 새끼를 데리고 동굴을 나서는 곰은 그래서 암수 가림이 없이 '부활'과 '신생'의 표상, 풍요의 바탕이 되는 '여성 원리'다. 곰은 시베리아에 흩어져 있는 여러 민족(가령 야쿠트족, 에벤키족)의 조상 짐승인 것은 이 때문이다.

고대 그리스 신화에 나오는 사냥의 여신, 달의 여신 아르테미스 축제에는, 아르테미스의 신녀神女를 상징하는 수많은 처녀들이 참가했는데 이들은 축제 당일에는 서로를 '곰'이라고 불렀다. 이들이 바로 '아르크토이(곰들)'다. 실제로 이들은 곰 차림을 하고 곰의 모습을 시늉하기도 했다.

그리스에서는 아르테미스의 모습이 아름답고 날렵한 처녀로 그려지거나 새겨진다. 하지만 터키에서는 가슴에 젖(혹은 알)이 무수하게 달린 풍요의 여신으로 그려지거나 새겨진다.

터키 주민의 대부분은 중앙 아시아에서 건너간 투르크족이다. 그들이 쓰는 말은 우리 한국어와 마찬가지로 알타이어계^{語系}에 속한다. 그들과 우리는 유사한 상징체계를 광범위하게 공유한다.

남성 원리인 호랑이는 동굴의 어둠 속에서 매운 마늘과 쓴 쑥을 견디지 못하고 동굴을 뛰쳐나갔다. 호랑이는 '바깥'이 그리워 '안'과의 싸움을 계속하지 못했다. 하지만 여성 원리인 곰은 그 어둠을 '기다림'으로써, '안'과 싸우면서 삼칠일, 즉 스무하루를 견디고는 사람의 몸을 얻었다.

그런데 그 스무하루는, 환웅이 약속한 '백 일'에는 미치지 못하는 것 같다. 하지만 '백 일 견디기'는 '100일 견디기'가 아니라 '온날 견디기'일 것이다.

우리는, 아기가 태어나면 삼칠일, 즉 스무하루를 기다리면서 견딘 다음에야 친지들에게 얼굴을 보인다. 이것이 바로 우리 조선인 마음의 원형이다. 사회적 신화는 필요에 따라 만들어지고 필요가 다하면 탈락하지만 원형적 신화는 사람의 마음 바닥에 오래 머문다. 강력한 남성 이미지, 혹은 강고한 무사를 떠올리게 하는 호랑이 신화가 탈락하고 웅숭 깊은 여성 원리, 혹은 순후한 선비를 떠올리게 하는 곰의 신화가 『삼국유사』에서, 우리 마음에서 지워지지 않는 것은 이 때문일 것이다.

슬프고도 아름다운
곰 이야기

이름의 생명, 신화의 생명

한 사물에 이름이 지어지면 사물은 그 이름을 한동안 위태롭게 간직해야 한다. 사물은 저에게 붙여진 이름이, 붙여진 의도와 다르게 해석될수 있다는 것을 승인하고, 해석이, 이름이라고 하는 갓 괸 물을 휘정거리더라도 기다려야 한다. 기다리면 물은, 샘물 자체의 속성에 따라, 그물을 괴게 한 주변의 율법에 따라 되맑아지게 마련이다.

붙여진 이름이, 붙여진 의도와 다르게 해석되는 사태는, 그 사물에게조금도 비극적인 것이 아니다. 이름이 겹뜻으로 새겨진다는 것은 그 사물의 생명 활동이 씩씩하게 이루어지고 있다는 증거다. 사물이 온전한이름을 얻는 순간, 그 사물에 대한 해석이 하나로 고정되는 순간, 이름과 해석은 그 사물의 감옥이 된다.

신화의 세계에서도 그렇다. 완벽한 이름 짓기와 빈틈 없는 해석은 신화의 감옥이다.

전라도 무주의 적상산赤裳山에서, 무엇을 보고 '적상'이라고 하느냐고 물었더니 안국사의 한 스님은 적상산 정상의 치맛말 같은 붉은 바위를 '붉은 치마 바위'라고 부른 데서 유래한 이름이라고 했고, 또 다른 스님은 봄이면 차례로 산 사면을 덮는 벌건 진달래와 철쭉꽃 무리를 '붉은 치맛말' 같다고 한 데서 유래한 이름이라고 했다.

한탄강이 '은하 여울漢灘' 같다고 해서 그렇게 불린다는 사람도 있고, 부하 왕건에게 쫓기던 궁예가 한탄恨歎하면서 건넜다고 해서 '한탄강恨歎江'이라고 불린다고 주장하는 사람도 있다. 이런 중의성重義性은 '한탄강'이라는 이름의 의미를 강화시킬지언정 약화시키지는 않는다.

환웅천왕의 시험을 이기고 마침내 사람으로 몸을 바꾸어 그의 자식을 가지게 되는 짐승이 범이 아니고 곰이었던 까닭과 의미를 검토하면서 나는 범이 지닌 강경함에 대한 곰이 지닌 순후함의 승리, 죽이기의 명수인 범의 남성적 원리에 대한, 부활, 신생, 풍요를 상징하는 곰의 여성적 원리의 승리를 암시했다. 나는, 우리와 같은 알타이어계에 속하는 나라 터키의 아르테미스(풍요의 여신) 축제에 등장하던, 곰으로 분장하던 처녀들, 즉 '아르크토이(곰들)' 이야기도 버리고 싶지 않았다.

1999년 터키를 여행하면서 나는 터키인들이 북쪽의 흑해^{黑海}를 '카라 데니즈^{Kara Deniz}', 남쪽의 백해^{白海}를 '악 데니즈^{Ak Deniz}'라고 부른다는 것을 처음 알았다.

'내가 알기로 '악^白'은 우리말의 '붉'과 밀접한 관계가 있는 알타이 조어^{祖語} 같고, '카라^黑'는 일본어의 '쿠로^黑'와 밀접한 관계가 있는 알타이 조어 같은데요?'

한 터키 통 인류학 교수가 고개를 끄덕이면서 한 말은 다음과 같다.

'잘 보셨습니다. 우리말과 같은 알타이어계여서 터키 말 배우기가 참 쉬워요. 일 년 만에 논문 쓸 수 있게 된다면 믿어지세요?'

알타이 샤머니즘에는 두 종류의 샤먼이 있다. 천상의 신들과 교통하는 '백 샤먼', 그리고 명계의 신들과 교통하는 '흑 샤먼'이 이들이다. 알타이어로 '백 샤먼'은 '악 캄^{Ak Kam}', '흑 샤먼'은 '카라 캄^{Kara Kam}'이라고 부른다(A.V. 아노킨).

'악'은 우리말의 '붉', '카라'는 일본어의 '쿠로^黑', 혹은 '카라스(까마귀)'에 대응한다. 혈거생활을 하던 사람들에게는 '굴'은 굴 속의 어둠(쿠로)과 무관하지 않았을 것이다.

'캄'은 샤먼인 동시에 '신^神'을 지칭하는 일반 명사이기도 하다. 사령^{邪靈}

을 지칭하는 우리 무속어 '가물', 신령을 지칭하는 '가망', '신'을 뜻하는 일본어 '카미神'는 여기에서 유래한다(서정범, 『우리말의 뿌리』).

'왕검王儉'은 '왕', 곧 임금과 '검', 곧 제사장을 겸하던 분이다. 그가 맡고 있던 제사장은 샤먼 직분이었을 가능성이 있는데, 그렇다면 '검'은 샤먼인 동시에 '캄(신)'이기도 하다. 그가 도읍했던 왕검성우 '검잣神市', 즉 거룩한 도시, 혹은 '검터神城', 곧 거룩한 성으로 불렸다. 빛의 아들 환웅천왕의 아들 왕검이, 어머니 웅녀를 통하여 드디어 어둠을 초극 혹은 화해하고 거룩한 인신人神으로 육화한 것이다.

그런데 조금 놀라운 것은 곰을 나타내는 데는 '웅자熊字'만 쓰이는 것이 아니라 금金, 왕王, 검儉, 견堅, 군君, 환桓 등의 글자들도 차자借字로 쓰였다는 주장渡辺光敏(『일본어는 없다』)이다. 그렇다면 '웅熊'은, 아들의 이름인 '검儉'과도 같은 뜻 다른 글자, 지아비의 이름인 '환桓'과도 같은 뜻 다른 글자가 아닌가? 그렇다면 환웅천왕과 웅녀와 왕검은 삼위일체桓熊儉가 아니었는가?

곰나루의 슬픈 전설

웅녀 이야기는 까마득한 옛일로 잊혀져 있다가 백제가 한강 유역의 하북 위례성과 하남 위례성에서 남쪽의 금강 유역으로 도읍을 옮길 즈음 다시 '곰나루熊津 전설'로 가냘프게 나타난다.

웅진은 공주의 당시 지명이다. 읽기는 '고마나루'로 읽었다고 한다. 북쪽에서 발생한 신화 웅녀 이야기로 모습을 조금 바꾸고 금강 유역에서 다시 얼굴을 내미는 것은 아무래도, 북쪽에서 남하한 백제와 당시 금강 유역에 자리잡고 있던 마한馬韓 문화 충돌의 산물이었던 것 같다.

공주의 곰나루 웅신단熊神壇 마당에 서 있는 비석熊神壇碑에는 그 사연이 이렇게 새겨져 있다.

금강의 물이 남동쪽으로 휘어 돌고

여미산 올려다 뵈는 한갓진 나루터

공주의 옛 사연 자옥하게 서린 곳

입에서 입으로 그냥 전하여온

애틋한 이야기

아득한 옛날 한 남자

큰 암곰에게 몸이 붙들리어

어느덧 애기까지 얻게 된다

허나 남자는 강을 건너버리고

하늘이 무너져내린 암곰

자식과 함께 강물에 몸을 던진다

여긴 물살의 흐름이 달라지는 곳이어서

배는 자주 엎어지고 하였다

곰의 원혼 탓일까 하고

사람들은 해마다 정성을 들였는데

그 연원 멀리 백제에까지 걸친다

공주의 옛 이름은 웅진, 고마나루

그 이름 여기에 아직 있어

백제 때 숨결 남기고 있다

'고마나루熊津'는 '곰 주州'가 되었다가 고려 이후로는 공주公州가 되었다. 우리는 이제 공주를 '고마나루'라고 부르지 않는다. 하지만 백제에 문화적 부채의식이 있는 일본인들은 아직도 이 도시를 '웅진熊津'이라고 써놓고는 저희 독법대로 '쿠마쓰'라고 부르지 않고 꼭 '쿠마나리'라고 부른다.

'곰'과 '쿠마'는 빛과 어둠을 아우른다.

3의 비밀을
찾아서

3형제, 3자매

"옛날 옛적 갓날갓적에 재주 있는 3형제가 살았는데 그 재주라는 것이 저마다 달라, 맏이는 눈이 밝아 천하에 못 보는 것이 없고, 둘째는 힘이 장사라 들지 못하는 것이 없고, 막내는 매 맞는 데 선수라 볼기를 맞아도, 어이 시원타, 어이 시원타, 하고……"

"옛날 옛적 어떤 사람이 아들 3형제를 두었는데 죽을 임시에 3형제를 불러놓고 물려줄 것이라고는 그것밖에 없다면서 맏이에게는 담뱃대, 둘째에게는 맷돌, 막내에게는 장구를 물려주는데……"

우리 옛이야기나 신화는 이 '3'을 참 좋아한다. 형제가 있는 집안에 셋째가 태어나면 그 집안 형제간의 드라마는 아연 활기를 띤다.

"옛날 옛적 딸 셋 있는 집에 상머슴이 하나 들어갔는데, 이 상머슴을 두고 큰딸은 옷 떨어졌다고 구박하고, 둘째 딸은 머리 안 빗는다고 구박

하지만 막내는 옷 떨어지면 기워주고, 머리 헝클어지면 빗어줘……"

아들 3형제가 서로 경쟁 관계가 되는 경우 막내가 승리할 공산은 매우 커진다. 딸 3형제 갈등 구조의 경우, 막내인 셋째 딸의 승리는 거의 떼놓은 당상이다. 셋째 딸의 승리는 우리에게 매우 자연스럽다. 맏딸이 승리하는 민담이나 전승이 없지 않으나 우리는 어떻게 된 셈인지 맏딸의 승리에 박수를 보내는 데 인색하다.

『삼(!)국유사』가 전하는 짤막한 단군 신화는 온통 '3'의 향연이다…… 하늘님이 몸소 삼(!)위태백산을 굽어다 보니…… 아들에게 천부인 세(!)개를 주어…… 환웅은 무리 3(!)천을 이끌고…… 바람 맡은 이, 비 맡은 이, 구름 맡은 이, 이 셋(!)을 거느리고…… 곰은 삼(!)칠일, 곧 스무하루를 삼가 사람의 몸을 얻고……

삼위태백^{三危太伯}의 '위'에 대해서는 중국의 산 이름 앞에 붙는 관형사라는 설명을 비롯, 여러 가지 해석이 있다. 하지만 아무래도 일연 스님이 하늘님을 명백한 인도 이름인 '인드라^{恒因}'로 부른 만큼 힌두 신화와 관련지어 보는 것도 한 방법일 것 같다.

대승불교는 인간 세상의 고통을 '업^業' 혹은 '위^危'라고 한다. 그렇다면 '삼위'는 '삼업', 즉 사람들이 세 가지 고통에서 헤어나지 못하는 '인간 세상'이 될 것 같다. 아무래도 '인간 세상'을 규정하는 규정어일 개연성이 있다는 것이다. 이것이 규정어여야 하늘님이 인간 세상을 '널리 이롭게^{弘益}' 해주고자 한 까닭에 대한 설명이 된다. 그래서 하늘님이 아들에게 준 것이 천부인 '3'개다. '3'은 환웅이 거느리는 세 신하들, 즉 바람 맡은 이, 비 맡은 이, 구름 맡은 이에서 고스란히 변주된다.

이들이 누구일까? 하늘님, 즉 환인이 힌두 신화의 '인드라'인 것에는 이견이 없다. 그렇다면 '삼위'가 힌두 신화에서 발전한 불교와 무관하지 않을 것이라는 위의 전제에서 위태롭게 한 걸음 더 나아가본다. 세 개의 천부인, 그리고 각각 바람과 비와 구름을 맡은 환웅의 세 신하는, 인드라 신의 삼지창^{Trisula}과 무관하지 않을 가능성이 크다. 인드라는 빛의 신인 동시에 폭풍의 신이기도 하다. 인드라의 삼지창 세 갈래는 각각 창조, 유지, 파괴를 상징한다. 힌두 신화에 등장하는 시간의 신 시바의 삼지창 세 갈래는 각각 과거, 현재, 미래를 상징한다.

삼지창은 그리스 신화에 등장하는 천공^{天空}의 신이자 벼락의 신인 제우스, 바다의 신 포세이돈의 주무기 트리아이나^{Triaina}이기도 하다. 포세이돈의 삼지창은 정확하게 '바람, 비, 구름'에 대응한다. 포세이돈은 외래신들이 그리스로 들어오기 전에는 대지의 신이었다. 외래신에 의해 바다로 내몰리면서 그의 삼지창은 오로지 '바람과 비와 구름'을 다스리는 무기로 전락한다.

그리스 신화가 힌두 신화와 무관하지 않다는 증거는 인구어^{印歐語}의 조상인 고대 그리스어와 고대 인도에서 쓰이던 산스크리트어의 친연관계를 통해서도 확인된다. 술의 신 디오니소스가 인도에서 그리스로 유입되는 과정에 이르면 그리스 신화에는 고대 인도의 종교 상징(예컨대 남근 상징인 팔루스)과 인도의 지명이 공공연히 등장한다. 그러므로 제우스의 벼락과 포세이돈의 삼지창 '트리아이니'는 인드라의 삼지창 '트리술라'와 무관하지 않을 개연성이 있다.

하지만 태백산^{太白山}, '한붉산', 혹은 '한불산'의 신단수^{神檀樹}인 '붉달'로 이 땅에 내린 환웅은 더 이상 천신 및 군신의 피붙이가 아니다. 환웅이 아버지 환인으로부터 받은 세 개의 천부인과 삼성신은 아무래도 권능이 한층 축소된 인드라 삼지창(트리술라)의 변형인 것 같다.

일연 스님은 이 대목의 환웅 모습에서, 바즈라^{Vajra}, 즉 금강고^{金剛鈷} 중에서도 가지가 셋인 삼고^{三鈷}를 든 바즈라파니^{金剛神}를 상상했는지도 모르겠다. 금강신이 든 금강고(금강 벼락) 역시 인드라(환인)의 삼지창과 무관한 것이 아니다. 인도는 고대에는 그리스에 신화의 상징 체계를 공급하기도 했고, 알렉산드로스 대왕의 동정東征 이후로는 거꾸로 공급 받기도 했다.

환웅이 삼성신을 거느린 전례를 좇았기 때문인가?

우리는 옛이야기에 세 아들, 세 딸, 세 신하 등장시키기를 유난히 좋아하는 것 같다. 환웅의 삼성신은, 고주몽이 부여에서 고구려로 데리고 온 세 사람(오이, 마리, 협보)과 무관할 것인가? 그가 오던 도중 모둔곡에서 만난 세 사람(재사, 무골, 묵거)과 무관할 것인가? 김유신에게 고구려 첩자의 정체를 일러준 세 산신(나림, 혈례, 골화)과도 무관하지 않을 것 같다.

환인이 내린 세 개의 천부인은, 소지자가 여느 인간이 아니라 하늘로부터 내린 왕(천왕)임을 증거하는 증표다. 그것은 아무래도 공격 무기 혹은 직능신의 표상인 삼지창 같은 것이 아니라 천제를 지내는 대제사장(큰 무당)의 신분증이었던 것 같다.

"우리는 환웅이 최초의 무당이라는 명문상의 증거는 안 가지고 있다. 그러나 그의 하강을 둘러싸고 있는 신화적 모티프에서 알타이 무속 신앙의 원리는 유추해볼 수 있다. 단군이 사후에 산신으로 화했다는 기록을 방증으로 삼을 수 있는 것이다."(김열규,『한국 신화와 무속 연구』)

세 개의 천부인이 무엇이었는지 구체적으로 밝히는 대목에서는 이견이 분분하지만 오늘날의 무구巫具를 청동기 출토품으로 실증할 경우 그것은 '거울(명두), 칼, 방울'이 우세한 것 같다. 이 세 무구는 알타이 무속 및 우리와 밀접한 신화 체계를 공유하는 일본 무속과도 거의 일치한다.

우리만 그랬던 것이 아니다. 세계의 신화가 관심을 두고, 노래하고 또 노래하는 것은 이 '3'이 지닌 신묘한 균형과 견제의 힘이다. 세 나라가 세발솥鼎 형상으로 벌려 서서 서로 균형을 잡고 서로 견제하는 것을 '삼국정립三國鼎立'이라고 하지 않던가? 신라, 고구려, 백제가 삼국 시대를 열었고 통일신라, 후백제, 태봉국이 후삼국으로 이어졌다. 삼성신이 지상에서의 통치 수단이었다면 세 개의 천부인은 천상과의 교통수단이었을 것이다. 고대 중국과 우리 천제에 쓰이던 제기로서의 향로는 반드시 세발 향로여야 했다.

그리스 신화 한 대목 여기에서 또 들추어도 무방하다. 이름이 그리스 문자 델타(△)로 시작되는 도시 델포이의 신전 무녀는 '세발 의자(트리포우스)'에 앉아야 무신巫神의 신탁을 내릴 수 있다. 고대 그리스의 어부가 바다에서 건져 올린 황금 세발솥에는 '가장 현명한 철학자를 위하여', 이런 명문이 있었다고 한다.

하나의 점點은 오직 위치를 가리킬 뿐, 어떤 길이도 면적도 갖지 못한다.

두 개의 점은, 서로 이어질 경우 하나의 선분線分을 구성한다. 선분에는 길이가 있을 뿐 면적이 없다.

세 개의 점은 서로 이어짐으로써 비로소 면적을 구성한다.Three points make a plane. 새로운 차원의 관계는 '3'에서 비로소 열리기 시작한다.

그래서 그런가?

우리가
어디에서 왔는가 하면

우리는 모두 단군의 자손들인가

1967년, 스물한 살 때 언필칭 청운의 뜻을 품고 대구에서 상경, 처음으로 다른 지방 사람들과 접촉하면서, 그들 외모는 내 고향 사람들 외모와는 달라도 많이 다르구나, 거참 이상하다, 이런 느낌을 자주 경험했다.

입대한 뒤 다른 지방 사람들과 한 주거 공간에서 밀착 생활하면서부터는 북쪽 산악 사람들과 남쪽 해안 사람들이 달라도 많이 다른 것 같다는 느낌을 본격적으로 받았다. 심지어는 외모로 고향을 짐작해보기도 했다. 짐작이 더러 적중하는 사태에 나는 경악했다.

하지만 이상하다는 나의 느낌을 남들과 나눈 적이 없다. 굉장히 위험한 발상이라는 혐의에서 자유로울 수 없겠다 싶었기 때문이다. 분단된 남쪽을 또 나누고 싶어한다는 혐의에 걸리면 누구든 무사하기가 어렵던 시절이었다. 내가 가지고 있던 막연한 느낌은 대체로 이런 것들이다.

'북쪽 사람들 중에는 키 큰 사람이 많고 남쪽 사람들 중에는 목이 굵고 가슴이 두꺼운 사람이 많은 것 같지 않은가. 영남 사람들에 견주어 호남 사람들은 수염이 짙은 것 같지 않은가. 김씨 중에서도 특정 본관을 쓰는 김씨에 유난히 피부가 검은 사람이 많은 것 같고, 장씨 중에서도, 특정 본관을 쓰는 장씨에 외모가 서구적인 사람이 많은 것 같다…… 이상한 일이 아닌가? 우리는 모두 단군의 자손들, 따라서 단일 민족, 한 핏줄이 아니라는 말인가? 우리는 웅녀에게서 태어난 단군의 자손이 아니라는 말인가?'

90년대 들어와서야 조용진 교수(서울교대)의 글을 통해 나는, 나의 예감이 터무니없는 것이 아니었다는 것을 확인할 수 있었다. 조교수의 주장에 따르면, "한국인을 구성하는 유전형질이 시베리아에서 빙하기를 경험한 북방계와 그렇지 않은 남방계로 구성되어 있다."

우리는 웅녀의 자손이 아닐 수도 있다

구약성서 창세기 1, 2장은 저 유명한, 야훼가 세상 만물과 '인류'의 조상 아담과 하와를 지은 내용을 싣고 있다. 하지만 제4장에 이르면 진술이 뒤집힌다. 아담과 이브의 아들 카인이 아벨을 죽인 직후, 야훼로부터 추

방령을 받고 하소연하는 대목에 이런 내용이 등장한다.

"오늘 이 땅에서 저를 아주 쫓아내시니, 저는 이제 하느님을 뵙지 못하고 세상을 떠돌아다니게 되었습니다. 저를 만나는 사람마다 저를 죽이려고 할 것입니다."

카인이 아벨을 죽였으니, 이 세상에 인간이라고는 부모인 아담과 하와, 그리고 카인 자신밖에 없어야 한다. 그런데도 카인은, '저를 만나는 사람마다'라는 진술을 통하여 자신이 인류 조상인 아담과 하와의 유일한 아들이라는 사실을 전면적으로 부정한다. 창세기 기자記者 모세의 실수였을까? 창세기와는 달리 『삼국유사』는 환웅천왕과 웅녀를, 혹은 두 분 사이에서 태어난 단군 왕검을 우리 조선 민족의 유일한 조상이라고 주장하지 않는다. 단군의 아버지 환웅이 이 땅으로 하강하기 전에도, 그리고 하강한 뒤에도 우리 땅에는 사람이 살고 있었음을 밝히고 있으니, '환웅이 인간 세상을 탐내었다…… 아버지 환인이 아들 뜻을 알아차리고…… 굽어다 보니 아닌 게 아니라 인간을 널리 이롭게 해줄 만도 했다…… 웅녀는, 혼인해서 함께 살 사람이 없어 날마다 신단수 아래서 아기 밸 수 있기를 빌었다'는 대목이 그것이다. 환웅 및 웅녀가 조선 민족의 조상이 아니라, 조선 땅으로 건너온 지배 계급, 혹은 막강한 정치 세력일 수도 있다는 암시 같다. '북방계'일까, '남방계'일까? 우리가 지닌 외모의 차이에서 느꼈던 나의 불편하던 심정은 예감의 더듬이가 이 수수께끼 쪽으로 뻗으면서 시작되었던 것 같다.

조선은 '아침의 나라'인가?

『삼국유사』는 두 차례에 걸쳐 단군이 나라 이름을 '조선'으로 정했다는 내용을 전한다.

지금부터 2천 년 전에 단군 왕검이 있었다. 그분은 '아사달'에 도읍했다. 아사달은 백악^{白岳}이라고도 하는데…… 지금의 백악궁^{白岳宮}이다. 단군 왕검은 여기 도읍을 정해 나라를 세우고는 나라 이름을 '조선'이라고 했다.

단군은 평양에 도읍하고 나라 이름을 조선이라고 불렀다……

'조선'에는 여러 가지 해석이 있다. 최남선에 따르면 '조'는 '날이 새다', '선'은 '싱싱하다'에 해당한다. 따라서 '아침이 싱싱한 땅'쯤으로 새겨질 것 같다.

　이병도에 따르면 '조선'은 단군이 도읍한 '아사달', 즉 '아침의 땅'을 나타내는 한자어이다.

　『삼국유사』를 번역한 북한학자 리상호는 이승휴가 『제왕운기』에서 환웅천왕을 '단웅천왕檀雄天王' 혹은 '단수신檀樹神'이라고 부르는 데 주목한다. 그의 주장에 따르면 '단군'의 '단檀', 즉 '박달'은 오늘날 식물학적으로 정교하게 분류된 그 '박달나무'를 칭하는 말이 아니다. '박달'은 '붉달', 즉 '아주 밝은 산', 혹은 '불의 산'이다. 그렇다면 '밝은 아침의 산'을 뜻하는 '아사달', '밝은 산'을 뜻하는 '백악', '한붉산'을 뜻하는 '태백산', 심지어는 단군의 이름인 '붉달'은 모두 동의어다.

　하지만 그는 여기에서 한 걸음 더 나아간다. '단수신檀樹神'은 '밝달檀 수신樹神'이다. 한족漢族이 '조선'을 '발식신發息愼', '발숙신發肅神'이라고 한 것은 '붉달 수신'을 저희 나름의 방법으로 부른 것에 지나지 않는다는 것이다. 리상호는 단군 신화에서 곰의 승리는, 호랑이 토템 부족에 대한 곰 토템 부족의 승리를 에둘러 표현한 것이라고 주장한 장본인이기도 하다.

　그런데 2001년 2월 22일의 조간 신문(「한겨레신문」)은 또 하나의 놀라운 소식을 전하고 있다. 인용하면 다음과 같다.

'조선'은 아침의 나라가 아니다. 우리의 전통 국호 '조선'이 '아침'이라는 뜻이 아니라 순록 키우는 북방 유목 세력을 지칭한다는 파격적인 학설이 나와 논란이 예상된다…… 주채혁 강원대 사학과 교수는 논문을 통해 조선을 아침이라는 뜻으로 읽는 문헌 해석은 잘못된 것이며 이는 우리 민족의 뿌리인 원시 북방 몽골인의 순록 유목 생활을 상징한 이름이라고 주장했다.

그의 주장에 따르면, 순록의 먹잇감인 흰 이끼를 일컫는 '선鮮'은 '야트막한 산'을 뜻하는 '선鮮'에서 자란다. '선鮮'이라는 글자는 이끼가 자라는 시베리아의 작은 산이며, 조선 겨레는 본래 이끼가 자라는 동산을 찾아 떠도는 순록 유목민을 일컫는다. 말하자면 이들이 수렵민화하면서 남하, 고조선, 부여와 초기 삼국을 형성한 세력이 되었다는 것이다. 주교수의 주장에 대한 손보기 단국대 석좌교수의 반응은 더욱 흥미롭다. "국내 유적에서도 순록 그림이나 비슷한 짐승 뼈가 발굴된 바 있어 순록 유목 이민설은 가능성이 있는 주장이며…… 농경문화에만 집착했던 민족 기원 연구에 새 화두를 던져준 셈"이라는 것이다.

우리는 이 땅의 선주민先住民 자손일 수도 있고 단군의 자손일 수도 있으며 북방 유목민의 자손일 수도 있고 남방 도래인渡來人의 자손일 수도 있다. 『삼국유사』가 전하는 단군 이야기는 이 땅이 사람으로 가득 차는 과정을 그린, 신화의 정점에 있는 가장 오래된, 따라서 가장 귀중할 수도 있는 신화다. 우리가 지켜야 하는 신화이지 버려야 하는 신화가 아니다. 나와는 조상이 다른 자손의 신화도 찾아서 두고두고 지켜주고 싶다.

모든 것은 '알'로부터 시작되었다

경주 남산, 아크로무세이온

여러 차례 그리스를 여행했다. 그리스에 머문 기간은, 합하면 120일가량 된다. 수도 아테네에 있는, 유네스코가 세계에서 가장 아름다운 건축물로 지정한 파르테논 신전, 그 신전이 있는 아크로폴리스(우뚝 솟은 곳)를 무수히 올랐다. 그리스 답사여행 경험은 나의 자랑거리 중 하나다.

경주를 수십 차례 여행했다. 경주에서 머문 기간은 합하면 100일이 훨씬 넘는다. 경주에 있는 남산, 우리의 노천 박물관이라고 해도 좋을 그 남산을 겨우 두 차례 올랐다.

목적은 고적 답사가 아니었다. 용장사 터 가까이에 있는, 막걸리 맛이 기막히게 좋은 산채 식당 때문이었다. 술 마시러 남산을 오르는 나의 눈에는 삼릉三陵의 아름다운 소나무 숲도 보이지 않았다.

1993년의 일이다. 다른 일에 매달려 있었기는 해도 경주에서 100일

가까이 머물렀지만 박물관에는 한 번도 가지 않았다. 경주 여행 경험은 나의 치부 중 하나다.

그리스와 로마 신화의 텍스트라고 할 수 있는 호메로스와 헤시오도스를 여러 차례 읽었다. 영어로도 읽고 일본어로도 읽었다. 나의 자랑거리 중 하나다. 우리 신화의 텍스트라고 할 수 있는 『삼국유사』, 『제왕운기』, 『동국이상국집』을 읽기 시작한 것은 그리스를 여행하기 시작하고 나서다. 나의 치부 중 하나다.

나에게 경주는 보이지 않는 도시, 해독되지 않는 텍스트였다. 경주가 보이기 시작한 것은 그리스 구석구석을 답사하고 나서부터였다. 나는 이제 뉘우침을 통해 죄인에서 새사람으로 거듭나 서울에서 '서울(서벌)'의 조상 '새벌^{新羅}'로 자동차를 몰 수 있다.

이제 겨우 이렇게 말할 수 있다. 그리스에 '아크로폴리스(우뚝 솟은 곳)'가 있다면 우리에게는 '아크로무세이온(우뚝 솟은 박물관)'이 있다고, 그리스인들에게까지 당당하게 말할 수 있다. 나의 자랑거리가 치부를 가려내지 못한다는 것을 잘 알면서도 가장 멀리 떠나 있던 자가 가장 확실하게 돌아올 수 있다는 믿음을 위안으로 삼는다. 그래서 나는 내 조상들께 용서를 빌면서 주말이면 내 집과 우리 신화의 고향을 오르내린다. 우리에게는 '아크로무세이온'이 있다.

알에서 나온 사람들

경부고속도로를 통해 경주로 들어가면 탑정동 초입에 오릉^{五陵}이 나온다. 오릉으로 들어가지 말고 오른쪽으로 방향을 틀어 야트막한 구릉을 오르면 조그만 사당이 있다.

신라정^{新羅井}이다. 정식 명칭은 나정^{蘿井}이다. 아득한 옛날에는 우물 자리였다고 하지만 지금은 언제 우물이 있었나 싶게 황량하다. 나정에서 100여 미터 떨어진 곳에 초기 신라의 육부 촌장을 모신 양산재楊山齋가 있다. 양산재 위에는 육촌장 중 한 분이자 뒷날 배씨裵氏의 시조가 되는 금산金山 가리촌 어른을 모신 경덕사景德祀가 있다. 신라의 건국 신화, 신라의 시조 박혁거세의 탄생 신화는 이 양산재에 모셔진 여섯 촌장에서 시작되어 나정에서 꽃으로 피어나 오릉에 진다. 이 모든 유적이 반경 500미터에 들어온다.

양산재에서 경덕사로 오르면서 길가에서 본 당간지주幢竿支柱를 잊을 수 없다. 당간지주는 당간을 받치는 두 개의 기둥이고, 당간은 절집에서 행사가 있을 때 거는 깃발이다. 당간지주는, 농부들이 모를 심으려고 물을 대어 잘 삶아놓은(써레로 논흙을 밀어 노골노골하게 만들어놓은) 논 한가운데 서 있었다. '옛사람들 무덤 위에서 오늘날의 사람들이 밭을 간다古人墓上今人耕'니 그럴 수도 있겠거니 싶었다.

양산재 뜰에서, 신문지 고깔을 해쓰고 잔디밭에서 잡초를 뽑고 있는 여남은 명의 경주 아낙들 중에 나정이 어디냐고 묻는 내 질문에 시원하게 대답하는 아낙이 없었다. 나정은 거기에서 겨우 100미터 떨어져 있다. 폐사지에 모를 심는 경주 농민이나, 지척에 있는 나정을 알아보지 못하는 경주 아낙네를 원망하지 않으려고 했다.

혁거세 신화는 신라 건국의 기틀이 되는 6촌 촌장 중 첫 자리를 차지하는 알평^{謁平} 촌장 이야기로부터 시작된다. 알평은 양산^{楊山} 자락에다 알천 양산촌^{閼川楊山村}을 세운 분이다. 알평이라는 이름과 이분이 세운 마을 알천 양산촌에 '알' 자가 들어 있는 것에 유념할 필요가 있다.

알평은 하늘에서, 지금의 경산군 천북면 동천리에 있는 표암봉^{瓢嵓峰}으로 하강했다는 신인이다. 동천리 표암봉에는 표암, 즉 박바위가 있다. 전설에 따르면 동천리의 한 할머니가 큰 바위 아래 박을 심었는데 어찌나 큰지 바위를 덮었고, 어찌나 단단한지 마치 차돌과 같았다. 할머니가 이 박을 가르자 한 동자가 걸어 나왔는데, 그가 바로 알평이다.

이와는 조금 다른 전설에 따르면 알평은 허리에 박을 차고 온 도래인^{渡來人}이다. 그가 차고 온 박을 바위 아래 두자 박 덩굴이 자라 바위를 덮었고, 그래서 그 바위가 '박바위'라고 불린다는 것이다.

'알'과 '박' 이야기는 혁거세 신화에서 고스란히 되풀이된다.

봄빛 화사한 양산재 뜰에서 『삼국유사』를 폈다.

진한 땅에는 옛날에 여섯 마을이 있었다…… (알평을 위시한) 6부

촌장들은 모두 하늘에서 내려온 모양이다…… 기원전 69년 3월 초 하룻날 6부 촌장들이 각각 자제들을 데리고 다 함께 알천(!) 둑에 모여 의논했다.

"우리들이 위로 백성들을 다스릴 만한 임금을 가지지 못하고 있어 백성들이 모두 방종하여 제멋대로 놀고 있으니 덕이 있는 사람을 찾아내어 그를 임금으로 삼아 나라를 창건하고 도읍을 정해야 하는 것이 아닌가?"

그제서야 모두 높은 곳에 올라가 남쪽을 바라보니 양산 밑 나정 곁에 이상한 기운이 번개처럼 땅에 드리우더니 웬 흰 말 한 마리가 무릎을 꿇고 절하는 시늉을 하고 있었다. 6부 촌장들이 달려가 살펴보니 보랏빛 알(!) 한 개가 놓여 있었다. 말은 사람들을 보자 울음소리를 길게 뽑으면서 하늘로 올라갔다.

그 알을 쪼개니 형용이 단정하고 아름다운 사내아이가 있었다. 놀랍고도 이상하여 아이를 동천東泉에서 씻기자, 아이 몸에서 광채가 나고 새와 짐승들이 춤을 추어 천지를 진동케 하고 해와 달이 맑고 밝았다. 그래서 이름을 '혁거세왕'이라 하고 왕위의 칭호는 '거슬한'이라고 했다. 당시 사람들이 다투어 치하하여 이렇게 말했다.

"이제 천자님이 이 땅에 내려왔으니 마땅히 덕 있는 여자 임금을 찾아서 배필을 정해야 하겠다."

……사내아이는 알에서 나왔는지라 알은 바가지같이 생긴데다 그 고장 사람들이 바가지를 '박^朴'이라고 하므로 이로써 성^姓을 삼았다.

어째서 다른 산자락이 아니고 '양산', 즉 버들 산자락인가? 고구려 시조 고주몽의 어머니도 '유화부인', 즉 '버들꽃 부인'이었다.

혁거세는 어째서 알에서 태어나는가? 고주몽도 알에서 태어나고, 가야의 여섯 임금도 알에서 태어난다.

어째서 '박'인가? 버들과 알과 박은 신라 건국 신화의 전반부에 자주 등장하다가 나라의 바탕이 잡히면서 사라지는 신화 모티프다. 2천 년 전에 신라인들이 낸 수수께끼를 좇아본다.

닭 목을 비틀어도
새벽은 온다?

'알'에서 '앎'까지

이승휴가 지은 『제왕운기』는 운문으로 노래한, 중국과 우리나라 왕들 이야기다. 박혁거세 탄생 신화도 몇 줄 나온다.

신라 시조 박혁거세는

그 태어남이 여느 사람 같지 않다

하늘에서 푸른 알이 내리니

알 크기는 박만 한데 붉은 실에 묶여 있더라

알 속에 오래 있어서 '박'으로 성을 삼으니

이 어찌 하늘이 점지한 바가 아니랴……

『삼국유사』에 실려 있는, '양산 밑 나정 곁에 이상한 기운이 번개처럼 땅에 드리우더니 웬 흰 말 한 마리가 무릎을 꿇고 절하는 시늉을 하고 있어 6부 촌장들이 달려가 살펴보니 보랏빛 알 한 개가 놓여 있었다'와는 내용이 조금 다르다. 『제왕운기』에 흰 말은 등장하지도 않는다. 알의 색깔도 '보랏빛'이 아닌, '붉은 실에 묶여 있는 푸른 알'이다. 하지만 말이 다를 뿐, 내용은 크게 다를 것이 없다.

나정蘿井은 신라정新羅井이라고도 불린다. 그렇다면 '라정羅井'이어야 할 터인데도 어찌된 일인지 지금까지도 '나정蘿井'이라고 불린다. '나蘿'는 '댕댕이 덩굴', '담쟁이 덩굴'을 뜻하는 글자다. 댕댕이와 담쟁이의 열매는 자주색, 보라색과 매우 가까운 색깔이다. 보라색은 실의 색깔인 '붉은색', 박의 색깔인 '푸른색'을 섞으면 나오는 색깔이기도 하다.

파란색은 하늘을 상징하는 색깔이고 붉은색은 땅을 상징하는 색깔이다. 이 두 색깔을 아우르는 자주색 혹은 보라색, 즉 댕댕이와 담쟁이의 열매 색깔인 자주색과 보라색은 하늘의 뜻과 땅의 사람을 잇는 존재, 즉 임금 재목의 상징이다.

조선 시대의 나이 어린 왕세자나 왕세손은 자적룡포紫赤龍袍를 입었다. 중국이 아무래도 그 원조인 것 같다. 북경에 있는 명청明淸 시대 궁전은 이름부터가 '자금성紫禁城'이다.

서양도 마찬가지다. 보라색 염료의 원료인 튀로스 조개는 로마 황제와 교황청 추기경들의 독점 품목이었다. 그래서 '보라색^{purple}'은 '제왕'이나 '국왕'을 지칭하는 말로 쓰이기도 한다. '보라색으로 태어났다^{born in the purple}'는 말은 '왕가에서 태어났다'는 말과 동의어로 쓰인다.

『제왕운기』에는 '알을 지키는 흰 말' 대신 '푸른 알을 묶은 붉은 실'이 등장한다. '하늘로 날아올라간 백마'는 비마^{飛馬}다.

'날개 달린 말'은 땅으로 내리는 하늘의 전령을 상징하는 보편적인 상징이다. 그리스 신화에 나오는, 날개 달린 말 페가소스를 떠올려도 좋다. 천마는 하늘과 땅을 잇는 매개다. '푸른 알을 묶은 붉은 실'은 이 알이 하늘에서 드리워졌음을 뜻한다. 땅에서 솟아났다면 실이 달려 있을 턱이 없다. 그러므로 두 고전에서 보이는 작은 차이는 신화를 말하거나 옮기는 방법의 차이일 뿐이다. 『삼국유사』도 『제왕운기』도 알을 낳은 주체는 누구인지, 혹은 어떤 짐승인지 밝히고 있지 않다. 하지만 그것을 짐작하게 하는 실마리가 아주 없는 것은 아니다.

……같은 날 사량리 알영정^{閼英井}에 계룡^{鷄龍}이 나타나 왼쪽 옆구리로 여아^{女兒}를 낳으니 용모가 뛰어나게 고왔으나 입술이 닭의 부리

같았다. 사람들이 월성 북쪽 냇물에 가서 씻겼더니 그 부리가 '퉁겨져^鏺' 떨어졌다. 사람들은 그 냇물을 '발천^{鏺川}'이라고 불렀다. 사람들이 남산 서쪽 기슭에 궁실을 짓고 신성한 이 두 아이를 모셔 길렀다…… 여아는, 처음 나온 우물 이름을 따서 '알영'이라고 했다.

두 신성한 아이가 열세 살이 되던 기원전 57년, 나라 사람들은 남아는 왕으로 삼고 여아는 왕후로 삼았다. 나라 이름은 '서라벌' 혹은 '서벌'이라고 하였다(지금 '京'자를 우리말로 '서울'이라고 새기는 것은 이 때문이다)…… 왕이 닭우물^{鷄井}에서 났으므로 '계림국^{鷄林國}'이라고도 했다.

혁거세는 나라를 다스린 지 61년 만에 세상을 떠나 하늘로 올라갔는데, 이레 뒤에 유해가 다섯 토막으로 나뉘어 다시 땅에 떨어졌다. 그 직후에 왕후도 죽었다. 나라 사람들이 두 분을 합장하려고 했지만 뱀이 나와 합장을 방해하므로, 다섯 토막으로 나뉜 몸뚱이를 다섯 능에 장사하고 이름을 '사릉^{蛇陵}'이라고 했다……

『삼국유사』는 혁거세를 품은 보라색 알이 놓여 있던 '나정'을 '닭우물'로 고쳐 부르고 있다. 신성한 닭과 인연이 있다는 암시 같다.

알영이 상서로움을 상징하는 상상의 동물인 '계룡鷄龍'의 왼쪽 옆구리에서 태어났다는 대목에 '닭'에 대한 간접적인 언급이 등장한다. 여아의 이름 '알영'의 '알㛪' 역시 오늘날과 같은 의미('막는다'는 뜻)로 새겨지기보다는 '알'의 형태로 탄생했음을 암시하는 것 같다.

'알영은 용모가 뛰어나게 고왔으나 입술이 닭의 부리 같아서⋯⋯'라는 대목에는 '닭의 부리'라는 말이 명시적으로 등장한다. 이 신화는, 혁거세와 알영 부부는 둘 다 알에서 태어났다, 알을 낳은 주체는 닭이었다, 이렇게 읽어도 좋을 것 같다.

알은 무엇인가?

우주적인 알, 즉 '우주란宇宙卵, cosmic egg'은 생명원리의 출발점이다. 분화되지 않은 전체성과 잠재성의 상징이자 존재의 숨겨진 기원과 비밀의 상징이다.

불교의 알은, 껍질을 깨고 나와 무지無知를 벗고 시공을 초월한 깨달음을 얻는 과정을 상징한다. 병아리가 알 껍질을 깨고 밖으로 나오려면 안에서 껍질을 쪼고 어미닭은 밖에서 쪼아야 한다. 병아리 부리질을 '줄口卒'이라고 하고 어미닭 부리질을 '탁啄'이라고 한다. 병아리 부리질과 어미닭 부리질이 같은 순간同機에 이루어질 때口卒啄同機, 병아리는 비로소 어둠을

뚫고 밝은 세상으로 나올 수 있다.

깨달음의 과정도 그렇다. 제자는 오랜 수행으로 깨달음에 다가가고, 스승은 교시를 주어 한순간에 껍질을 깨게 하는 것, 이것이 불교에서 말하는 '줄탁동기'다.

종교철학자 오강남 교수(캐나다 리자이나 대학)의 책 『길벗들의 대화』는 'R형'에게 보내는 편지 형식을 취하고 있다. 오교수는 수신자를 'R형'이라고 상정한 것은 그가 '알려고 하는 마음', '알 만한 마음', '알이든 마음'의 소유자라고 밝힘으로써 '알다'라는 동사가 '알'에서 나왔음을 암시하고 있다. 지구가 둥글다는 것을 알지 못하던 시대에도 둥근 알은 천지창조의 모태였다. 알의 열림 혹은 깨어짐은 밝음의 시작이었다. 중국 창세 신화의 주인공 반고도 알을 깨고 나왔다. 이집트의 태양신 '라Ra'는 나일강의 기러기Nile Goose가 낳은 신이다.

그렇다면 왜 닭인가? 닭은 울음소리, 즉 계명성鷄鳴聲으로 어둠을 몰아내고 아침을 여는 동물이다. 닭은, 사람의 눈앞에서 알을 낳는 거의 유일한 동물이다.

기독교 상징 체계에서 암탉은, 신도들을 보호하는 그리스도의 모습이기도 하다. 도래인일 가능성이 큰 초기 신라의 6부 촌장들의 다음과 같은 말을 상기할 필요가 있다. 그들은 스스로를 어미닭 무리로 여기는 대신 병아리 무리로서 어미닭을 옹립하고자 했다.

우리들이 위로 백성들을 다스릴 만한 임금을 가지지 못하고 있으니…… 덕이 있는 사람을 찾아내어 임금으로 삼아 나라를 창건하고 도읍을 징해야 하는 것이 아닌가?

문 열어라, 꽃아

신화, 그 논리 오류 세계의 논리

신화는 조금도 논리적이지 않다. 만일 신화에 적용되는 논리가 있다면 그것은 우리가 아는 '논리'가 아닌, '신화적 논리'다. 신화적 논리는 허구적 논리다. '갑'과 '을'이 어떤 문제를 놓고 다음과 같은 이야기를 나누고 있다고 가정하자.

갑 아버지에게, 자식의 목숨은 자신의 목숨보다 소중할 수 있어요. 충무로 피카디리 극장 앞에서 내 눈으로 목격했어요. 딸이 트럭에 받히기 직전, 딸을 향하여 몸을 던지는 아버지를요. 트럭 앞으로 총알같이 뛰어드는 아버지를요. 아버지와 딸이 트럭에 받혀 동시에 목숨을 잃는 것을 나는 보았어요…… 아버지의 그런 행동을 두고 본능적이다, 반사적이다, 이렇게 말할 수만은 없는 거지요.

이 이야기를 듣고 있던 사람 중에 다음과 같이, '갑'의 오류를 바로잡아주는 사람 '을'이 있다고 또 한 번 가정하자.

을 피카디리 극장이 충무로에 있는 것은 아니지요.

갑 아니, 충무로, '회상다방' 맞은편에 있는 극장, 영화배우들 많이 들락거리던 그 '회상다방' 맞은편 극장이 피카디리 극장이 아니라는 말인가요?

을 그건 피카디리 극장이 아니라 명보극장이지요.

갑 아, 맞아요. 명보극장이었군요.

을 아무렴요. 명보극장이지요. 피카디리는 종로 4가, 단성사 맞은편에 있는 극장이고요.

갑 아, 내가 잘못 알고 있었군요. 맞아요, 충무로 명보극장이었어요. 나는 그 앞에서 목격했어요. 아버지와 딸이 동시에 트럭에 부딪히면서 목숨을 잃는 것을…… 부모에게 자식의 목숨은……

'갑'과 '을'의 대화에서 중요한 것은 극장 이름이 아니다. 이들의 대화에서 중요한 것은, 아버지로 하여금 위기를 맞은 딸을 구하러 트럭 앞으로 뛰어들게 하는 것이 자식 사랑에서 비롯된 희생적·의식적 행동인가, 아니면 본능적·반사적 행동인가, 하는 것이다. 그것이 논점이다. '갑'이 명보극장을 피카디리 극장으로 잘못 알고 있다는 것은, 그가 목격했다고 주장하는 것을 무효로 만드는 것은 아니다. 무효로 만들었다기보다 강화했다고 보는 것도 가능하다.

'갑'은 위기에 처한 딸을 구하러 트럭 앞으로 뛰어드는 아버지를, 그러다 둘 다 동시에 목숨을 잃는 광경을 목격한 적이 없을 수도 있다. '을'이, 사건의 현장인 충무로의 극장은 피카디리 극장이 아니라 명보극장이라고 주장하는 순간, 그리고 갑이 자신의 오류를 수정하는 순간, 아버지와 딸이 동시에 목숨을 잃는 것을 본 적이 있다는 갑의 주장은 오히려 기정사실에 가까워진다. 정치판이 자주 써먹는 논리 오류다.

신화의 세계에서도 자주 일어나는 일이다. 신화 시대에 일어난 사건에 대해 정설定說이 있으면 거의 반드시라고 해도 좋은 정도로 이설異說이 있다. 이설은, 언뜻 보면 정설에 딴죽을 걸어 신화 시대의 특정 사건을 무효로 만드는 것 같지만 사실은 그 사건을 기정사실에 가깝게 승인하는 기능을 한다.

또 하나의 탄생 신화

박혁거세 왕과 알영 왕비의 출생 신화에도 정설과 이설이 있다. 『삼국유사』는 「기이」 편에서 박혁거세는 알에서 태어났고(난생설 卵生說) 알영 왕비는 계룡의 왼쪽 옆구리에서 태어났다(좌액탄생설 左腋誕生說)는 정설을 전하면서도 끝부분에 해당하는 「감통感通」 편에서는 선도성모 仙桃聖母 이야기를 이설로 제시한다.

「감통」 편이 전하는 선도성모 이야기는 이렇다.

선도성모는 본래 중국 황실의 딸로 원래 이름은 사소娑蘇다. 일찍이 신선의 술법을 배워 우리나라에 와서 머물면서 오랫동안 돌아가지 않았다. 아버지인 황제가, 솔개 발에다 편지를 매어 딸에게 보냈는데 그 내용은 이렇다.

"솔개가 머무는 곳으로 가서 집을 삼아라."

사소가 편지를 받고는 솔개를 날려보았다. 그러고는 솔개가 머무는 곳으로 따라와 그곳을 집으로 삼고 그 땅 신선이 되었다. 그래서 산 이름을 서연산西鳶山, 곧 서쪽 솔개의 산이라고 했다. 신모神母는 이 산에 자리를 잡고 오래 나라를 보위하니 신령한 일이 많이 일어났다. 이 산은, 나라가 창건된 이래로 있어왔던 삼사三祀, 즉 세 신당 중 하나의 노릇을 했고, 큰 제사 때도 늘 윗자리를 차지했다.

제54대 경명왕은 매 사냥을 즐겼는데, 어느 날은 이 산(선도산仙桃山)에 올라갔다가 매를 잃어버리자 신모께, 만일에 (신모의 영험함에 힘입어) 매를 찾으면 반드시 벼슬을 드리겠습니다, 하고 기도했다. 오래지 않아 매가 날아와 상 위에 앉으므로 경명왕은 신모께 대왕大王 벼슬을 바쳤다.

신모가 처음으로 진한辰韓에 이르러 신령스러운 아들을 낳아 동쪽 나라의 첫 임금이 되게 하였으니 혁거세와 알영을 말하는 것 같다. 계룡이니 계림이니 백마니 하는 것은 닭, 곧 '유酉'가 서쪽에 해당되기 때문이다. 일찍이 신모는 하늘 선녀들로 하여금 비단을 짜게 하고, 붉은빛으로 물을 들여 지아비에게 관복을 지어주었다. 이로 말미암아 나라 사람들이 신모의 영험함을 알게 되었다.

미당 서정주 선생의 시「꽃밭의 독백」에는 '사소 단장娑蘇斷章'이라는 부제가 붙어 있다. 시의 말미에는 '사소는 신라 시조 박혁거세의 어머니. 처녀로 잉태하여 산으로 신선 수행을 간 일이 있는데, 이 글은 떠나기

전 그의 집 꽃밭에서 한 독백'이라는 해제가 실려 있다.

미당 선생의 해제 중 '처녀로 잉태하여'는 '지아비에게 관복을 지어 주었다'는 『삼국유사』의 기록을 뒤집는 또 하나의 이설 신화가 되고 있다. 신화는 이렇게 해서 커지기도 하고 허황해지기도 한다. 「꽃밭의 독백」은 박혁거세 신화 발생 이전의 소식을 들려주는 또 하나의 신화다. 꽃이 문을 열면, 한 나라가, 국선國仙이 들끓던 한 나라가 찬연하게 열릴 터이다.

노래가 낫기는 그중 나아도

구름까지 갔다간 되돌아오고,

네 발굽을 쳐 달려간 말은

바닷가에 가 멎어버렸다.

활로 잡은 산돼지, 매로 잡은 산새들에도

이제는 벌써 입맛을 잃었다.

꽃아, 아침마다 개벽하는 꽃아,

네가 좋기는 제일 좋아도,

물낯바닥에 얼굴이나 비취는

헤엄도 모르는 아이와 같이

나는 네 닫힌 문에 기대 섰을 뿐이다.

문 열어라 꽃아. 문 열어라 꽃아.

벼락과 해일만이 길일지라도

문 열어라 꽃아. 문 열어라 꽃아.

자궁과 무덤

간밤에 수레바퀴는 누가 돌렸나

해방된 지 7, 8년이 지난 50년대 중반, 6·25가 끝난 직후인 그 시절, 초
등학교 들어가기 전에 우리는 어른들을 흉내 내어 이상한 노래를 부르
고 다녔다. 그 노래의 사투리 노랫말을 그대로 옮겨놓겠다.

　　간밤에 구루마 발통(수레 바퀴) 누가 놀렸노(돌렸나)?
　　집에 와서 생각하니 내가 돌렸다(돌렸다).

　일본 군가 〈노영露營의 노래〉에서 따온 가락이라는 것을 나중에 알았
다. '이기고 돌아오겠다'는 뜻을 가진 일본어 노랫말 '캇테쿠루조토이
사마시쿠……'로 시작되는 군가였다. 그 시절에는 일본 문화의 잔재가
흔했다. 어른들은 우리말에다 일본어를 자주 섞어 썼고 아이들도 일본

135

어 몇 마디는 너끈하게 알아듣던 시절이었다. 이 해괴한 노래는 그런 시절 누군가가 일본 군가에다 우리말 노랫말을 실어놓은 것인 듯하다.

문제는 노랫말이다. 간밤에 수레바퀴 누가 돌렸나, 집에 와서 생각하니 내가 돌렸구나…… 이 노랫말은 별로 의미심장한 것으로는 들리지 않는다. 민요의 노랫말이 대개 그렇듯이 이 노래이 노랫말 역시 매우 평범한 사실만을 평면적으로 기술하고 있는 데 지나지 않는다. 민요의 경우, 노랫말의 평면적인 서술은 깊은 의미를 담고 있는 것이 보통이다. 하지만, 느닷없이 '수레바퀴'가 등장하는 이 노래는 그런 의미를 담고 있는 것 같지 않았다. 그런데도 우리는 어른들을 흉내 내어 이 노래를 민요 부르는 심정으로 줄기차게 불렀다. 그로부터 세월이 반세기 가까이 흘렀지만 8·15와 6·25 기념일이 되면 내 뇌리에는 자동적으로 이 노래가 떠오른다.

신화와 민요의 의미를 새겨보려고 애쓰면서 이제 어렴풋이 짐작하기 시작한다. 어른들이 이 노래를 줄기차게 부른 것은, 그리고 우리가 흉내 낸 것은, 어쩌면 우리의 집단 무의식이 어렴풋이나마 이 노랫말에 반응하고 있었기 때문이었는지도 모른다. 어른들은 전쟁으로 황폐해진 산과 들을 바라보면서, 암흑시대에 역사의 수레바퀴를 잘못 돌린 책임의 소

136

재를 따지기 시작하면서, 이런 노래를 불렀는지도 모르는 일이다. 어쩌다 일제로부터 그런 모욕을 당했는가? 어쩌다 이런 전쟁의 참화를 겪게 되었는가? 나는 그 노래의 노랫말을 이렇게 새긴다.

저 암흑시대에 역사의 수레바퀴를 잘못 돌린 자는 과연 누구인가?
암흑시대가 끝나고 곰곰이 생각해보니 그것은 바로 나였구나.

신화와 민요의 깊은 뜻을 음미할 때마다 나는 이 노랫말을 떠올린다.

움^{womb}과 툼^{tomb}

선도산仙桃山에 올랐다. 선도산(380미터)은 높은 산도, 아름다운 산도 아니다. 산 아랫마을 사람들은 10분이면 정상에 닿을 수 있을 것이라고 했다. 심지어는 5분 걸린다고 주장하는 사람도 있었다. 하지만 우리는 이제 현지인들의 그런 말을 믿지 않는다. 높지는 않아도 380미터는 '10~20분'만에 오를 수 있는 높이는 아니다. 30~40분의 가파른 산행으로도 모자랐다.

선도산을 오르려면 선도리仙桃里 마을길을 지나야 한다. 정상 조금 못

미치는 곳에 성모사聖母祠가 있다. 신라 시조왕 박혁거세와 시조왕비 알영을 낳았다는 선도성모를 모신 사당이다.

사당 안에는 황원단皇原壇이 있다. 임금의 근원을 모신 제단이다. 제단 옆에는 선도산의 산신들을 모신 산령각山靈閣이 있다. 절 뒤에는 칠성각과 함께 산신각山神閣이 있는 것이 보통이다. 하지만 경주에서 자주 볼 수 있는 것은 산신각이 아닌 산령각이다.

정상 너머 서쪽 중턱에는 선원사仙源寺라는 조그만 절이 있다. 선도仙道의 근원이라는 뜻일 터이다. 이 절에는 기둥에 새긴 주련柱聯 대신 벽에 건 액자가 있다. '한 번 참으면 오래 즐겁다一忍長樂', '자신을 닦으면 남을 꾸짖지 않게 된다修己不責人' 같은, 그다지 불교스럽지 않은 경구가 쓰인 액자들이다.

선도산, 성모사, 황원단, 산령각, 선원사…… 우리가 선도성모 신화를 알지 못하고 듣는다면, 불교적이라기보다는 다분히 도교적道敎的인 이런 이름은 한갓 명사에 지나지 못한다. 선도성모를 알지 못하고 만나면, 이런 이름을 지닌 절이나 사당은 아무 의미도 없는 초라한 구조물에 지나지 못한다.

선도성모는 그 이름이 스스로 드러내고 있듯이 도교적이다. '선도'는,

기독교의 천당, 불교의 극락에 해당하는 도교의 선경仙境에만 열리는 복
숭아다. 시조왕과 시조왕비를 낳았다는, 이름이 다분히 도교적인 선도
성모 신화가 불교 설화에 실려 있는 것에 주목할 필요가 있다.

　진평왕 때 지혜智惠라는 비구니가 있었는데 무척 어진 행실을 많
이 했다. 지혜는 안흥사에 살면서 불전佛殿을 새로 수리하려고 했으
나 재력이 모자랐다. 그런데 지혜의 꿈에, 머리를 예쁜 구슬로 꾸민
선녀가 나타나 지혜를 위로하며 이렇게 말했다.

　"나는 선도산의 신모인데 네가 불전을 수리한다 하니 기특하다.
내가 금 열 근을 시주하여 돕고 싶다. 그러니 내 자리 밑에서 금을
파내어 으뜸가는 부처님 세 분을 꾸미고 벽에는 53불佛과 6류 성중
六類聖衆과 여러 천신들과 오악五岳의 신들을 그리도록 하라. 그리고 해
마다 봄과 가을, 곧 3월 및 9월 10일에는 선남선녀들을 모아 일체
중생을 위하여 점찰법회占察法會를 베풀고 이를 규례로 삼으라."

　지혜가 꿈을 깨어 무리를 이끌고 가서 신사神祠 자리 밑에서 금
150냥을 파내어 불전을 수리하되 신모가 시키는 대로 했다.

고등 종교인 불교가 들어오기 전에도 이 땅에는 종교가 있었다. 신라 학자 최치원에 따르면 그것은 '옛부터 우리나라에 현묘한 도가 있었으니 바로 풍류도風流道다'. 풍류도는 샤머니즘과 도교적 신선사상이 하나로 어우러진 신라인들의 세계관이었다고 한다. 풍류도를 좇는 화랑 및 그 우두머리 국선國仙은 인위를 좇지 않았다. 그들은 생명이 있는 것들과 생명이 없는 것들을 나누지 않고 하나되어 살고자 했다.

그러나 풍류도는 뒤늦게(5세기) 들어와 위세를 떨치기 시작한 조직적인 고등 종교 불교에게 자리를 내어주지 않으면 안 되었다. 도교에 매우 가까운 풍류도의 신모 선도성모가 비구니를 도와 불전을 수리하게 했다는 이야기는 불교가 도교 또는 풍류도를 습합褶合, 곧 절충하는 과정을 담은 '수레바퀴' 이야기인 것이다. '수레바퀴' 노랫말에 '일제'나 '전쟁' 같은 낱말은 등장하지 않듯이 선도성모 이야기에도 산신과 부처의 대결을 암시하는 낱말은 등장하지 않는다.

선도산에 오르려면 무열왕릉, 김인문릉, 그리고 무수한 서악리 고분군西岳里古墳群을 지나야 한다. 기슭에는 진흥왕(24대), 진지왕(25대), 문성왕(46대), 헌안왕(47대) 등의 왕릉이 있다. 선도산의 다른 이름인 서악西岳은 해 지는 곳에 있는 산이다. 선도산에 있는 마애삼존불의 주존主尊인

140

아미타불은 극락정토를 주장하는 부처다.

"이상하네요? 시조왕 부부를 낳았다는 선도성모의 자궁 같은 성산^{聖山} 기슭이 왕들의 공동묘지가 되어 있다는 게 이상하지 않아요?"

나의 질문에 동행했던 김영석 시인이 나에게 되물었다.

"자궁이 영어로 뭔가? '움^{womb}'이 아닌가? 무덤은 또 뭔가? '툼^{tomb}'아 닌가? 옛사람들은 이걸 둘로 보지 않았던 것 같아."

외래인들, 산을 넘고 바다를 건너다

제우스가 쓴 누명

신화는 바다와 같다. 바다에서 건져 올려 제 몫으로 챙기는 것이 사람에 따라 다르듯이, 신화에서 건져 올려 제 몫으로 챙기는 것도 사람에 따라 다르다. 신화를 읽는 법, 신화를 해석하는 방법은 그러므로 사람에 따라 다를 수밖에 없다. 신화 독자들 중에는 신화에서 역사를 읽어내는 이도 있고, 모듬살이의 집단 무의식을 읽는 이도 있다. 신화에서 고대 종교의 모습을 건져 올리는 이도 있고, 예술의 바탕이 되는 질료를 건져 올리는 이도 있다. 서로 다른 경우에도 신화 독법은 서로 배타적이지 않을 필요가 있다. 상호 배타적인 무수한 의견들을 한 가닥 신기하고 이상한 이야기 속으로 녹여들인 것…… 대극하는 무수한 의견을 하나로 통합함으로써 초라한 언어를 통한 온갖 시비是非를 하나의 이야기 속으로 품어들인 것…… 나는 신화를 이런 것이라고 생각한다.

하지만 다양한 신화 독법 중에는 자주 상충하는 두 가지 독법이 있다. 모듬살이를 가로지르는 집단 무의식의 흔적으로 읽는 독법과 역사의 흔적으로 읽는 독법이 그것이다. 나는 앞의 독법을 좋아한다. 하지만 뒤의 독법을 버릴 수 없다.

그리스 신화의 주신主神 제우스는 거신족巨神族 티탄, 괴거인족怪巨人族 기간테스, 괴물 티폰과 피비린내 나는 싸움을 벌였던 것으로 신화는 기록하고 있다. 제우스가 최고신의 자리를 꿰어차기까지의 험난한 과정은, 밖에서 그리스로 흘러든 제우스 신앙이 기왕에 그 땅을 차지하고 있던 고대 종교와 벌인 험난한 갈등의 흔적이라는 해석이 있다. 하나같이 신기하고 이상한 괴물과의 싸움, 그리고 이 싸움에서 승리하는 과정은 수성獸性에 대한 인성人性의 갈등 및 그 승리를 의미한다는 해석을 취하는 경우에도 역사적 사실인 종교 갈등의 흔적이라는 해석을 버릴 필요는 없다.

제우스의 호색 취미만 해도 그렇다. 제우스의 복잡한 여성 관계는 신화 전문가도 어지러울 정도로 복잡하다. 제우스가 취한 것으로 전해지는 여성 중에는 고모姑母도 있고 누이도 있다. 인간 세상의 여성은 말할 것도 없다. 하지만 제우스의 바람기는 제우스의 뜻이 아니었기가 쉽다. 제우스는 이로써 고대 그리스에서 살던 수십 개 종족의 조상이 되었으니, 제우스의 여성 관계가 점잖지 못했던 책임은 제우스보다는 여러 종족이 보유하고 있던 역사가들이 져야 한다.

제우스의 바람기는 역사가들이 저희 논에다 제우스라는 물을 끌어들인 아전인수적我田引水的 신화 왜곡의 산물에 가까운 것이었다.

이 땅이 도래인들을 섬긴 까닭

환웅천왕이 박달나무를 통해 이 땅에 내렸다는 신화, 그 아드님인 단군왕검이 천 수백 년 동안이나 나라를 다스리다 산으로 들어가 산신이 되었다는 신화를 우리의 무속과 관련시켜 무조 신화巫祖神話로 해석하는 것은 얼마든지 가능하다.

이것을 이민족이 우리 강역彊域으로 편입되는 과정을 그린 신화라고 해석하는 것도 얼마든지 가능하다. 실제로 후자에 속하는 해석이 다양하게 제기되고 있다. 조선朝鮮의 '선'은 순록의 먹잇감인 흰 이끼 '선蘚'이 자라는 '야트막한 산'을 뜻하는 '선蘚'을 가리키는 만큼, 조선 겨레는 본래 이끼가 자라는 동산을 찾아 떠돌던 순록 유목민을 일컫는 말이고 이들이 수렵민화하면서 남하, 고조선, 부여와 초기 삼국을 형성한 세력이 되었다는 주장도 여기에 속한다.

신라 건국 신화에 등장하는 6부 촌장들도 원래 우리 땅에 살던 사람들이 아니다. 김부식의 『삼국사기』에 따르면 이들은 북쪽에서 남쪽으로 흘러든 조선 유민의 우두머리들이다. 이들은 마한馬韓 땅 왕의 허락을 얻어 지금의 경주 지역에 거주하면서 원시적인 국가 '사로국'의 지배권을 행사하던 무리들이다.

일연 스님의 『삼국유사』는 이들이 하늘에서 산봉우리로 내려온 것으로 기록하고 있다. '북쪽에서 온 사람들'이라는 기술과 '하늘에서 산봉우리로 내려온 사람들'이라는 기술은 서로 엇갈린다. 공통점이 있다면 원래 이 땅에 살던 사람들이 아니었다는 점이다.

그런데 6부 촌장들 가운데 하늘에서 표암봉으로 하강했다는 알평이라는 인물과 관련된 이야기가 흥미롭다. '표암'이라면 '박바위'다.

알평은, 박에서 나온 동자童子였다는 이야기도 있고, 허리에 박을 차고 온 도래인이었다는 이야기도 있다. '박에서 나온 동자'라는 기술과 '박을 차고 온 도래인'이라는 기술은 서로 엇갈린다. 공통점이 있다면 '박'과 밀접한 관계가 있다는 점이다. '박'과 밀접한 관계가 있는 알평 이야기는, 박에서 태어나 마침내 '박'이라는 성을 얻게 되는 박혁거세 신화의 예고편이나 다름없다.

알평이 '알천 양산촌'의 우두머리였다는 것도 흥미롭다. 그의 이름자에 들어 있는 '알', 그가 살던 마을 이름에 들어 있는 '알'은 뒷날 박혁거세의 부인이 되는 '알영閼英' 신화의 예고편이나 다름없다.

박혁거세와 알영 부부를 낳은 선도성모 또한 원래 우리 땅에 살던 사람이 아니다. 일연 스님은 이렇게 쓰고 있다.

『국사』를 맡는 관원이 말하기를, "나 식軾(곧 『삼국사기』의 저자 김부식)이 정화 연간에 사신의 임무를 받들고 송나라에 들어가 우신관佑神官을 찾아갔더니 집이 한 채 있고 그 집 안에 여자 신선의 상을 모시고 있었다." 우리를 안내하던 학사學士 왕보가 내력을 이렇게 설명했다.

"옛날 중국 황실의 따님이 바다 건너 진한辰韓에 이르러 아들을 낳아 해동의 시조가 되게 했고, 뒷날에는 그 땅 신선이 되어 선도산에 머물고 계시니, 저 신선상이 바로 그분의 상입니다."

뿐만 아니다. 송나라 사신 왕양이 우리나라에 와서 동신성모東神聖母께 제사 모시면서 올린 제문에는 이런 구절이 있다.

"어진 인물을 낳아 나라를 처음으로 세우시다."

한밝산 박달나무로 내린 환웅천왕, 표암봉으로 내린 알평, 중국에서 선도산으로 온 선도성모……

이들만이 도래인이었던 것은 아니다. 박혁거세가 알 같은 박에서 나왔듯이, 가락국 시조 수로왕 또한 알에서 나왔다. 그러나 수로왕을 품은 알은 여느 알이 아니라 금궤에 든 알이었다. 이것은, 알평이 '박'에서 나왔거나 '박'을 차고 온 도래인이었듯이, 가락국의 시조 수로왕 또한 도래인이었음을 암시하는 듯하다.

김알지金閼智 또한 알에서 나왔고 그 알은 시림始林에 놓인 금궤 안에 들어 있었다. 탈해 역시 궤짝에서 나왔다. 탈해는, "나는 본래 용성국 사람이다"라고 밝힘으로써 자신이 도래인임을 처음부터 인정하고 있다.

신화에 등장하는 이 무수한 '알'의 상징성은 생명원리의 출발점으로서의 우주적인 알, 즉 '우주란宇宙卵, cosmic egg'의 상징성을 상기시킨다. 하지만 이렇듯이 많은 도래인들이 이 땅에 정착하면서 별 저항도 받지 않은 상황은 어떻게 설명해야 할 것인가?

외래인, 도래인들임이 분명해 보이는데도 그들은 저항을 받기는커녕 왕으로 떠받들어지는 상황도 역사로부터 증거를 빌리지 않고 설명할 수 있을까? '무릇 덕이 있는 자는 (딱딱한) 이齒가 많은 법'이라는 탈해의 주장, 아무래도 대장장이 출신이었던 듯한 탈해의 정체가 그 실마리라고 할 수는 없을까? 이 수수께끼 같은 신화들은 아무래도 석기 시대와 청동기 시대, 그리고 철기 시대의 점이지대 소식을 전하고 있는 듯하다. 탈해에 이르면 좀더 분명해진다.

샤먼과
대장장이 1

임금은 샤먼이었다

『삼국유사』는 신라 「제2대 남해왕」 편, 「제3대 노례왕」 편, 「제4대 탈해왕」 편, 그리고 신라에 김씨성金氏姓을 처음 있게 한 「김알지」 편, 이런 순서로 기록하고 있다. 그런데 이 네 분 이야기에는 '샤먼' 및 '대장장이'와 밀접한 관계가 있는 삽화가 들어 있어 주목할 만하다. 먼저 「남해왕」 편의 전반부를 읽어본다.

남해 거서간南解居西干은 '차차웅次次雄'이라고도 한다. 이는 존장尊長을 부를 때 쓰는 호칭이니, 오직 이 임금만 이렇게 불렀다. 아버지는 혁거세, 어머니는 알영부인, 왕비는 운제부인雲帝夫人이다.

『삼국사』에는 이렇게 씌어 있다.

"신라에서는 임금을 '거서간'이라고 불렀는데, 이것은 진辰나라 말로 임금, 혹은 귀인을 부를 때 쓰는 칭호라고 한다. 차차웅, 혹은 자충慈充이라고도 한다." 김대문金大問은 이렇게 쓰고 있다.

"'차차웅'은 우리말로 무당이라는 뜻이다. 세상 사람들이 무당을 통해 귀신을 섬기고 제사를 지내므로 이를 높여 부르다가 마침내 높은 어른을 '자충', 혹은 '이사금'이라고도 하였으니 이는 잇금齒理을 두고 하는 말이다…… 마립간麻立干이라고도 하니, '마립'이라는 것은 방언으로 말뚝이라는 뜻이다. 말뚝은 지위에 맞추어 세우므로 임금의 말뚝이 으뜸자리에 서고 신하의 말뚝은 아래로 벌여 서게 되므로 이름을 이렇게 지은 것이다."

혁거세가 처음으로 얻은 왕위의 칭호는 '거슬한居瑟邯'이었다. 하지만 그는 '거서간'으로 불리기도 했다. 알에서 나온 그는 맨 처음 입을 열면서 '알지거서간', 하고 외치고는 단번에 일어섰다. '알지'는 '어린아이'라는 뜻이니, 결국 '나는 아기 임금이다' 이런 뜻이다. 이때부터 이 말은 곧 임금의 존칭이 된다. 언필칭 '천상천하 유아독존'이다.

김대문의 기록에 주목해야 할 대목이 있다. '임금'과 동의어인 '거서간', '차차웅', '자충'이라는 말이 원래 '무당(샤먼)'이라는 뜻이라는 대목이다. "샤먼을 통해 귀신을 섬기고 제사를 지내므로 높은 어른을 샤먼과 동의어인 '자충' 혹은 '이사금'이라고 했는데 이것은 곧 잇금, 즉 임금을 두고 하는 말"이라는 것이다. 이 대목은 초기 신라가, 임금이 스스로 샤먼이 되어 제사와 정치를 동시에 주관하는 제정일치^{祭政一致} 시대였음을 노골적으로 암시하고 있다.

마립간의 '마립'은 '말뚝'을 뜻하는 말이었다고 하니 품계석^{品階石}과 비슷한 것이었을 터이다.

철기 시대가 열린다는 소식

남해왕, 노례왕, 탈해왕, 김알지는 거의 같은 시대를 살던 사람들이다. 앞의 세 사람은 나란히 임금(샤먼) 노릇을 했고 김알지는 뒷날 임금(샤먼)의 조상이 되었다. 이제 이 네 갈래의 이야기를 탈해를 중심으로 펼쳐 보기로 한다. 탈해 이야기는 세계 여러 나라 신화에 빠짐없이 등장하는 전형적인 문화 영웅, 곧 '샤먼과 대장장이' 이야기다.

(서기전 19년) 남해왕 때, 가락국 바다로 웬 배가 들어와서 정박했다. 그 나라 수로왕이 신하들 및 백성들과 함께 북을 울리면서 맞아

머물게 하려 했다. 그러나 배는 미끄러지듯이 달아나 계림 동쪽의 하서지촌 아진포阿珍浦에 닿았다.

당시 바닷가에는 한 노파가 있었는데 이름이 아진의선阿珍義先이었다. 노파는 혁거세왕에게 생선을 잡아다 바치는 일을 하고 있었다. 노파가 바다를 바라보면서 말했다.

"이 바다에는 바윗돌이 없었는데, 저 바윗돌 같은 것은 무엇이며, 까치들이 몰려들어 우는 것은 또 무슨 까닭일까?"

노파는 바윗돌 같던 그 배를 어떤 나무숲으로 끌어다놓았지만 좋은 징조인지 나쁜 징조인지 알 수가 없어서 하늘을 향하여 축수한 뒤에야 그 배에 들어 있는 궤짝을 열어보았다.

궤짝에는 단정하게 생긴 사내아이 하나와 일곱 가지(!) 보배와 노비들이 가득 실려 있었다. 노파가 이레(!) 동안 바라지를 하자 아이가 입을 열었다.

"저는 원래 용성국龍城國 사람입니다. 우리나라에는 옛부터 28용왕이 있습니다. 모두 사람의 태胎을 열고 태어나 다섯 살, 여섯 살 때부터 왕위를 이어 만백성을 가르침으로써 성명性命을 올바르게 합니다. 백성들에게는 여덟 가지의 혈통이 있지만 모두가 차별받지 않고 임금 자리에 오를 수 있습니다. 저의 아버지 함달파含達婆왕은 적녀국積女國 공주님께 장가드셨습니다. 하지만 오래 아들이 없어서 자식 보기를 기도하셨더니 어머니께서 7년(!) 만에 커다란 알을 하나 낳으셨습니다. 아버지 함달파왕께서는 신하들을 모으시고 말씀하셨습니다.

'사람이 알을 낳은 일이 고금에 없으니 좋은 일은 아닌가 보다.'

그러고는 곧 궤짝을 만들어 나를 그 안에 넣어 배에 싣고, 이어서 갖가지 보물과 노비들을 함께 실으시고는 바다에 띄우면서 말씀하셨습니다.

'인연 닿는 땅에 네 마음대로 닿아 나라를 세우고 집안을 일으켜라.'

마침 붉은 용이 배를 호위해주어 여기까지 오게 되었습니다."

말을 마치자 사내아이는 지팡이를 끌면서 두 종을 데리고 토함산 위로 올라가 돌무덤을 만들고 이레(!) 동안 머물렀다. 그런 다음에는 성 안에 살 만한 땅이 있는지 찾아보았다. 마침 초승달처럼 생긴 산봉우리가 보였다. 사내아이가 보기에 오래 살 만한 자리였다. 누구 땅인지 알아보니 호공瓠公 댁이었다. 사내아이는 곧 꾀를 써서 남

몰래 그 집 옆에다 숫돌과 숯을 묻고는 이튿날 아침 그 집 문 앞에
가서 말했다.

"이 집은 우리 조상이 살던 집이오."

호공은 그렇지 않다고 했다. 서로 시비를 따졌으나 마침내 가리
지 못해 관가까지 가게 되었다. 관리가 사내아이에게 물었다.

"무슨 증거가 있어서 이것을 너희 조상이 살던 집이라고 하느냐?"

그러자 사내아이가 대답했다.

"우리 조상은 본디 대장장이였는데, 다른 곳에 나가 사는 동안에
다른 이가 집을 빼앗아 살고 있는 것입니다. 땅을 파보면 알 수 있
을 것입니다."

집터를 파보니 숫돌과 숯이 나왔다. 아이는 그 집을 빼앗아 살았다.

이 사내아이, 곧 탈해는 용성국에서 태어났다고 함으로써 자신이 도
래인渡来人임을 분명하게 하고 있다. 일곱(7) 가지 보물을 가지고 와서, 아
진의선으로부터 이레(7일) 동안 바라지를 받은 사내아이가 맨 처음 한
일이 무엇인가? 지팡이를 끌면서 두 종을 데리고 토함산 위로 올라가
돌무덤을 만들고 이레(7일) 동안 머무는 일이다.

단군 신화에서 곰은 삼칠일, 즉 21일을 삼간 뒤에 사람의 몸을 얻고 사람의 역사에 합류한다. '7'은 금제禁制와 해제解制의 접경에 자리하는 신성한 숫자다. 도래인 탈해도 토함산 돌무덤에서 이레 동안 머묾으로써 이 금제를 풀어낸다.

그런데 왜 하필이면 돌무덤인가? 죽음을 미리 죽어두는 것, 자신의 형해形骸를 먼저 보아두는 것은 샤먼의 전형적인 입무의례入巫儀禮다. 그가 죽고 난 뒤 신조神詔, 즉 현몽을 통하여 자신의 뼈를 중장重葬할 것을 명하는 것도 그가 샤먼이었다는 것을 밝히는 움직일 수 없는 증거다. 그는 제 입으로 자신이 대장장이의 자손이라고 밝힌다.

그는 무엇인가? 이 땅에 철기 문화를 일으킨 대장장이 샤먼, 즉 야장무冶匠巫다. 남해왕, 노례왕, 탈해왕, 김알지 신화에서 철기 시대 열리는 소리가 들린다.

샤먼과
대장장이 2

둔갑술로 겨루자

『삼국유사』「신라」편에 따르면 탈해는 자칭 용성국의 국왕 함달파와 적
녀국 공주 사이에서 태어난 아들이다. 궤짝에 들어 있다가, 혁거세왕에
게 물고기를 잡아 바치던 아진의선에게 발견될 당시 그는 '단정하게 생
긴 사내아이' 모습을 하고 있었다.

　그러나 탈해는 소위 용성국에서 바로 신라로 온 것이 아니다. 그는 가
락국에 들러 이 나라 시조 수로왕과의 한 차례 겨루기에서 패배, 신라로
온 것으로 되어 있다. 같은 책 「가락국기駕洛國記」는 그 사실을 이렇게 적고
있다.

　이때 완하국玩夏國 함달왕의 부인이 아기를 가졌는데 낳고 보니 알
이었다. 알을 벗고 나왔다고 해서 이름을 탈해脫解라고 했다. 탈해는

바다를 따라 문득 가락국에 왔다. 그의 키는 3척, 머리 둘레는 1척이나 되었다. 그는 대뜸 대궐로 들어가 수로왕에게 말했다.

"나는 왕의 자리를 빼앗고자 왔소."

수로왕이 대답했다.

"하늘이 나를 왕위에 오르게 한 것은 장차 나라를 안정시키고 백성을 편하게 살게 하기 위함일 터이니 하늘의 뜻을 어기고 그대에게 왕위를 줄 수 없다. 내 나라와 백성을 그대에게 함부로 맡길 수는 없는 일이다."

탈해는 술법으로써 승패를 결정하자고 했고 수로왕도 그러자고 했다.

탈해가 한 마리 매로 둔갑했다. 수로왕은 독수리로 둔갑했다. 탈해는 참새로 둔갑했다. 수로왕은 금방 새매가 되어 날았다. 순식간에 일어난 일이었다. 탈해가 본래 모습으로 돌아오니 수로왕도 본래 모습으로 돌아왔다. 탈해가 항복하면서 말했다.

"제가 매와 참새로 둔갑했을 때, 전하께서는 독수리와 새매로 둔갑하셨습니다. 그때 저를 죽일 수도 있었는데 죽이지 않았습니다. 이것은 전하께서, 죽임을 증오하는 성인의 어진 덕을 갖추었기 때문일 터입니다. 전하와 임금 자리를 놓고 겨루는 것은 안 될 일일 듯합니다."

탈해는 작별을 고하고 중국 배가 타는 물길을 따라가려고 했다. 수로왕은 탈해가 머물면서 난리를 꾸밀 것이 염려스러워 배 500척을 내어 뒤를 쫓게 했다. 하지만 탈해가 계림 땅으로 달아났으므로 배는 되돌아왔다.

그런데 역사적 기록들이 신라 기록과는 많이 다르다.

가락국에 당도했을 당시 탈해의 '키가 3척, 머리 둘레는 1척이나 되었다'. 이 '척'이 요즘의 '척'과는 다를 터여서 정확하게 알 수는 없지만 문맥으로 보아 탈해의 체구가 엄장했음을 강조한 것 같다. 탈해가 세상을 떠났을 때 '해골 둘레가 3척 2촌, 몸뚱이뼈 길이가 9척 7촌'이었다는 기록도 「신라」 편에 보인다. 엄장한 체구를 강조할 생각이 아니었다면 이런 것을 군이 기록하지는 않았을 것이다. 수로왕에게 패배하기는 했지만 탈해는 기문둔갑술^{奇門遁甲術}도 익힌 것으로 되어 있다.

둔갑술 겨루기는 세계 어느 나라 신화에든 약방의 감초같이 등장하는 모티프다. 그리스 신화의 주신 제우스는 둔갑의 명수다. 바다의 신 가운

데 하나인 프로테우스는 둔갑의 도사다. 그에게는 '많은 모습을 가진
자'라는 별명이 있을 정도다. 손오공 역시 둔갑의 명수다. 하지만 그는
아무리 기문둔갑술을 현란하게 구사해도 부처님 손바닥을 빠져나가지
못한다.

'잇금'으로 겨루자

탈해가 꾀를 써서 호공^{瓠公}의 집을 빼앗은 직후 남해왕은 탈해가 지혜
로운 사람인 것을 알고 맏공주를 주어 아내로 삼게 했다. 바로 아니부
인^{阿尼夫人}이다. 이로써 탈해는 지금의 국무총리에 해당하는 대보^{大輔} 호공
의 집을 빼앗아 살면서 왕의 사위 자리에까지 오른 것이다.

신라 제2대 남해왕이 세상을 떠났을 당시의 대보는 호공이 아니라 탈
해였다. 탈해는 호공의 집뿐만 아니라 대보라는 자리까지 빼앗아 차지
한 셈이다.

남해왕이 세상을 떠났을 때 왕위는 당연히 장남 유리(뒷날의 노례왕)
가 계승하게 되어 있었다. 하지만 유리는 대보의 덕망을 들어 왕위를 탈
해에게 넘기려고 했다. 탈해가 짐짓 사양하면서 말했다.

"무릇 덕이 있는 자는 이가 많은 법이니 마땅히 잇금으로 시험해볼 일

입니다."

이렇게 해서 탈해와 유리는 떡을 물어 시험해보았다. 유리의 이가 더 많았다. 그래서 유리가 먼저 왕위에 올랐다. 이가 많아 왕위에 올랐다고 해서 그 자리를 '잇금'이라고 했다. '잇금'이라는 칭호는 바로 이 임금, 노례왕에서 시작되었다.

『삼국유사』에 따르면 그렇다. 하지만 이것은 신이, 즉 신기하고 이상한 이야기의 기록이지 역사적 사실의 기록이 아니다.

호공이 대보 자리에 오른 것이 서기 58년이다. 유럽에서는 사도 바울이 한참 기독교를 선교하고 다니던 시절이다. 유수劉秀가 중국을 평정, 통일을 이루고 광무제光武帝가 되고부터도 20여 년의 세월이 더 지난 시점이다.

우리나라 삼국의 체제 잡히는 속도가 더디기는 했을 것이다. 하지만 그렇다고 해서, 집터에다 몰래 숫돌과 숯덩이를 묻어놓고 자기 조상들의 집이라고 주장하는 탈해에게 한 나라의 대보라는 호공이 집을 내어주고, 떡을 물어 이의 숫자로써 임금 자리에 오를 사람을 결정할 정도로 우리가 순진했을까, 어수룩했을까? 그렇게 미개했을까? 호공이 누군데?

호공(박 어른)은 하늘에서 표암봉(박바위)으로 내렸다는 알평 어른이다. 그는 이미 서기전 20년에 사신으로 마한^{馬韓}에 파견되었을 정도의 수완가였다. 마한 왕이 조공을 바치지 않는다고 나무라자, 혁거세왕을 중심으로 축적된 힘을 은근히 과시함으로써 마한 왕을 압박하기까지 한 사람이다. 초기 신라의 그런 원로가 떠돌이 탈해의 잔머리 굴리기에 넘어가 저택을 넘겨주었을까?

탈해 이야기에는 그가 대장장이였다는 암시가 여러 차례 보인다. 금궤짝에 든 채로 배에 실려 있었다는 대목만 해도 그렇다. 이 때의 '금'은 황금이 아니라 '쇠'였기가 쉽다. 호공의 집터에다 숫돌과 숯을 묻었다는 것도 그렇다. 숫돌은 쇠를 갈아내는 데, 숯은 쇠를 녹이는 데 쓰이는 대장장이의 필수품이다. 뿐만 아니다. '우리 조상은 본디 대장장이였다'는 본인의 진술에 이르면 그가 대장장이들, 혹은 철기 문화를 아는 세력의 중심이었다는 사실은 움직일 수 없이 분명해진다.

호공을 중심으로 하던 세력은 야장무^{冶匠巫}, 즉 샤먼이자 대장장이 탈해를 중심으로 하던, 철기 문명을 아는 세력에게 밀렸다는 이야기는 혹 아닐까?

매부^{妹夫}인 탈해에게 왕위를 넘겨주려 하던 노례왕의 시대는 '쟁기와 보습'이 처음으로 만들어진 시대다. 노례왕이 왕자 시절에 한 차례 탈해에게 임금 자리를 사양하려고 했던 것은 탈해가 지닌 철기 기술의 역량 때문이 아니었을까?

쇠는, 당시에 알려져 있던 것들 중에서 가장 단단한 물질이었다. 우리 몸에서 가장 단단한 부분은 치아다. 치아의 경도硬度는 견갑골 경도의 수십 배에 이른다. 김알지의 탄생과 탈해의 사후 이야기에서 더욱 분명해지겠지만 '잇금' 이야기는 그저 '이'가 아닌, 아무래도 '쇠 다루는 기술 역량'으로 읽어야 할 것 같다.

샤먼과
대장장이 3

무당과 대장장이는 한통속이다

서라벌 옛노래냐 북소리가 들려온다

말고삐 매달리며 이별하던 반월성

사랑도 그 목숨도 이 나라에 바치고

맹세에 잠든 대궐 풍경 홀로 우는 밤

궁녀들의 눈물이냐, 궁녀들의 눈물이냐

첨성대 별아

누가 작곡한 것인지, 누가 부른 것인지 모르는 채 요즘도 내가 고향 친구와 어울리면 자주 부르는 노래다. 50~60년대에는 아득히 먼 삼국시대를 당대적 현실로 착각하고 부르는 듯한 노래가 많았다. 그런 노래들 가운데 아직도 싱싱하게 살아남은 노래가 바로 〈신라의 달밤〉이다.

왕릉이 밀집해 있는 경주의 대릉원에 자동차를 세우면 주위에 볼 것
이 많다. 천마총^{天馬塚}이 바로 대릉원 안에 있다. 돌아서면 내가 '아크로무
세이온(우뚝 솟은 박물관)'이라고 이름 붙인 남산이 보인다.

여기에서 첨성대, 계림, 반월성으로 통하는 길로는 자동차가 들어가
지 못한다. 이따금씩, 유료 마차가 다닐 뿐이다. 말발굽 소리를 들으며
이 길로 들어서면 정말 옛 서라벌의 북소리가 함께 들려오는 듯한 착각
에 빠지기 십상이다.

43년 전, 초등학교 시절에는 그렇게 크고 웅장해 보이던 첨성대가 지
금은 작고 아담한 모습을 하고 길가에 서 있다. 입장료는 300원이다. 세
계의 이름난 고적들을 꽤 많이 찾아다녀보았지만 입장료가 이렇게 싼 곳
은 경주뿐일 것이다. 첨성대는, 입장료 내고 들어가지 않아도 철책 바깥
에서 잘 보인다. 첨성대 보고, 오른쪽 길로 잠깐 걸어 들어가면 계림^{鷄林}
이다. 계명성^{鷄鳴聲}, 닭 우는 소리가 들릴 듯하다. 시림^{始林}이라고도 한다.
'비롯된 숲'이다. 느티나무와 회나무 고목들이 들어차 있는 성림^{聖林}이다.
입장료는 역시 300원이다.

계림은 43년 전과 조금도 다름없는 모습을 하고 있다. 계림의 고목 사

이를 돌아 나오면 눈앞에 나지막한 구릉이 보인다. 멀리서 보아도 반달 꼴이라는 것을 알 수 있다. 잠깐 오르면 꽤 넓은 평지가 펼쳐진다. 걸어서 20~30분 걸리는 거리에 '서라벌 북소리', '말고삐 매달리며 이별하던 반월성', '첨성대 별'이 현실인 것처럼 존재한다. 등산복 차림으로 느릿느릿 오가는 경주 시민들이 한없이 부러워진다.

여기에서 펼치는 『삼국유사』는 별미다.

어느 날 탈해가 동악에 올라갔다가 심부름하는 자를 시켜 마실 물을 길어 오게 했다. 심부름하던 자가 물을 길어 오던 중 먼저 마시려고 뿔잔에 입술을 대었다. 입술이 붙어 떨어지지 않았다. 탈해가 나무랐다. 심부름하는 자가 맹세하며 말했다.

"이제부터는 가깝고 멀고 간에 감히 먼저 마시지는 않겠습니다."

그제야 심부름하는 자의 입술이 뿔잔에서 떨어졌다. 이때부터는 심부름하는 자가 감히 탈해를 속이지 못했다. 지금도 동악에는 우물이 하나 있다. '요내 우물'이 바로 그것이다.

노례왕이 죽자 탈해가 왕위에 올랐다. (호공에게), 이것이 옛날^昔 우리 집이오, 하면서 집을 빼앗았다고 해서 성씨를 '석씨^{昔氏}'로 하였다. 혹은, 까치 때문에 (아진의선이) 궤짝을 열었으므로 까치 '작^鵲' 자에서 새 '조^鳥'를 털어버리고 석씨로 했다고도 한다. 궤짝을 '풀고^解', 알을 '벗고^脫' 나왔다고 해서 탈해^{脫解}라고 했다고도 한다.

탈해왕 3년, 호공이 밤에 월성 서쪽 마을에 갔다가 시림에서 밝은 빛이 비치는 것을 보았다. 호공이 가서 보니, 보랏빛 구름이 하늘에서 땅에 드리워져 있는데 구름 속에는 황금 궤짝이 나뭇가지에 걸려 있었다. 바로 그 궤짝에서 빛이 비쳐 나오고, 또 흰 닭이 나무 아래서 울어 호공은 이를 왕께 알렸다.

왕이 시림으로 거동하여 궤짝을 열어 보니, 사내아이가 누워 있다가 일어났다. 혁거세 탄생과 같았다. 혁거세가 자신을 '알지^{閼智}'라고 했다는 그 말에 따라 아이 이름을 '알지'라고 지으니, 우리말로 어린아이를 이르는 말이다. 아이를 안고 대궐로 돌아오는데, 새와 짐승들이 뒤를 따르면서 기뻐 날뛰며 춤을 추었다. 왕이 날을 받아 그를 태자로 책봉했으나 알지는 왕위를 사양하여 오르지 않고 파사^{婆娑}에게 그 자리를 물렸다.

알지가 금 궤짝에서 나왔으므로 성을 '김^金'이라 하였다. 알지가 열한을 낳고, 열한이 아도를 낳고, 아도가 수류를 낳았다. 수류가 욱부를 낳고 욱부가 구도를 낳고, 구도가 미추를 낳았다. 미추가 왕위에 오르니, 신라의 김씨는 알지에서 시작되었다.

탈해는 임금 자리에 앉은 지 23년 만에 죽어서 소천 둔덕에 묻혔다.

뒤에 탈해의 신령이, 내 뼈를 조심해서 문으리, 고 했나. 그의 해골 둘레가 3척 2촌이요, 몸뚱이뼈 길이가 9척 7촌이었다. 이빨이 엉켜 하나인 듯했고 뼈마디가 연결되어 있었으니 소위 천하에 적수가 없을 장사의 형해였다.

나라에서는 그 뼈를 부수어 형상을 빚고, 그 형상을 대궐에 모셨다. 탈해의 신령이 또, 내 뼈를 동악*岳에 두라, 고 하여, 그곳에 모셨다. 이런 말도 있다. 그가 죽은 뒤, 그러니까 27대 문무왕 때 얼굴이 무섭게 생긴 노인이 문무왕의 꿈에 나타나서 말했다.

"나는 탈해다. 내 뼈를 소천 둔덕에서 파다가 소상塑像을 만들어 토함산에 안치하라."

왕은 이 말을 좇았다. 이로부터 지금까지 나라에 제사가 끊이지 않으니, 제사 흠향하는 이가 바로 이 동악신이다.

탈해는 소위 용성국에서 배를 타고 신라로 온, 자칭 대장장이다. 그는 신라에 도착한 직후, 지팡이를 끌면서 두 하인을 데리고 토함산으로 올라가 돌무덤을 만들고 이레 동안 지내는데, 이것은 샤먼의 입무의례를 상기시킨다.

야쿠트족에게는 '무당과 대장장이는 한통속'이라는 속담이 있다. 그들은 훌륭한 여성을 '무당이나 대장장이 마누라 감'이라고 부르기도 한다.

부르야트족의 믿음에 따르면 이 땅의 모든 대장장이들은 천상의 대장장이 보쉰토이의 아들 9형제의 제자들이다. 보쉰토이가 이 땅에 대장장이들을 퍼뜨리도록 아들 9형제를 보낸 것이다. 석탈해 이야기를 읽고 있으면 부르야트족의 대장장이 신 보쉰토이가 떠오른다.

대장장이 샤먼 석탈해의 도래^{到來}와 그의 죽음 사이에 '김알지'의 탄생 설화가 놓여 있는 것도 심상치 않다. 알지는 황금궤에서 나왔다고 하지만 아무래도 그 궤짝은 황금으로 만들어졌다기보다는 쇠로 만들어졌을 것 같다.

혁거세의 성씨 '박^朴'은 식물성이다. 탈해의 성씨 '석^昔'은 까치 '작^鵲'에서 나온 것이니 동물성이다. 여기에 김씨, 즉 광물성 성씨가 가세한다. '이빨이 엉켜 하나인 듯하고 뼈마디가 연결되어 있었'다는 것은 아무래도 용광로를 연상시킨다. 후손에게, 자기의 뼈를 소천 둔덕에서 파다가 소상塑像을 만들어 토함산에 안치하라는 석탈해의 신조神詔는 정밀한 검토가 필요할 것 같다. 전형적인 야장무冶匠巫 의례에 속하기 때문이다.

고주몽, 알에서 나와 세상을 알다

태양신 아드님의 성령으로 잉태하사

1193년에 씌어진 이규보의 『동국이상국집』은 시대적으로는 김부식이 1145년에 편찬한 『삼국사기』와 일연 스님이 1285년에 써낸 『삼국유사』 사이에 위치한다. 이규보의 성향도, 김부식이나 일연 스님과는 달리 가치중립적이다. 중국 섬기기 쪽으로 되우 치우쳐 있던 정치가 김부식, 부처나 보살이 사람을 구제하기 위해 귀신이나 사람의 형용을 빌려 세상에 나왔다는 이른바 본지수적설本地垂跡說 쪽으로 신화를 몰고 간 듯한 느낌을 주는 일연 스님과는 달리 이규보는 도가풍道家風의 활달한 선비였다. 그는 경전經典, 사기史記, 선교禪敎, 노불老佛, 잡설雜說에 두루 능통했을 뿐만 아니라 시와 거문고와 술을 좋아해서 '삼혹호선생三酷好先生', 즉 '세 가지를 지독하게 좋아하는 선생', 혹은 사람들 사이에서 홀로 가파르게 우뚝하다고 해서 '인중용人中龍'으로 불리기까지 한 분이다.

171

「동명왕」편 머리말에서 그는 자신이 신화 경시 풍조에 편승해온 것을 반성하고, 역사서에서 신화를 의도적으로 빠뜨린 김부식을 질타한다. 도무지 12세기의 글 같지 않게 활달하다. 신화가 이렇게나마 명맥을 유지해온 까닭을 알게 하는 글이다.

　세상 사람들이 동명왕이 신기하고 이상한 일을 많이 한 것으로 말하여 이제는 어리석은 사람까지도 그 이야기를 입에 올린다. 나는 일찍이 그 이야기를 듣고 웃으면서 이렇게 말한 적이 있다.

　"돌아가신 스승 공자님께서는 괴력난신, 즉 괴이한 것과, 용력한 것과, 패란한 것과 귀신스러운 것에 대해서는 말씀하시지 않았다. 동명왕 일은 너무나 황당하고 기괴하여 우리들 (같은 선비들)이 입에 올릴 바가 되지 못한다."

　그런데(도 불구하고 궁금해서) 뒤에 『위서魏書』와 『통전通典』을 읽어보았더니, 그 책들도 동명왕 일을 싣기는 했지만 너무나 간략해서 도무지 자세하지 못했다. 저희 나라 것은 자세히 적고 남의 나라 것은 소략하게 적으려 했기 때문일 것이다. 『구삼국사舊三國史』를 구해 「동명왕본기」를 읽어보았더니 (동명왕과 관련된) 신기하고 이상한 사적이 세상에 이야기로 떠도는 것보다도 더했다. 처음에는 귀신스럽고 허깨비 노름 같았다. 그런데 세 차례 되풀이해서 읽어 그 바탕을 알고 보니 '귀신'이 아니라 '신神'이었고 '허깨비'가 아니라 '거룩한 형상'이었다. 국사는 있는 대로 쓰는 글인데 어찌 거짓을 썼으랴. 김부식金富軾은 국사를 보태 쓰면서 짐짓 그 일을 생략했다. 그는, 국사란 무릇 세상을 바로잡는 글인데, 신기하고 이상한 이야기를 후세에 전할 수는 없다고 생각하고 그렇게 생략했음인가?

『당현종본기』와 『양귀비전』은 도사가 하늘에 오르고 땅속으로 들어갔다는 것을 기록하지 않았지만 시인 백낙천白樂天은 그것이 인멸될 것을 두려워하여 노래로 지어 기록했다. 실로 황당하고, 음란하고, 기괴하고, 허탄한 일임에도 불구하고 오히려 기록으로 남겨 후세에 보인 것이다. 동명왕 사적은 걷잡을 수 없이 신기하고 이상한 것일 뿐, 뭇 사람들을 현혹하려 한 것이 아니고, 나라를 여는 신기한 사적일 뿐인데 이것을 기록해두지 않으면 후세 사람들이 어떻게 볼 것인가? 그래서 시로 지어 남겨 우리나라가 원래 성인의 나라라는 것을 세상에 알리고자 하는 것이다.

173

「동명왕」편은 머리말에 이어 중국의 창세 신화를 운문으로 노래한다. 동명왕 신화는 바로 이 중국 창세 신화의 뒤를 잇는 것이다. 하지만 「동명왕」편은 운문으로 되어 있다. 운문으로 기록된 신화는 행간이 너무 넓다. 이승휴의 『제왕운기』가 그렇듯이 「동명왕」편도 자세한 산문 각주가 있어야 그 문맥 안에서 행간의 의미를 따라잡을 수 있다. 『삼국사기』, 『삼국유사』 그리고 『동국이상국집』을 두루 살펴 동명왕 신화의 뼈대를 다시 짜본다.

서기전 59년 4월 초파일 천제의 아들이 다섯 마리 용이 끄는 수레를 타고 내려왔다. 천제를 따르는 사람들은 흰 고니를 타고 쫓아왔다. 색색 구름이 위로 뜨고 구름 속에서 가락이 울렸다. 천제의 아들은 웅심산熊心山에 열흘 동안 머물렀다가 지상으로 내려오는데, 머리에는 까마귀깃털관烏羽冠을 쓰고 허리에는 용광검龍光劍을 차고 있었다. 천제 아들이 내린 곳은 흘승골성이다. 천제의 아들은 그곳에 도읍을 정하고 나라 이름을 '북부여'라고 하고, 자신을 '해모수'라고 했다. 아들을 낳자 이름을 '부루'라 짓고 '해解'로써 성을 삼았다.

북부여 정승 아란불의 꿈에 천제가 나타나서 말했다.

"장차 나의 자손으로 이곳 왕을 삼겠으니 너희는 이곳을 피하라. 동해 해변에 가섭원이라는 기름진 땅이 있으니 가히 도읍할 만할 것이다."

정승 아란불이 해부루에게 권하여 나라를 그곳으로 옮기게 하고는 나라 이름을 '동부여'라고 했다.

해부루왕이 늙도록 슬하에 자식이 없었다. 그래서 산천에 자식 낳기를 비는 제사를 드리러 다녔다. 어느 날 곤연鯤淵에 이르렀을 때 왕이 탄 말이 큰 돌을 보고 눈물을 흘렸다. 왕이 이상하게 여기고 그 돌을 뒤집게 하니 돌 밑에 금빛 개구리 형상을 한 아이가 있었다. 왕은, 하늘이 내게 주신 아들인가 보다, 이렇게 생각하고는 '금개구리金蛙'라고 이름 짓고 태자로 삼았다. 해부루가 죽자 금와가 왕위를 이었다.

금와왕이 태백산 남쪽 우발수優渤水, 혹은 성 북쪽의 압록강가에서 한 여자를 만났다. 왕이 내력을 묻자 여자가 대답했다.

"저는 하백, 곧 강신江神의 딸입니다. 이름은 '버들꽃柳花'입니다. 동생인 '원추리꽃萱花', '갈대꽃葦花'과 함께 압록강의 '곰마음 못熊心淵'에서 놀다가, 천제의 아들 해모수라는 분을 만났습니다. 저는 그분을 따라가 '곰마음 산' 밑에 있는 압록강변에서 서로 알게 되었습니다만 그분은 가서 돌아오시지 않습니다. 부모님은 내가 중매도 없이 남자를 알았다고 꾸짖고는 저를 귀양 보낸 것입니다."

금와가 이상하게 여기고 여자를 깊은 방에 가두었다. 깊은 방에 가두었는데도 햇빛이 여자를 비추었다. 햇빛으로 인하여 태기가 있었다. 이윽고 낳으니, 다섯 되들이는 실히 될 알이었다……

또 알이 등장한다. 박혁거세, 석탈해, 김알지, 심지어는 가락국 수로왕 신화에 이어 또 알이 등장한다. 우리 조상들은 '알' 이야기 빼고는 신화를 쓰지 못할 분들 같다는 인상까지 받는다.

하지만 까닭이 있다. 고대인들에게 하늘을 나는 조류는 오늘날 우리가 아는 그런 조류가 아니었다. 그것은 비상飛翔과 초월의 상징이었다. 그리스 신들에게 각각 신조神鳥가 딸려 있는 것은 우연이 아니다. 천신 제우스의 신조는 독수리, 태양신 아폴론의 신조는 까마귀다.

알타이인 거주지역 전역의 샤먼은 새 모양을 본뜬 의상鳥型衣裳을 입은 채로 접신接神한다(M. 엘리아데).

해모수가 머리에 쓴 것이 무엇이던가? 까마귀깃털관鳥羽冠이었다. 까마

176

귀, 특히 '세발까마귀三足烏'는 태양을 상징하는 너무나도 유명한 새다. 그가 허리에 찬 것이 무엇이던가? 용광검, 태양신의 상징이다.

해모수는 태양신의 아들이다. '해解'는 아무래도 '해太陽'인 것 같다. 태양신의 아들이 버들꽃에게 자식을 끼친다. 햇빛으로써 끼친다. 태양신 아들의 성령聖靈 아닌가? 어째서 '버들꽃'인가?

버들은 비 오지 않아도
홀로 습하니

천안 삼거리, 흥, 능수야 버들이, 흥

"진한 땅 6부 촌장들이 모여 임금 모실 궁리를 하다가 버들 산(양산) 밑 댕댕이우물, 혹은 담쟁이우물(나정) 곁에 이상한 기운이 번개처럼 땅에 드리워진 것을 보고 달려갔다. 가보니, 흰말 한 마리가 무릎 꿇고 절을 하는 모습이 보였다. 그 곁에 자주색 알이 하나 있었다……"

박혁거세 탄생 신화의 첫머리다. 열쇳말은 '버들 산'이다.

"저는 하백, 곧 강신江神의 딸입니다. 이름은 '버들꽃(유화)'입니다…… 압록강의 '곰마음 못(웅심연)'에서 놀다가, 천제의 아들 해모수라는 분을 만났습니다. 저는 그분을 따라가 '곰마음 산' 밑에 있는 압록강변에서 서로 알게 되었습니다."

고주몽 신화의 첫머리다. 열쇳말은 '버들꽃'이다.

"왕건이 궁예를 섬기는 장군으로 군대를 이끌고 정주를 지나다가 늙은 버드나무 아래에서 쉬는데 처녀가 길 옆 시냇가에 서 있었다……"

태조 왕건 설화에는 버드나무가 조금 더 노골적으로 등장한다. 왕건이 물을 청하자, 처녀가 바가지로 물을 긷고 그 위에다 버들잎을 훑어 넣어 왕건에게 건네주었다는 대목이다. 전설적인 조선 시대 어사^{御使} 박문수 이야기에도 이 버들잎이 등장한다. 우리 민담에 자주 등장하는 모티프다.

"왕후가 부끄러워서 울다가 집으로 돌아가는데, 문어귀에 이르렀을 때 태동하여 문 앞 버드나무 가지를 붙잡고 아이를 낳고 죽었다. 성종이 유모를 택하여 아이를 양육하였는데 장성하여 왕위에 올랐으니 그가 현종이다."(김재용·이종주 공저, 『왜 우리 신화인가』에서 재인용)

또 버들이다. 버들(버드나무)이 이처럼 자주 등장하는 것은 우연인가?

먼 나라 그리스의 신화에도 '버드나무'가 등장한다. 신성한 결혼의 여신 헤라는 버드나무와 밀접한 관계가 있다. 헤라는 사모스 섬 암브라소스 강둑 버드나무 아래서 태어난다. 제우스는 뻐꾹새로 둔갑해서 접근하고, 헤라는 비에 젖은 뻐꾹새가 애처로워 가슴에 품어주었다가 순결을 잃게 되는데, 이들이 첫정을 나눈 곳도 바로 비 오는 봄날의 버드나무 밑이었다(파우사니아스).

민요의 노랫말 중에는 별 의미도 없는 사실을 평면적으로 서술한 것일 뿐인데도 끈질기게 불리는 노랫말이 여럿 있다. 가락국 건국 신화에 등장하는 〈구지가龜旨歌〉의 노랫말 '거북아, 거북아, 머리를 내밀어라, 내밀지 않으면 구워 먹으리'가 그렇고, '한두 뿌리만 캐어도 대바구니에 가득 찬다'는 〈도라지 타령〉의 노랫말이 그렇다. 아무리 불러보아도 깊은 의미가 숨어 있는 것 같지 않다. 그런데도 줄기차게 불린다.

영국 민요 〈런던 다리 떨어진다London bridge falling down〉가 매우 암시적인 시사를 던진다. 런던 다리 떨어진다, 떨어진다, 떨어진다, 런던 다리 떨어진다, 아이고, 우리 아가씨My fair lady······ 노랫말은 단순하기 그지없는데도 영국 사람들뿐만 아니라 온 세계 사람들이 이 노래를 부르는 것은 런던 다리가 남성의 성기를 상징하고 있기 때문이 아닐까 싶다. 그게 떨어졌으니 우리 '아가씨'는 과연 큰일 아닌가?

나는, 반드시 그렇다고 독하게 주장하는 것은 아니지만, 노랫말에 별 의미가 없어 보이는데도 불구하고 어떤 민요가 줄기차게 불리는 것은, 그 노랫말이 생산적인 성적 행위를 암시하기 때문이라고 생각한다. 〈천안 삼거리〉의 노랫말 '천안 삼거리, 흥, 능수야 버들이 흥······'도 나는 그렇게 푼다. '삼거리에 늘어진 능수버들'에서 나는 '벌거벗고 누운 번

듯이 드러누운 여성의 치모'를 상상한다.

신화는 성적인 행위를 노골적으로 묘사하지 않는다. 다만 상징적인 의미를 빌려 행간에다 녹여놓을 뿐이다. 옛 이야기꾼들은 여성의 성기를 직접적으로 표현하지 않았다. 어린 시절에 왼, 비속한 희시戱詩 한 구절이다. 지은이는 잊었다. 나는 이 시에서도 한 엉큼한 남성이 밤과 버들을 빌려 그려내는 여성 성기의 속성을 읽는다.

북산의 누런 밤은 작대기로 때리지 않아도 절로 벌어지고 北山黃
栗不棒橐
남산의 푸른 버들은 비가 오지 않아도 홀로 습하다 南山靑柳不雨濕

김재용(원광대), 이종주 교수(전북대)가 함께 펴낸 『왜 우리 신화인가』에 놀랄 만한 이야기가 실려 있다.

이 책에 따르면 만주족의 창세 신화 중에 '천궁대전天宮大戰', 즉 하늘에서 벌어진 큰 싸움 이야기가 있는데, 이 이야기는 아홉 개 '모링'으로 이루어져 있다. 여진족 토착어인 '모링'은 '차례' 혹은 '회回'를 뜻한다고 한다. '모링'은 '산모퉁이 휘어둘린 곳'을 뜻하는 우리말 '모롱이'를 연상시킨다. 경상도 북부에서는 '산 모롱이'를 '산 모링이'라고 한다.

이 '천궁대전'에 따르면 이 세상에 가장 먼저 있었던 것은 물거품이다. 바로 이 물거품에서 '아부카허허'가 탄생한다. 여성인 아부카허허는 물이 있는 곳이면 어디에나 존재하는, 생명의 원초적 시원이다.

'아부카'는 하늘, '허허'는 여성을 뜻한다. 바로 하늘 여성이다. 그런데 이 '허허'는 '여성 성기'와 '버드나무'를 뜻하기도 한다. 생명이 여성의 성기에서 비롯되었다는 인식에 따라 창조 여신 '아부카허허'의 이름은, '하늘 여음天女陰', '하늘 버들天柳樹', '하늘 어머니天母神'라는 3중적 의미를 지닌다. 더욱 놀라운 것은 만주족 시류 풍속 중의 하나라는 '버들 쏘기射柳'다. 무당이 큰 산의 오래된 버드나무에서 아홉 가지의 싱싱한 버들가지를 꺾어 와 높은 나무에 묶으면 마을 사람들이 돌화살을 교대로 쏘는데, 버들가지를 맞추는 사람이 바로 창조 여신 '아부카허허'의 간택을 입는다는 것이다.

고주몽이 활을 잘 쏘아 백 보 떨어진 곳에 늘어진 버들잎을 맞추었다는 설화는, 그러면 고주몽의 활솜씨를 과장한 것이 아닌가?

『동국이상국집』의 「동명왕」편은 '버들꽃' 부인이 '해를 품고 주몽을 잉태하여', '왼쪽 겨드랑이로 알 하나를 낳았다'는 말을 덧붙이고 있다.

존귀한 자는 남성이 뿌린 씨앗에서 잉태해서는 안 되는가? 신화는 남성의 씨앗을 행간에다 묻어버린다. 해모수가 머리에 쓰고 있었다는, 태양신을 상징하는 '까마귀깃털관烏羽冠', 해모수가 허리에 차고 있었다는 역시 태양신을 상징하는 '용광검龍光劍'이 바로 남성 성기의 은유다. 바로 그 빛줄기가 여성 성기의 상징일 수 있는 '버들꽃', 혹은 버들잎에 꽂힌 것이다.

존귀한 자는 여성의 성기를 통해 나올 수 없는 것인가? 신기하고 이상한 사적을 꾸미는 이들은 이렇듯이 '왼쪽 겨드랑이'를 좋아한다. 일연 스님은 『삼국유사』에 신라 시조 박혁거세의 부인 알영이 선도산 성모의 옆구리에서 나왔다고 쓰고 있다. 하지만 일연 스님이, 석가모니 부처님이 마야부인의 왼쪽 옆구리로 나왔다는 전 세계에 광범위하게 유포되어 있는 '좌액탄생설左腋誕生說'을 흉내 내었다고는 보기 어렵다. 이브 역시 아담의 옆구리 '출신'이다. 하느님이 '아담의 갈빗대를 하나 뽑고, 그 갈빗대로 여자를 만'들었으니, 부처님이 태어나기 훨씬 이전인 천지창조 시대에 벌써 전례가 있었던 셈이 아닌가?

주몽이
파렴치한이라니

동명 신화와 주몽 신화

고구려 건국 신화를 어떻게 불러야 할 것인가? '동명 신화'라고 부르기도 하고 '주몽 신화'라고 부르기도 한다. '동명왕'은 고구려의 개조開祖 '고주몽'이 사후에 얻은 시호인 만큼 이 둘을 동의어로 보아야 할 것 같다. 따라서 어떻게 부르든 크게 상관은 없어 보인다.

하지만 문제는 그렇게 간단하지 않다. 까닭은 고구려 시조가 아닌, 부여 시조 '동명'의 '동명 신화'가 독립해서 존재하기 때문이다.

동명 신화는 중국의 역사서 『논형』에 실려 전하는데 내용은 주몽 신화와 크게 다르지 않다.

하지만 독립적인 신화로서 우선 주인공의 이름이 '동명'과 '주몽', 이렇게 다르고, 세운 나라 이름이 '부여'와 '고구려', 이렇게 서로 다르다.

어머니의 신분도 서로 달라서 동명의 어머니는 궁녀지만 주몽의 어머니는 하백河伯, 곧 강신江神의 딸이다.

동명은 하늘의 기氣에 의해 잉태되고, 주몽은 햇빛에 의해 잉태되었다는 점, 다시 말하면 전자는 천기 감정天氣感精 모티프, 후자는 일광 감정日光感精 모티프라는 점에서 다르다.

동명은 어머니의 태를 열고 나온 태생胎生이지만 주몽은 알 모양으로 태어나는 난생卵生이라는 점도 다르다. 이렇듯이 서로 다르면서도 뼈대는 거의 동일한 신화가 바로 '상사 신화相似神話'인데, 신화는 어차피 '상사'의 운명에서 자유롭지 못하다고 나는 생각한다. 주몽 신화가 후대 모듬살이의 여러 가지 문화 요소를 첨가한 '동명 신화'의 고구려 버전이라고 해도 주몽 신화에 대한 폄훼가 되지는 않을 것 같다. 신화는 사람이 만든 '이야기'인 만큼 세월의 흐름과 함께 첨삭을 통한 육화肉化와 육탈肉脫의 과정을 겪는다. 고대 신화는 첨삭의 과정 끝에 남은 화석化石이다.

동명 신화와 너무나도 닮은꼴인 주몽 신화는 이규보의 「동명왕」 편의 분주分註, 즉 본문 사이에 가는 글씨로 적어 넣은 풀이말에 가장 자세하게 실려 있다. 이규보는 『구삼국기』를 그 출전으로 밝히고 있지만 이 책은 지금 우리에게 전해지지 않는다. 「동명왕」 편의 분주 행간에는, 우리에게 너무나 낯익은 신화가 펼쳐진다.

금와왕이 버들꽃 처녀를 깊은 방에 가두자, 햇빛이 여자를 비추고, 여자는 햇빛으로 인하여 태기를 보였다. 이윽고 낳으니, 다섯 되들이는 실히 될 알이었다. 왕이 괴이하게 여기고 이렇게 말했다.

"사람이 알을 낳았으니 이는 상서롭지 못하다."

금와왕은 부하들을 시켜 그 알을 마굿간에 두게 했다. 하지만 말들이 그 알을 밟지 않았다. 이번에는 부하들을 시켜 깊은 산에 버리게 했다. 그러자 모든 짐승들이 둘러싸고 지켰다. 구름이 끼고 음산한 날에도 알에는 항상 햇빛이 비쳤다.

이규보는 위와 같은 내용을 분주로써 소개하고는 다음과 같은 운문으로 노래를 이어나간다.

이것이 어찌 사람일까 보냐, 하고 此豈人之類

마굿간에 두었더니 置之馬牧中

여러 말들이 밟지 않았고 群馬皆不履

깊은 산속에 버렸더니 棄之深山中

온갖 짐승이 옹위하였다 百獸皆擁衛

이렇게 되자 금와왕은 알을 도로 가져오게 하여 어미인 '버들꽃'에게 되돌려 보냈다. 며칠이 지나 마침내 알이 갈라지고 한 사내아이가 나왔다. 나온 지 한 달이 지나지 않아 말을 온전하게 했다. 하루는 아이가 어머니에게 말했다.

"파리들이 눈을 빨아서 잘 수가 없습니다. 바라건대 저를 위하여 활과 화살을 만들어주세요."

어머니가 대나무로 활과 화살을 만들어주었다. 아이가 파리를 쏘는데, 쏘는 족족 명중했다. 부여에서는 활 잘 쏘는 사람을 일러 '주몽朱蒙'이라고 했다(아이는 이때부터 '주몽'이라는 이름으로 불린다).

장성하니 온갖 재주에 두루 뛰어났다. 금와왕에게는 일곱 아들이 있었다. 이 일곱 왕자는 늘 주몽과 함께 놀고 함께 사냥했다. 그런데 왕의 아들들 및 그들을 따르는 부하 40명이 잡은 사슴은 겨우 한마리인 데 견주어, 주몽이 활을 쏘아 잡은 사슴은 여러 마리였다. 왕자들이 시기하여 주몽을 붙잡아 나무에 묶어두고는 사슴을 빼앗아 갔다. 주몽은 묶인 채로 나무를 뽑아버렸다. 태자 대소가 왕에게 은밀히 아뢰었다.

"주몽은 신통하고 용맹한 장사인데다 눈초리가 예사롭지 않습니

다. 일찍 손을 쓰지 않으면 후환이 있을 것입니다."

자, 이제 주몽은 큰일 났다.

이제 주몽은 영웅 신화의 한 구비인 '시련과 도피의 구비'로 들어서야한다. 영웅은 이 시련의 기간과 도피의 기간을 이긴 자를 일컫는 만큼 주몽도 이 시련을 거뜬하게 이겨낼 터이다.

'주몽'이 '활 잘 쏘는 자^{善射}'를 뜻한다는 말은 여러 문헌에 실려 있다. 『논형』에 '동명은 활을 잘 쏘았다^{東明善射}'는 기록이 있고, 『삼국사기』에는 '부여 사람들은 활 잘 쏘는 사람을 주몽이라고 했다^{扶餘俗語善射者爲朱蒙}'는 기록이 있다. 하지만 「동명왕」 편은 주몽이 어떻게 활을 그렇게 잘 쏠 수 있게 되었는지 그 활솜씨를 연마한 과정을 밝히고 있지 않다.

중국 신화에서 '예^羿'라는 이름으로 불리는 영웅은 둘이다. 첫 번째는 하늘의 태양을 쏘아 떨어뜨렸다는 천상 세계의 명궁이다. 이 '예'는 신의 반열에 든다고 해서 '신예^{神羿}'라고 불린다. 두 번째 '예' 역시 인간 세계의 전설적인 명궁이었다. 이 두 번째 '예'는 '후예^{后羿}'라고 불린다. '후^后'라고 하는 것으로 보아 작은 나라 우두머리였던 듯하다.

이 신예와 후예가 다른 이야기의 같은 주인공이라는 주장도 있고 별개의 이야기의 서로 다른 주인공이라는 주장도 있다. 이 둘을 구분하지 않고 싸잡아 '후예'라고 부르는 것이 보통이다. 이야기가 뒤섞이면서 한 이야기가 다른 이야기 속으로 흘러드는 것은 신화에서는 흔한 일이다. 동명과 주몽 이야기에서 일어났던 일이 신예와 후예 이야기에서도 일어난다.

이제 중국 신화에 나오는 명궁 예^羿 이야기 한 대목을 읽어보자.

요 임금 시절에 하늘에 태양이 열 개나 나타나 땅을 불덩어리로 만들었다. 임금이 하늘에 빌자, 하늘나라 황제가, 천상의 명궁 예를 내려보내었다.

예가 인간 세상에 내려 열 개의 해를 향해 차례로 살을 쏘았다. 화살 맞은 해가 금빛 털을 흩날리며 땅에 떨어지는데, 이때 떨어진 것이 바로 '다리 셋인 까마귀', 즉 삼족오^{三足烏}다.

예 이야기 끝부분에 활 잘 쏘는 '봉몽^{逢蒙}'이 등장한다. '방몽^{逄蒙}'이라고 한 책도 있다. 하여튼 예는 봉몽에게 활쏘기의 첫걸음을 이렇게 가르친다.

"깜박거리지 않도록 눈을 단련한 연후에 나에게 오라."

봉몽이, 베틀 발판을 오래 바라봄으로써 눈을 단련하니 마침내 쇳조각이 다가와도 눈을 깜박거리지 않을 수 있게 되었다.

예는 다시 가르친다.

"작은 물체가 크게 보이도록 눈을 훈련한 다음에 나에게 오라."

봉몽은 소꼬리 털에다 이[蝨] 한 마리를 매달아놓고 매일 바라보았다. 세월이 지나자 마침내 이가 수레바퀴만 하게 보였다.

봉몽이 다시 찾아가자 후예는 가진 재주를 모두 가르쳐주었다. 하지만 아무리 배워도 봉몽은 하늘에서 내려온 천궁 예를 이길 수 없었다. 질투심을 느낀 봉몽은 예를 죽이기로 마음먹고 여러 차례 활을 쏘나 예가 번번이 피하는 바람에 뜻을 이루지 못하자 마침내 봉몽은 복숭아 나무 몽둥이로 예를 때려죽였다.

이 이야기가 실린 원가의 『중국신화전설』(전인초·김선자 옮김, 민음사)에 놀라운 각주가 붙어 있다.

"유의해야 할 논의 중의 하나가 봉몽이 바로 주몽, 즉 동명왕이라는 주장이다…… 주몽과 봉몽은 이름도 서로 비슷하고 또 활도 잘 쏘는 것으로 보아 한 가지 신화가 분화된 것 같다……"

우리가 '동명성왕東明聖王'이라고 돋우어 부르는 주몽이 중국 신화에 파렴치한으로 그려질 가능성이 있는 것을 보라.

그렇거니, 북한에는 동명성왕릉이 있다는데, 나는 아직 가보지 못했다.

신화는 이런 구조물에서 발생하는 것이 아니다. 바로 신화에서 이런 구조물이 발생하는 것이다. 그러다 세월이 흐르면 신화와 이런 구조물은 서로 문맥상으로 소통하면서 양자를 확실한 신화적 현실로 바꾸어놓는다. 선도성모가 선도산에 살았다는 신화는 어쩌면 누가 지어낸 것인지도 모른다. 하지만 성모를 모신 성모 사당은 구체적인 구조물로 남아 있다. 이것이 바로 '신화적 현실'이다. 동명성왕릉 또한 마찬가지다.

신화는
만화가 아니지만

안 되면 되게 하라

만화에서 본 한 장면이다.

운전기사는 자동차를 운전하고 있고, 사장은 뒷자리에 앉아서 신문을 읽고 있다. 그런데 달리던 자동차의 오른쪽 앞바퀴가 빠져 저 혼자 굴러가버린다. 자동차가 오른쪽 앞으로 기울어진다. 자동차가 달릴 수 없는 것은 물론이다. 운전기사는 장갑 상자에서 낚싯대를 꺼낸다. 그러고는 낚시 바늘을 던져 오른쪽 앞바퀴의 굴대를 낚아채고는 지그시 당긴다. 기울어져 있던 자동차가 바로 선다. 운전기사는 한 손에 낚싯대를 든 채 지그시 당기면서 다른 한 손으로 자동차를 운전한다. 운전기사가 하는 짓을 가만히 보고 있던 사장, 기가 막힌다는 듯이 내뱉는다.

"그런 게 어디 있어?"

그러자 운전기사가 웃으면서 되묻는다.

"만화에서 안 되는 게 어디 있어요?"

신화에 대해서도 같은 말을 할 수 있다. 만화에서 그렇듯이 신화에서도 안 되는 게 없다.

문제는, '어떻게' 되게 하느냐, 하는 것이다.

만화의 '되게 하는 수단'은 만화가 개인의 아이디어에서 나온다. 만화가의 아이디어는 대개의 경우 일회적이다.

하지만 신화의 '되게 하는 수단'은 그 신화가 속한 모듬살이의 집단 무의식, 혹은 보편 무의식을 울릴 수 있어야 한다. 그렇지 못한 것은 신화에서 살아남지 못한다.

이렇게 말할 수도 있다. 신화에 '살아남아 있는 것', 그것은 그 신화가 속해 있는 민족의 집단·보편 무의식과 밀접한 관계가 있다.

토끼는 거북을 이겨낼 수 없다

「동명왕」 편을 읽어보자.

(왕자들이 주몽의 용맹과 비상한 눈초리를 시기하여 일찍 도모할 것을 주장하자) 왕은 주몽에게 말을 기르게 하여 그 뜻을 시험했다. 주몽

은 마음에 한을 품고 어머니에게 말했다.

"저는 천제^{天帝}의 손자인데 남을 위하여 말이나 기르고 있으니 사는 것이 죽느니만 못합니다. 남쪽 땅으로 내려가 나라라도 세우고 싶지만 어머니가 계셔서 헤어지기가 쉽지 않습니다."

어머니는 흐르는 눈물을 씻으며 말했다.

"너무 가슴 아파하지 말아라. 나 역시 고민을 거듭하던 일이다. 내 들으니, 장사가 먼 길을 가려면 좋은 말이 있어야 한다더라. 내가 말을 고를 줄 안다."

그러고는 긴 채찍을 들고 마굿간으로 가서 여러 마리의 말을 어지럽게 때렸다. 말들이 모두 놀라 달아났다. 그중의 한 마리, 붉은 과하마^{果下馬}는 두 길이나 되는 가로장을 가볍게 뛰어넘었다.

'과하마'는, 그 위에 올라타고도 과실나무 가지 밑을 지날 수 있을 정도로 키가 작아서 얻은 이름이다. '붉은 과하마'는 『삼국지』의 적토마를 연상시킨다. 적토마도 키가 아주 작았던 것으로 전해진다. 「동명왕」 편의 저자 이규보는, 『통전^{通典}』에 따르면 주몽이 타던 말은 모두 과하마라고 했다'고 설명하고 있다.

주몽은 이 말을 차지하기 위해 기묘한 계책을 쓴다. 그 말 혀 밑에다 바늘을 꽂아놓은 것이다. 다른 말은 모두 잘 먹고 나날이 살져가는데 붉은 과하마만은 혀가 아파서 먹을 것을 제대로 먹지 못해 나날이 여위어갔다. 왕이 말 먹이는 곳으로 와보니, 주몽이 기른 말은 모두 살져 있는데 한 마리만은 심하게 여위어 있었다. 왕은 그 말을 주몽에게 내렸다. 말을 얻어 집으로 돌아온 주몽은 그제야 붉은 과하마의 혀 밑에서 바늘을 뽑아내고 제대로 먹였다.

주몽은 어진 사람 셋, 즉 오이, 마리, 협부를 은밀히 사귀었다. 세 사람은 모두 지혜로웠다. 주몽은 이들과 함께 남쪽으로 내려와 엄체수에 이르렀다. 엄체수는 압록강 동북쪽에 있는 강이었다고 한다. 뒤에서는 금와왕의 군사가 주몽을 추격해 오고 있었다. 건너려 해도 배가 없었다. 주몽은 말 채찍으로 하늘을 가리키면서 개연하게 탄식했다.

"나는 천제의 손자이자 하백江神의 외손자입니다. 난을 피하여 여기에 이르렀으니, 바라건대 하늘과 땅은 나를 위하여 배다리를 주소서."

주몽은 이 말 끝에 활을 들어 강물을 쳤다.

어떤 일이 벌어질 것인가? 이스라엘의 '신화(신 이야기)'라고 할 수 있는 구약성서 출애굽기를 펴고 14장 21절부터 읽어본다.

(이집트에서 이스라엘 백성을 데리고 홍해에 이른) 모세가 팔을 바다로 뻗치자, 하느님께서는 밤새도록 거센 바람을 일으켜 바닷물을 뒤로 밀어붙여 바다를 말리셨다. 바다가 갈라지자 이스라엘 백성은 바다 한가운데로 마른 땅을 밟고 걸어갔다. 물은 그들 좌우에서 벽이 되어주었다. 이집트인들이 뒤쫓아 왔다. 파라오의 말과 병거와 기병이 모두 그들을 따라 바다로 들어섰다…… 모세는 팔을 바다 위로 뻗쳤다. 날이 새자 바닷물이 제자리로 돌아왔다. 물결이 밀려오며 병거와 기병을 모두 삼켜버렸다. 이리하여 이스라엘 백성을 따라 바다에 들어섰던 파라오의 군대는 하나도 살아남지 못했다……

모세와 이스라엘 백성은 다음과 같은 노래를 불러 하느님을 찬양하였다…… 아론의 누이이자 예언자인 미리암이 노래를 메겼다.

야훼 하느님을 찬양하여라

그지없이 높으신 분

기마와 기병을 바다에 처넣으셨다

천제 해부루의 손자이자, 머리에는 까마귀깃털관을 쓰고 허리에는 용
광검을 찬 태양신 해모수의 아들인 주몽에게도 비슷한 일이 일어난다.
주몽이 활로 강물을 치자 물고기와 자라들이 나와 다리를 만들어준다.
예언자 미리암이 하느님을 찬양했듯이 이규보도 동명왕을 노래한다.

활을 잡아 강물을 치니 操弓打河水

물고기와 자라 무리가 머리와 꼬리를 나란히 맞추어 魚鼈騈首尾

우뚝한 다리를 이루니 屹然成橋梯

비로소 건널 수 있었구나 始乃得渡矣

조금 뒤에 쫓던 군사 이르러 俄爾追兵至

다리에 올랐으나 다리가 바로 무너지더라 上橋橋旋圮

하필이면 자라(거북)인가?

'자라 자지, 골나면 한 소쿠리'라는 우리 속담이 암시하듯이 자라(거북)는 우리 정서에 익숙해진 남성 성기의 상징이다. 가락국 건국 신화에 등장하는 〈구지가龜旨歌〉의 노랫말(거북아, 거북아, 머리를 내밀어라, 내밀지 않으면 구워 먹으리)을 나는 '발기하지 않으면 잘라버리겠다'로 읽는다.

자라(거북)는 동시에 '튼튼한 기반'의 상징이기도 하다. 아메리카 인디언이 믿는 세계의 중심인 그들의 우주수宇宙樹는 거북 등에서 자란다.

중국 신화도 거북을 대지의 받침대로 삼는다. 거북의 네 다리는 세계의 네 구석四隅이다. 중국인들의 우주산宇宙山인 봉래蓬萊를 받치고 있는 것도 거북이다. '토끼와 거북' 우화에서도, '별주부전'에서도 토끼는 결코 거북을 이겨먹을 수 없다.

편모슬하에서
사람 되기

나의 태몽, 우리의 태몽

어린 시절, 그러니까 초등학교 들어가기 전부터 그리고 초등학교 저학년 시절에 이르기까지 소설을 여러 권 읽었다. 그런 책들이, 표지가 아이들이 치고 놀던 딱지처럼 울긋불긋하다고 해서 '딱지본'이라고 불린다는 것은 나중에 배워서 알았다.

전집으로 된 『옥루몽』이 가장 재미있었다. 『권익중전』, 『조웅전』, 『자룡전』, 『숙영낭자전』, 『유충렬전』의, 원근법이 깡그리 무시된 표지 그림은 아직도 내 기억에 선명하게 남아 있다. 언제 다시 읽어야지, 읽어야지 하면서도 다시 손에 잡지 못했다. 내 정신의 고향을 반드시 찾아가보기로 마음을 다시 다잡는다.

그런데 책을 읽을 때마다 어린 나의 뇌리를 맴도는 의문이 여러 가지 있었다. 그중의 하나가, 주인공들이 유복자^{遺腹子} 아니면 일찍 아버지를 잃고 편모슬하에서 자라나는 까닭, 또 하나가 주인공의 탄생이 신이한, 말하자면 신기하고 이상한 까닭이었다. 하지만 그 까닭을 물어볼 데가 없었다. 그저, 훌륭한 사람은 신이하게 태어나 편모슬하에서 자라는구나, 이렇게만 생각했다.

안중근 의사의 아명兒名이, 태어날 당시 등에 일곱 개의 점이 박혀 있어서 '칠성七星'이었다는 이야기를 읽고는 옷을 벗고 내 등을 거울에 비추어본 적이 있었으니 나는 참 덜떨어진 아이였음에 분명하다. 그런 아이의 등에 점 같은 것이 있을 턱이 없었다.

나는 편모슬하에서 자랐다. 자라면서 은밀하게 나 자신에게 물었다.

나의 탄생에는 혹시 신이함이 없었는가?

어머니의 태몽에 혹시 신이함은 없었는가?

어머니에게 물어볼 염치는 없었다. 나이 차가 많은 형님들 이야기에서도, 누님들 이야기에서도 나의 탄생을 둘러싼 신이한 스토리 같은 것은 조금도 묻어나지 않았다. 나는 신이함이 조금도 없는 세상을 심심하게 여기기 시작했다. 초등학교 저학년 시절 나는 하늘을 자주 원망했다.

'광복절 아침이 여느 아침과 똑같다는 것은 말도 안 된다. 어째서 하늘은 광복절 아침 하늘에 무지개라도 하나 걸어주지 않는 거야?'

'6·25기념일 아침인데 하늘은 어째서 핏빛으로 물들지 않는 거야?'

철없는 아이도, 당돌한 질문은 삼갈 줄 알던 시절이었다. 하지만 나는 참고 또 참다가 기어이 어머니에게 물었다. 제가 태어나기 전후에 뭐 신기하고 이상한 일 없었어요? 이상한, 혹은 특별한 태몽 같은 것은 꾸지 않았어요? 어머니가 대답했다.

"없다. 저녁 8시쯤 되었지 아마. 쇠죽 먹이고 들어가서 너를 낳았다. 그것뿐이다."

그 대답을 들었을 때의 허망함이라니. 갑자기 세상이 텅 비어 보였다. 내 존재론적 '주변성周邊性'의 자각에서 온 '허망함'과 '텅 비어 보임'이었을 것이다.

그로부터 세월이 많이 흐르고 나서야 나는, 영웅이란 시련을 통하여 허망한 자신의 주변성을 소통의 중심으로 바꾼 사람이라는 것을 알게 되었다. 영웅의 탄생을 둘러싼 이야기의 신이함은, 영웅이 살아낸 편모슬하라고 하는 존재론적 악조건을 미화하기 위한 화사한 수사에 지나지 못한다는 것도 알게 되었다.

수렵 시대에서 농경 시대로

「동명왕」편으로 돌아가자. 먼저 분주分註를 읽어본다.

이별할 때가 되었는데도 주몽은 차마 떠나지 못했다. 어머니 버들꽃 부인이 말했다.

"어미로 인하여 너무 근심하지 말아라."

버들꽃 부인은 이러면서 오곡의 씨앗을 싸주었다. 주몽이 어머니와 생이별하는 마음이 너무 애절해서 보리씨를 미처 챙기지 못하고 떠났다. 그런데 얼마를 가다가 주몽이 큰 나무 밑에서 쉬는데 비둘기 한 쌍이 날아왔다. 주몽은 그 비둘기를 보면서 생각했다.

'필시 신모神母께서 보리씨를 보내신 것이리라.'

주몽이 이러면서 활을 쏘아 한 화살에 비둘기 두 마리를 떨어뜨렸다. 주몽이 떨어진 비둘기의 목구멍을 벌리자 보리씨가 나왔다. 주몽이 보리씨를 거두고 물을 뿜자 두 마리의 비둘기가 다시 소생하여 날아갔다.

이 이야기 끝에 이규보는 이렇게 노래하고 있다.

한 쌍의 비둘기 보리 물고 날아 雙鳩含麥飛

신모의 심부름꾼 되어 왔네 來作神母使

『삼국유사』의 박혁거세와 그 부인 알영의 탄생 신화에는 어머니 선도성모仙桃聖母가 등장하지 않는다. 선도성모는 「감통感通」편에 '선도성모가 불사佛事를 좋아하다'라는 독립된 이야기로 실려 있는 것으로 보아 후대에 첨가된 것으로 보인다. 말하자면 중국을 의식해서, 혹은 중국 문화에다 젖줄을 대기 위해 혁거세와 알영을 낳은 중국 여성 사소娑蘇를 선도성모로 추존追尊, 혹은 추숭追崇한 듯하다는 것이다.

『삼국유사』의 고구려 건국 신화에도 버들꽃 부인, 곧 유화柳花부인이 주몽에게 보리씨를 주어 보냈다는 이야기는 실려 있지 않다. 유화부인이 '신모神母'라고 불리면서, 농신農神 혹은 곡신穀神으로 묘사하는 신화 역시 후대에 첨가된 것으로 보인다. 이 이야기 역시 추존의 성격이 엿보인다.

동명왕 신화는 수렵 민족 신화의 전형을 드러낸다. 동명왕의 이름이 '활 잘 쏘는 이(선사善射)'라는 뜻을 지닌 '주몽'이었다는 것부터가 그렇다. 알로 태어난 주몽이 버려진 곳도 마굿간이다. 태어난 지 한 달이 채 못 되어, 어머니 유화부인이 만들어준 활로 파리를 쏘는데 쏘는 족족 명

중이었다는 대목도 그렇다.

'활'과 '말'이 어우러지는 곳이 바로 사냥터다. 이 사냥터에서 왕자들 및 그들을 따르는 부하 40명이 잡은 사슴은 겨우 한 마리인 데 견주어, 주몽이 활을 쏘아 잡은 사슴은 여러 마리였다. 왕자들이 주몽을 시기하여 참소하자 금와왕이 주몽에게 맡긴 일 역시 말 돌보기였다.

주몽 신화는 말에서 시작되어 말에서 끝난다.

「동명왕」 편은 동명왕 이야기를 '왕이 하늘에 오르고 내려오지 않아서 태자는 왕이 남긴, 옥으로 만든 말채찍을 장사 지냈다'로 마무리한다.

유화부인이 농신 혹은 곡신으로 추존된 듯한 이 이야기가 주목할 만한 것은 바로 이 대목에서 농경의 흔적이 드러나기 때문이다. 어차피 추상적일 수밖에 없는 농신 혹은 곡신 이미지를 유화부인이라고 하는 구체적인 여성에게 덧씌운 것도 흥미롭다. 어느 나라 신화에든, 추상적인 이미지로든 구체적인 이미지로든 빠짐없이 등장하는 농신 혹은 곡신의 역할을 건국 시조의 어머니에게 맡긴 것에는 정치적인 의도가 있어 보인다. 고구려는 이렇게 선다.

　　형세 빼어난 땅에 왕도를 여니 形勝開王都

산천이 울창하고 높고 컸다 山川鬱巋巋

스스로 띠자리 위에 앉아 自坐上茀蕝

군신의 자리를 대강 정하였다 略定君臣位

아무래도, 우리 태어날 때 하늘이 신이함을 베풀지 않았다고 쓸쓸해 할 것은 없을 것 같다. 우리가 처한 삶의 주변성을 소통의 중심으로 바꾸어내면 일연 스님이나 이규보 같은 이가 잘 써줄 것 같으니……

아버지, 아버지,
우리 아버지

우리는 모두 한통속이다

1998년 9월, 비가 우중충하게 내리는 날, 런던의 '브리티시 뮤지엄(영국 박물관)'에서 고구려 시조 고주몽의 아들 유리 태자를 만났다. 아버지 고주몽이 남겨놓고 떠난, 왕자의 신표인 칼도막을 꺼내기 위해 주춧돌을 들어올리는 유리 태자를 만났다.

유리 태자가 분명했다. 하지만 내가 만난 돋을새김의 명찰은 '유리 태자'가 아니었다. 그리스 신화에 등장하는 영웅 '테세우스'였다.

"그리스 신화가 우리와 무슨 관계가 있나요?"

내가 자주 받는 질문이다. 내가, 그리스·로마 신화 읽는 것을 좋아하는 데 그치지 않고 그것을 풀어서 다시 쓰기를 좋아하기 때문일 것이다. 민족주의 쪽으로 가파른 기울기를 보이는 사람이 던질 경우 이런 질문은 약간 공격적이기까지 하다. 그가 말하는 '우리'는 조선 민족으로서의

'우리'다. 하지만 내가 말하는 '우리'는 인류의 한 갈래로서의 '우리'다. 나는 전자의 '우리'보다는 후자의 '우리' 쪽으로 자주 기운다.

민족에 관한 한 우리는 그리스인과 다르고 아프리카인들이나 인도인들과도 당연히 다르다. 하지만 인류의 한 갈래로서의 '우리'라고 할 때의 우리는 몇 가지 기본적인 경험을 공유한다. 그 경험은 이런 것이다.

인간은 누구나, 영문도 모르는 채 어머니의 태를 열고 이 세상에 나온다. 이렇게 태어난 인간은, 자신을 이 세상에 나오게 한 사건의 배후에서 어떤 일이 일어났는지 알지 못하다가 사람 한살이의 봄철에 해당하는 사춘기가 되어서야 비로소 자신의 근본을 생각하게 된다.

나는 누구인가?

나는 어디에서 왔는가?

이렇게 스스로 물을 즈음 그 사람은 어머니나 아버지를 잃을 확률이 매우 높다. 말하자면 자신이 어디에서 왔느냐는 해답을 마련하기 전에 어머니나 아버지가 어디로 가는지 목격하게 되는 것이다.

사춘기를 건너면서 사람은 본능의 목소리를 듣는다. 이때 나타나는 성징性徵은 사람을 세상에 태어나게 한 사건의 배후에서 있었던 일, 즉 어머니와 아버지에게 일어났던 일을 짐작하게 한다. 사람은 어머니와 아버지 사이에서 있었던 일을 되풀이함으로써 또 하나의 인간으로 하여금, 영문도 모르는 채 이 세상에 태어나게 한다. 그러고는 나이를 먹으면서, 어머니와 아버지 뒤를 이어 '죽음'의 경험을 되풀이한다.

이것은 인간이면 누구나 하는 경험이다. 이 공통된 경험의 구비구비에 잠복해 있는 많은 사건들을 설명하는 이야기, 나는 이것이 바로 신화라고 생각한다. 다른 나라 신화는 조선 민족으로서의 '우리'와는 아무 관계도 없을 수 있다. 하지만 인류의 한 갈래로서의 '우리'와는 밀접한 관계가 있다. 인류가 공유하는 경험 중 가장 절실한 것이 바로 성행위 경험이다. 성기나 성교를 상징하는 몸짓은 세계 어느 나라나 거의 비슷한 것은 이 때문이다. 몸짓으로 하는 욕 시늉은 지구 반대편에 갔다고 해서 마음 놓고 할 수 있는 것이 아니다.

그리스의 유리 태자 이야기
우리 신화를 읽기 전에 먼저 오비디우스의 『변신 이야기』에 나오는 '파에톤 신화'를 읽어본다.

태양신의 아들 파에톤은 에파포스와는 나이나 기질이 비슷했다.

어느 날 파에톤은, 족보를 자랑하는 에파포스에게 지기 싫어 자기도 태양신의 아들이라고 자랑했다. 그러자 에파포스가 말했다.

"멍텅구리같이, 너는 네 어머니 말을 고스란히 믿는구나. 네 아버지도 아닌 분을 네 아버지라고 우기고 있으니 한심한 일이다."

파에톤은 얼굴을 붉혔다. 너무 부끄러워 차마 화를 내지 못한 파에톤은 집으로 돌아와 어머니 클뤼메네에게 말했다.

"어머니, 정말 견딜 수 없습니다. 저는 태양신의 아들이라고 큰소리를 쳤다가 망신을 당했습니다. 부끄럽습니다. 그런 모욕을 당했다는 게 부끄럽고, 말대답을 할 수 없었다는 게 창피합니다. 어머니, 제가 만일 태양신의 아들이라면 그 증거를 보여주십시오."

이렇게 말한 파에톤은 어머니의 목을 끌어안고, 자신의 머리, 의부 메로프스의 머리, 혼인을 앞둔 누이의 행복에 걸고, 친아버지가 누구인지 밝혀줄 것을 요구했다.

아들 파에톤의 말에 마음이 움직였기 때문인지, 아니면 아들에 대한 모욕을 자신에 대한 모욕으로 여기고 화가 나서 그랬는지, 어쨌든 클뤼메네는 벌떡 일어났다. 그러고는 하늘을 향해 두 팔을 벌리고 작열하는 태양을 우러러보며 이렇게 외쳤다.

"나를 내려다보고 계시고, 내 말을 듣고 계시는, 찬연히 빛나는 태양에 걸고 맹세하거니와, 너는 네가 우러러보고 있는 태양, 온 세상을 밝히는 태양신의 아들이다. 만일에 내 말이 거짓이면 그분이 내 눈을 앗아가실 것인즉, 내가 세상을 보는 것도 오늘이 마지막이 될 것이다. 그러니 네 아버지를 찾아가거라. 네가 네 아버지 처소로 가는 일은 어렵지도 않고, 그 길이 그리 먼 것도 아니다."

유리 태자 이야기는 운문으로 씌어진 『동국이상국집』 「동명왕」 편에 산문으로 된 분주에 실려 전한다.

주몽이 남쪽으로 떠나면서 부여에다 남겨놓고 떠난 여인은 어머니 유화부인뿐만이 아니다. 애인 예씨禮氏 역시 주몽이 부여에 남겨놓고 떠난 여인이다. 주몽이 떠날 당시 예씨는 '님께서 주신 씨앗'을 복중에 잉태하고 있었다. 예씨가 낳은 아들이 바로 유리 태자다.

유리 태자 이야기를 읽어본다.

유리는 어려서부터 특별한 재주가 있어서 팔매질로 참새를 곧잘 잡았다. 하루는 팔매질로, 한 아낙이 이고 가는 물동이를 뚫었다.

아낙이 유리를 질책했다.

"아비 없이 자란 자식이라 내 물동이를 뚫었구나."

유리는 몹시 부끄러워하면서 진흙 덩어리를 이겨 던져, 뚫린 구멍을 막아 물동이를 온전하게 하고는 집으로 돌아와 어머니에게 물었다.

"내 아버지는 누구이시며 지금 어디에 있습니까我父何人 今才何處?"

유리가 어린지라 어머니는 희롱 삼아 말했다.

"너에게는 일정한 아버지가 없다."

유리가 울면서 한탄했다.

"일정한 아버지가 없는 사람이 무슨 면목으로 남을 대하겠습니까?"

그러고는 칼로 제 목을 찌르려 하자 깜짝 놀란 어머니가 그제야 말했다.

"조금 전에는 희롱 삼아 말했다. 너의 아버지는 천제天帝의 손자이자 강신江神의 외손이시다. 부여 나라 신하 되는 것을 싫어해서 남쪽으로 내려가 나라를 세우셨다. 네가 능히 가보겠느냐?"

무협지 혹은 무협 영화의 한 대목을 떠올려도 좋다.

나는 누구일까?

나는 어디에서 왔을까?

내 아버지는 누구일까?

아이가 이런 의문을 제기하는 순간 그 무협지 혹은 무협 영화는 대번에 의미심장해진다.

나는 왜 아버지를 아버지라고 부르지^{呼父} 못하고, 형님을 형님이라고 부르지^{呼兄} 못하는 것일까? 이런 의문을 제기하는 순간 『홍길동전』이 의미심장해지는 것을 보라.

늙은 부모가 아들 앞에서 무릎을 꿇고 이렇게 고백하는 순간 드라마는 아연 활기를 띤다.

"도련님, 사실은 저희들은 도련님의 친부모가 아닙니다."

칼도막을 찾아서

유리 태자, 칼도막을 찾아내다

나는 1947년 5월 3일에 태어났다. 아버지는 1948년 12월 9일에 세상을 떠났다. 내 나이 '한 살 반' 때의 일이다. 아버지는 사진을 남기지 않았다. 흔하디흔한 도민증道民證 사진 한 장도 남긴 것이 없어서 좋은 화가를 만나도 나는 아버지의 초상을 그리게 할 수 없다.

나는 아버지의 무덤에서 100미터도 채 안 떨어진 생가에서, 아버지를 기억하는 많은 사람들 사이에서 유년기를 보냈다. 하지만 나는 아버지의 얼굴을 기억하지 못한다. 내 무의식에는 찍혀 있을 테지만 내 의식으로는 그것을 재생할 수 없다.

사춘기 때부터 아버지의 사진 한 장이 그렇게 가지고 싶었다. 주위 어른들은, 일본에는 아버지의 사진이 남아 있을 것이라고 했다. 아버지가, 당시 일본에 살고 있던 숙부댁을 자주 드나들었고, 징용 근로자가 아닌

자유 근로자로 일본에서 일한 경력도 있었기 때문이다.

1994년 쉰 살이 거진 다 되어서야, 숙부가 살던 오사카 위성도시 후세시^{布施市}를 찾아갔다.

아라카와 산쪼메^{荒川三番地}……

어린 시절 동요의 노랫말처럼 외고 다니던 숙부님댁 주소다. 숙부는 재일교포 북송을 지휘하던 사회주의자였다. 며칠을 머물면서 뒤졌지만 나는 끝내 아버지의 사진은 물론 돌아가신 숙부와, 사촌형제들의 행방을 알아내지 못했다.

서울로 돌아오기 전날 밤, 깊숙한 데서 울음이 터져나왔다. 숙소를 함께 쓰던 사람은 내가 '소처럼' 울더라고 했다.

나의 아버지는 나를 두고 멀리 떠난 분이 아니다. 돌아가신 분일 뿐이다. 아버지의 사진을 갖고 싶다는 생각, 이제는 더 이상 하지 않는다. 이제 나는 아버지의 '상징'이라고 할 수 있는 사진에서 자유롭다. 하지만 '아비 찾기' 이야기는 언제나 내 마음 깊은 데를 울린다.

'아비 찾기'는 결국 '나 찾기'다.

「동명왕」편에 따르면, 어머니 예씨부인이, 남쪽으로 떠난 아버지 주몽을 찾아가겠느냐고 물었을 때 유리는 이렇게 대답한다.

"아버지는 임금이신데 아들인 저는 남의 신하 노릇이나 하고 있으니, 저 비록 재주 없는 아이이기는 하나 심히 부끄럽습니다(아버지 찾아 떠나겠습니다)."

어머니 예씨부인은 아들에게 이런 말을 들려준다.

"너의 아버지가 떠나면서, 만일에 아들을 낳거든 들려주라면서 하신 말씀이 있다. 아버지는 '일곱 모난 돌 위의 소나무 밑七稜石上松下'에다 신표를 숨겨두었으니, 능히 이것을 찾아내어 당신께 오는 자가 있으면 당신의 아들이라 할 것이라고 했다."

「동명왕」편의 유리 이야기는 이렇게 이어진다.

유리가 산골짜기를 뒤졌지만 마침내 찾지 못했다. 지쳐서 돌아온 유리의 귀에, 기둥에서 나는 이상한 소리가 들렸다. 가서 살펴보니, 주춧돌을 타고 선 기둥은 모서리가 일곱이었다. 과연 일곱 모난 돌 위의 소나무였다. 가까이 가서 보니 기둥 밑으로 구멍이 있었다. 바로 그 구멍에서, 칼도막을 찾아내고 유리는 크게 기뻐했다. ……

유리는 그 칼도막을 가지고 고구려로 가서 주몽 왕께 바쳤다. 왕

이, 자신이 가진 칼도막을 꺼내어, 유리가 가져온 칼도막과 맞추니, 피가 흐르면서 이어져 한 자루의 칼이 되었다. 왕이 유리에게 물었다.

"네가 실로 내 아들이라면 어떤 신성함을 지니고 있느냐?"

그 말을 듣고 유리가 공중으로 몸을 솟구치자 해에 이르렀다. 왕은 유리의 신이함을 기특하게 여기고 태자로 삼았다……

'일곱 모난 돌 위의 소나무'는 『삼국유사』의 기록이다. 「동명왕」 편에는 '일곱 마루 일곱 골짜기, 돌 위의 소나무七嶺七谷石上之松'로 기록되어 있다.

'상징'을 뜻하는 영어 '심벌symbol'은 고대 그리스 말 '쉼볼레인symbollein'에서 온 말이라고 한다. '맞추어 본다'는 뜻이다. '거울을 깬다'는 뜻을 지닌 '파경破鏡'과 아주 비슷한 말이다. '죽고 못 사는' 사람들이 어쩔 수 없이 헤어질 때 한쪽씩 나누어 갖기 위해 거울을 깨뜨린 다음 이를 나누어 신표로 삼았던 모양이다. 나중에 맞추어 보기 위해, 금생今生에 안 되면 후손들에게라도 서로 맞추어 보게 하기 위해 그렇게 했던 모양인데, 그 '파경'이 지금은 '이혼'의 대명사로 잘못 쓰인다.

'쉼볼레인'는 그렇게 깨뜨린 접시나 동전 같은 것을 서로 '맞추어 보기'다. 주몽과 유리가 부러진 칼도막 둘을 맞추어 보는 현장에서 우리는 바로 '상징'이라는 말의 뿌리를 만난다.

테세우스, 칼과 가죽신을 찾아내다

테세우스는 헤라클레스와 쌍벽을 이루는 그리스의 영웅이다. 적국의 미궁迷宮으로 들어가 반우반인半牛半人 미노타우로스를 때려죽인 영웅, 들어가면 아무도 살아나올 수 없는 미궁에서 적국 공주 아리아드네의 실타래 덕분에 살아나온 영웅이다.

그리스인 플루타르코스(영어로는 '플루타크')가 쓴 『영웅 열전』의 '테세우스 이야기'를 요약하면 이렇다.

아테나이 왕 아이게우스는 도시국가 이웃 나라를 방문했지만 술은 마실 수 없었다. 그 까닭은, '아테나이로 돌아가기까지는 포도주 부대의 끈을 풀지 말라'는 신탁을 받았기 때문이었다.

그러나 이웃 나라의 현명한 왕 피테우스는 아이게우스에게 술을 마시게 하고는 딸과 동침하게 했다.

잠자리를 함께한 여인이 그 나라 공주라는 것을 아침에야 안 아이게우스는 공주가 아들을 낳을 것임을 예감했다.

아이게우스는 아테나이로 떠나기 직전, 장정 서넛이 들어도 들릴까 말까 한 왕궁 객사의 섬돌 한 귀퉁이를 들고 돌 놓였던 자리에다 가죽신 한 켤레와 칼 한 자루를 놓고는 그 자리에 돌을 내려놓았다. 그러고는 공주 아이트라에게 은밀하게 당부했다.

"아들을 낳고, 그 아들이 제 근본을 궁금해할 나이가 되거든 아비 찾아 떠나 보내세요. 내가 섬돌 밑에다 신표token를 감추어두었으니, 제 힘으로 섬돌을 들 만한 힘이 생기거든 보내세요. 아무도 모르게, 은밀하게 보내세요."

테세우스는 강인한 육체의 소유자였다……

(아들이 자신의 근본을 궁금해할 나이가 되자) 어머니 아이트라는 섬돌이 있는 곳으로 아들을 데리고 가서 아버지 이야기를 들려주

었다……

테세우스는 쉽게 섬돌을 들고는 밑에 숨겨져 있던 칼과 가죽신을 꺼내어…… 길을 떠났다……

유리 신화와 테세우스 신화에서 우리가 주목할 것은, 소지한 자의 신분을 증명하는 '신표'다. 바로 상징이다. 유리가 주몽의 아들임을 상징하는 칼은 정확하게는 칼도막이다. 주몽은 유리가 가져온 칼도막을 자기가 가지고 있던 칼도막과 '맞추어 봄'으로써, 유리를 자신의 아들로 승인한다. 말하자면 상징을 실체로 승인하는 것이다.

신화는 상징적이다. 신화는 우리가 떠나면서 숨겨놓고 온, 혹은 우리의 아버지가 숨겨놓고 떠난, 인간의 꿈과 진실이 서려 있는 신표 같은 것이라고 나는 생각한다. 칼도막, 혹은 칼과 신발 같은 것이라고 나는 생각한다. 그렇게 생각하는 나에게 신화를 읽는 일은, 우리가 오래전에 이국에다 두고 온 아들을 맞는 일이자 아버지가 두고 간 신표를 들고 가서 아버지를 만나는 일이다. 상징과 실체를 '맞추어 보는' 일이다. 그래서 유리 신화와 테세우스 신화가 이렇게 비슷해도, 너무나 많이 놀라웠으므로 지금은 별로 놀라지 않는 것이다.

왕이여,
딸을 조심하라

사랑이냐 충성이냐

50~60년대에는 창극, 즉 노래극 배우들이 지금의 TV 탤런트 비슷한 인기를 누렸다. 임춘앵, 김경수 같은 분들이 극단을 가지고 있었던 것으로 기억한다. 어린 시절 우리는 그 창극을 '진소리'라고 불렀다. '긴 소리'의 경상도 사투리일 것이다. 노래를 부르되, 소리를 길게 질질 끌면서 불러서 그런 별명을 얻게 되지 않았나 싶다.

물론 '판소리'를 의식하고 지은 별명일 터이다. 판소리는 혼자 노래로써 이야기를 풀어나가는 '모노 드라마(일인극)' 같은 것이지만 창극은 여럿이 나와서 노래로써 이야기를 풀어나가니 서양의 오페라와 아주 똑같다. 오페라의 역어 '가극'도 '노래극', 우리의 가극 '창극'도 결국은 '노래극'이다. 서양 오페라와 다른 것이 있다면 우리 창극은 여성 연기자들만 출연했다는 점이다.

남성이 주인공이라도 남성 창극 배우를 기용하는 것이 아니라 여성을 남성으로 분장시켜 무대에 올렸다. 희고 보드라운 여성의 얼굴에 그려져 있거나 매달려 있던 거친 수염이 묘한 분위기를 자아내던 것으로 기억한다. 눈썹 화장도 퍽 인상적이었다. 코끝에서부터 굵고 진하게, 끝이 휙 치켜 올라가게 그리는 눈썹 화장은 뒷날 내가 본 중국의 전통극 '경극'에 나오는 배우들 화장과 비슷했다. 남장한 여성, 여장한 남성이 나오는 극은 우리 마음 바닥에 가라앉아 있던 기묘한 것을 휘정거리는 속성이 있다.

어린 시절, 창극 〈호동왕자와 낙랑공주〉를 본 기억, 그 기억 언저리를 맴돌던, 어리고 어리석던 시절의 열등감도 나는 잊지 않고 있다.

호동왕자와 낙랑공주 이야기는 〈호동왕자와 낙랑공주〉, 〈자명고 사랑〉, 혹은 〈자명고〉라는 영화로 만들어지기도 했다. 유행가로 지어져 불리기도 했던 것은 물론이다. 50년대에 불리던 노래 〈자명고 사랑〉을 나는 어렴풋이 기억한다.

호동왕자 말채찍은 충성 충*자요,
낙랑공주 주사위는 사랑 애*잘세

충성이냐 사랑이냐 쌍갈래 가슴

이리 갈까 저리 갈까 별도 흐르네

80년대 후반에는 나 자신이 호동왕자와 낙랑공주를 주제로 노랫말을
쓰기도 했다. 서울음대 이성천 교수(작고)가 작곡한 어린이 무용극 〈호
동왕자와 낙랑공주〉의 주제곡 노랫말이었다. 삽입곡은 제1막 〈사냥 노
래〉와 제2막의 〈잔치 노래〉 두 곡이다.

〈사냥 노래〉

덫사냥은 싫대요

몰이사냥도 싫대요

말 달리고 창 던지면

고구려 땅도 좁대요

아기토끼는 숨어라

아기노루도 숨어라

호동왕자 나오신다

아기곰도 숨어라

해가 지고 달이 뜨면

사냥 잔치 끝나죠

으뜸상은 누구래요?

호동왕자 호동왕자

호동왕자 가신대요

사랑사냥 가신대요

활도 없이 창도 없이

낙랑나라 가신대요

〈잔치 노래〉

낙랑나라 공주님은

왕자님이 좋았대요

고구려 땅 왕자님도

공주님이 좋았대요

큰북 소리 두웅두웅

장고소리 도동동동

호동왕자 낙랑공주

꼬꼬재배, 꼬꼬재배

왕자님은 어쩌지요

공주님을 어쩌지요

원수나라 공주님을

지어미를 어쩌지요

공주님은 어쩌지요

왕자님을 어쩌지요

원수나라 왕자님을

지아비를 어쩌지요

내가 어린이들을 위해서 쓴 노랫말을 여기 생짜로 전문을 옮겨 싣는
데는 까닭이 있다. 극이 끝나고 극장을 나설 때였다. 극을 본 아이들은

극장을 나서면서 이 노래를 흥얼거리기 시작했다. 물론 이성천 교수가 지어낸 간결한 가락과 박자 때문이었을 것이다. 2층에서 아래층으로 통하는 복도에 〈사냥 노래〉와 〈잔치 노래〉가 나지막하게 울려퍼지던 그 순간을 나는 잊을 수 없다. 열 살 안팎의 아이들 마음에 신화 시대를 살던 저 비극적인 낙랑공주의 애틋한 사연이 실리는 순간이었다. 지금과 그때 사이의 기나긴 시간이 일시에 소멸하고 아이들이 바로 저 신화 시대를 사는 순간이었다.

'호동왕자와 낙랑공주'는 갈등 구조의 중심에 놓여 있는 자명고, 즉 스스로 울리는 북과, 호동을 향한 낙랑공주의 애절한 사랑 때문에 시대가 새로워질 때마다 다시 씌어지고는 한다. 자명고가 무엇인가? 오늘날의 조기 경보 체제다. 나라의 안위가 걸려 있는 이 자명고를 둘러싸고 대체 어떤 일이 벌어지는가? 『삼국사기』 「고구려본기 제2, 고구려 제3대 대무신왕」 편에 실려 있는 이야기를, 더하기 빼기를 하지 않고 그대로 옮겨본다.

대무신왕 15년 여름, 왕의 아들 호동이 옥저를 유람 다니고 있었다. 낙랑 왕 최리가 그곳을 다니다가 호동을 보고 말했다.

"그대의 얼굴을 보니 여느 사람이 아니로구나. 그대가 어찌 북쪽 나라 대무신왕의 아들이 아니리?"

낙랑 왕 최리는 마침내 그를 데리고 돌아가서 자기의 딸 낙랑공주를 아내로 삼게 하려고 했다. 그 직후 호동이 본국으로 돌아와서 남몰래 낙랑공주에게 사자를 보내 사연을 전했다.

"그대가 그대의 나라 무기고에 들어가 북과 나팔을 부수어버릴 수 있다면 내가 예를 갖추어 그대를 맞이할 것이요, 그렇게 하지 못한다면 나는 그대를 맞을 수 없소."

옛부터 낙랑에는 신통한 북과 나팔이 있었다. 북과 나팔은 적군이 쳐들어오면 저절로 소리를 내어 알렸다. 호동왕자는 낙랑공주로 하여금 이 북과 나팔을 부숴버릴 것을 권한 것이다.

낙랑 왕이여, 딸을 조심하라

이 간결한 이야기가 민담집에서는 조금 더 자세하게 풀리면서 드라마의 갈등 구조가 구체적으로 드러난다. 민담에 등장하는 호동왕자는 처음부터 정치적·군사적이다. 어린이 노래극 〈호동왕자와 낙랑공주〉의 줄거리에서도 마찬가지다.

지금부터 약 2천 년 전, 우리 사는 땅에서는 이런 일이 있었던 것으로 전해진다. 그때의 산 모습, 들 모습은 오늘날의 모습과 크게 다르지 않았다.

고구려 세 번째 임금 대무신왕에게는 호동이라는 아들이 있었다. 호동은 잘생긴 청년인데다 지혜롭고 용감했다.

고구려 사람들은 활을 잘 쏘는 것으로 소문난 민족이었다. 호동 왕자도 사냥 대회에 나가기만 하면 늘 으뜸상을 받았던 활을 아주 잘 쏘는 왕자였다.

대무신왕은 고구려의 시조인 동명성왕, 그리고 그 아들인 유리왕의 대를 이어 왕위에 오른 임금이다. 이 시대의 고구려는 영토를 넓히려고 기회를 노리던 아주 젊고 기운찬 나라였다.

대무신왕은 낙랑을 고구려 땅으로 만들고 싶어했다. 그래서 몇 차례 군사를 몰고 쳐들어가보았다. 그러나 그럴 때마다 낙랑에서는 고구려 군사들이 쳐들어오는 것을 귀신같이 알고 국경을 철통같이 지키는 데는 어떻게 해볼 도리가 없었다.

대무신왕은 낙랑이 어떻게 적의 기습을 미리 알아내는지 몹시 궁금했다. 그래서 사람을 보내어 이를 정탐해보고자 했지만 마땅한 사람이 얼른 나서지 않아 애를 태웠다. 그런 아버지를 보고 있던 호동왕자가 이렇게 말했다.

"제가 낙랑으로 들어가, 어떻게 적의 기습을 미리 알아내는지 정탐해서 아버지의 근심을 없이 하겠습니다."

낙랑의 왕 최리는 어느 날 숲 속으로 사냥 나왔다가 큰 변을 당했다. 말이 무엇에 놀랐는지 길길이 뛰기 시작한 것이다. 신하들이 왕의 말고삐를 잡으려 했지만 허사였다. 왕의 말은 최리를 태운 채, 신하들을 따돌리고 험한 산속을 헤매기 시작했다. 최리가 말을 달래보려고 온갖 수단을 다 써보았지만 역시 허사였다. 절망한 최리는 아예 눈을 감고, 말의 잔등에서 떨어져 죽거나 큰 부상을 입는 순간만을 기다렸다.

그때, 숲 속에서 한 건장한 청년이 나와 왕의 말고삐를 채었다. 난데없이 나타난 청년 손에 고삐를 잡히기는 했지만 말도 만만치 않았다. 말은 길길이 날뛰면서 청년의 가슴을 걸어찼다. 청년은 가슴을 채이고도 고삐를 놓지 않았다. 청년의 서슬에 놀란 말이 기가 죽었는지 그 자리에 우뚝 섰다. 최리 왕이 말에서 내려 청년에게 물었다.

"젊은이가 아니면 나는 목숨을 잃었을 것이다. 나는 이 나라 왕 최리다만 그대는 누군가?"

호동왕자가 대답했다.

"저는 고구려 왕실의 호동입니다. 길을 잃고 산속을 헤매다 낙랑으로 들어오게 되었습니다. 국경을 넘은 죄가 적지 않을 터이나 전하께서 너그러이 용서해주시기 바랍니다."

이 말을 들은 최리 왕은, 옳다구나, 하고 생각했다. 당시의 고구려는 솟아오르는 태양처럼 그 기세가 대단했다. 고구려에 견주면 낙랑은 지는 달과 같았다. 최리 왕은, 왕자를 잘 사귀어두면 고구려의 침략은 피할 수 있겠구나, 생각하고는 호동왕자의 손을 잡으려 했다. 그러나 호동왕자는 아무 말 없이 그 자리에 썩은 짚단처럼 쓰러졌다. 말발굽에 채인 고통을 더 이상 참을 수 없었던 것이다.

호동왕자가 정신을 차린 곳은 최리 왕의 궁전이었다. 왕자는 정신을 차리고 나서야 자기가 최리 왕의 궁전에서 아름다운 낙랑공주의 간호를 받고 있다는 것을 알았다. 낙랑공주는 약초에 관해서도 아는 것이 많아서 호동왕자에게 달여먹일 약, 상처에 붙일 약을 모두 손수 만들었다.

호동왕자와 낙랑공주는 나날이 가까워져가다가 마침내 양쪽 집안 부모로부터 혼인 승낙을 받아야 하는 날을 맞기에 이르렀다. 대무신왕은 쾌히 승낙했다. 낙랑의 공주를 아내로 맞게 되면 호동이 비밀 임무를 틀림없이 완수할 것이라고 생각했기 때문이었다. 최리왕도 쾌히 승낙했다. 고구려 왕자를 사위로 맞아두면 사나운 나라 고구려의 침략에 대해서는 걱정하지 않아도 된다는 판단에서였다.

　　혼인하기 직전 호동은 낙랑공주에게 넌지시 물었다.

　　"이 나라에는, 다른 나라 군사의 침략을 미리 알아내는 용한 점쟁이가 있다는데, 대체 그게 누구요?"

　　낙랑공주는 웃기만 할 뿐, 대답하지 않았다. 그날부터 호동왕자는 공주에게 매정하게 굴기 시작했다. 공주가 애를 태우다가 까닭을 묻자 호동왕자가 퉁명스럽게 대답했다.

　　"부부가 한몸이라는 말은 옳지 않은 듯하오. 공주가 나를 의심하여 이렇듯이 말대답을 하지 않는데 어떻게 우리가 장차 한몸이 될 수 있겠소?"

　　낙랑공주는 왕자의 속셈을 모르는 채, 생글생글 웃으면서 이렇게 대답했다.

"다른 나라 군사의 침입을 미리 알아내는 것은, 점쟁이가 아니라 사실은 자명고랍니다."

자, 이제 호동왕자는, 낙랑의 국방에 이용되는 비밀 병기가, 자명고, 즉 조기 경보 시스템이라는 것을 알아내었다. 왕자가 어떻게 나올 것인가는 자명하다. 호동왕자는 낙랑공주에게, 무기고에 잠입하여 그 북을 찢어줄 것을 요구한다. 낙랑공주는 이러지도 저러지도 못하는 지경에 이른다. 사랑을 따르면 나라와 아버지가 위태로울 터이고, 나라와 아버지를 따르자니 용모 수려하고 지혜로운 호동왕자로부터 버림을 받을 터이다.

어떻게 할 것인가? 어떻게 하면 좋다는 말인가?

답은 벌써 나와 있다. 그 답이 실린 책이 바로 신화집이다. 그리스 신화에 나오는 '낙랑공주' 이야기에 그 답이 나와 있다.

로마 작가 오비디우스의 『변신 이야기』의 한 대목을 읽어본다. 낙랑공주의 갈등을 자세하게 전하고 있지 않은 『삼국사기』와는 달리 이 이야기는 스퀼라가 갈등하는 장면을 꽤 자세하게 전하고 있다.

니소스 왕이여, 딸을 조심하라

……크레타 왕국의 미노스 왕이 니소스 왕이 다스리던 나라를 공격했다. 그런데 니소스의 정수리에는, 백발 가운데 섞인 보라색 머리카락이 한 올 있었다. 그에게 이 머리카락이 남아 있는 한, 어떤 정복자도 그 왕국을 무너뜨릴 수 없었다.

전쟁이 시작된 이래 초승달은 그 뿔을 여섯 번째로 드러내어 보이고 있었으나 양국의 전세는 어느 한쪽으로도 기울지 않은 채 소강 상태를 보이고 있었다. 날개 달린 승리의 여신이 마음을 정하지 못해 양쪽 진영의 상공을 왔다갔다 하고 있었기 때문이었다.

니소스 왕국의 성벽에는 탑이 하나 있었다. 전해지는 바에 따르면 음악의 신 아폴론이 황금으로 만든 수금을 건 이후로 그 벽돌 하나하나에 신묘한 음악이 스며들어 있다는 성벽이다.

니소스의 딸 스퀼라에게는 틈날 때마다 이 성벽 위의 탑으로 올라가 이 성벽에다 돌멩이를 던지며 거기에서 나는 소리를 즐기는 버릇이 있었다. 스퀼라는 미노스 왕과 자기 아버지의 군대 사이에 전투가 벌어지고 있을 동안에도 이곳으로 올라가 가까이서 벌어지는 전투 상황을 구경하고는 했다. 스퀼라는 이러는 동안 적군의 장수 이름, 그들의 무기, 그들이 타고 다니는 말, 그들의 차림새, 그리고 그 유명한 크레타 활에 대해서도 알게 되었다. 스퀼라가 이중에서도 가장 관심을 가지고 살펴서 자세하게 알게 된 것은 적장 미노스 왕이었다. 스퀼라는 이 미노스 왕에 대해서라면 모르는 것이 없었다.

스퀼라의 눈에 비친 미노스는 한마디로 완벽한 인간이었다. 스퀼라가 보기에, 미노스가 깃털 장식이 달린 투구를 쓰고 있으면 투구가 미노스에게 그렇게 잘 어울려 보일 수가 없었고, 미노스가 번쩍거리는 청동 방패를 들면 그 방패를 든 미노스가 그렇게 잘 어울려 보일 수가 없었다.

미노스가 힘살을 부풀리고 창을 던질 때면, 스퀼라는 멀리서 그의 힘과 재간을 침묵으로 찬양했고, 미노스가 시위에다 화살을 먹이고 시위를 당겨 활대를 반달 모양으로 구부리면 스퀼라는 활의 신 아폴론도 활시위를 당길 때는 저런 모습이시겠지, 이런 생각을 하고는 했다. 어쩌다 미노스가 투구를 벗어 맨 얼굴을 드러내고, 보랏빛 갑옷 차림으로 백마의 잔등에 올라 술 장식이 치렁치렁한 안

장을 깔고 앉은 채로, 입으로 흰 거품을 품는 말의 고삐를 잡아채는 것을 보면 스퀼라는 그만 현기증을 느끼고는 했다. 이게 모두 미노스를 향한, 불타는 듯한 사랑 때문이었다. 스퀼라는, 미노스 왕의 손에 잡히는 저 창은 얼마나 행복할까, 미노스 왕의 손에 잡히는 저 고삐는 얼마나 행복할까, 이런 생각까지 했다. 스퀼라는 나이 어린 공주에 지나지 않았으나 할 수만 있다면 용감하게 적진을 뚫고 들어가 미노스 왕을 만나고 싶었다. 높은 탑루에서 크레타 진영 한가운데로 뛰어내리든, 청동 빗장이 단단히 걸린 성문을 열어주든, 미노스 왕이 좋아할 만한 일이면 무엇이든 하고 싶었다. 그래서 스퀼라는, 미노스의 호화찬란한 야영 막사를 내려다보며 혼자 이렇게 중얼거렸다.

"이 전쟁이 터진 것을 다행으로 여겨야 할지, 아니면 불행으로 여겨야 할지 모르겠구나. 사랑하는 미노스 왕이 우리의 적이라는 것이 애석하구나. 하지만 이 전쟁이 터지지 않았다면 나는 저분의 모습을 뵐 수가 없었을 것이니 어쩌면 전쟁이 잘 터진 것인지도 모르지. 저분이 전쟁을 이 정도 선에서 끝내고 나를, 평화를 보증할 볼모로 잡아 고국으로 돌아가신다면 얼마나 좋을까. 오, 사랑하는 나의 영웅이시여. 만일에 그대의 어머니께서 그대만큼 아름다운 분이었다면, 제우스 신께서 사랑을 느끼신 것도 무리는 아닐 터입니다. 내게 날개가 있어서, 하늘을 날아 크레타 왕의 군막 앞에 내려 미노스 왕께 내 사랑과 내 마음을 고백하고, 나를 아내로 맞아주시는 대신 지참금으로 무엇을 원하느냐고 물을 수 있다면 나는 세 번 복을 받은 여자인 것을…… 미노스 왕이 지참금을 요구한다면, 내 아버지의 왕국만 빼고 이 세상에 무엇이 아까우랴. 그래, 아버지의 왕국만은 안 된다. 아버지의 왕국을 버려야, 아버지를 배신해야 이룰 수 있는 사랑이라면, 나 비록 꿈은 간절하나 이 혼인이 내게 무슨 의미가 있으랴. 관대한 승리자의 온정이 나라를 잃은 사람들에게 미치는 수가 있기는 하다더라만……

미노스 왕은 아들의 죽음을 복수하려고 이 의로운 전쟁을 일으켰다지. 그에게는 든든한 명분도 있고, 이 명분을 지킬 막강한 군대도 있다. 우리는 이 전쟁에서 지고 말 것이 분명하다. 그래, 우리가 이 전쟁에서 지게 되어 있다면, 우리의 운명이 이미 정해져 있다면, 사랑을 위하여 내가 성문을 열어주어서 안 된다는 법도 없지 않은가. 가만히 있으면 저분의 군대가 성문을 깨뜨리고 들어올 텐데, 그럴 바에는 차라리 성문을 열어주는 것이 낫지 않은가. 저분으로 하여금, 더 빨리 이 전쟁을 승리로 이끌게 해주는 편이 낫지 않은가. 더 이상의 살육을 막고, 저분이 피를 흘리는 일이 없게 하는 편이 낫지 않은가. 이렇게만 하면, 나는 저분이 다칠까 봐 마음 졸이지 않아도, 누가 저분의 가슴을 찌를까 마음 졸이지 않아도 되지 않겠는가. 하기야 저분이 누구인지 안다면야, 감히 저분의 가슴을 겨누고 창을 던질 만큼 심장이 강한 인간이 있을 리 없을 테지만……"

스퀼라의 마음은, 이런 쪽으로 기울기 시작했다. 오래지 않아 결국 스퀼라는 아버지의 왕국을 미노스에게 바치고 전쟁을 끝내기로 마음먹었다. 그러나 이를 실행에 옮기자면 용기가 필요했다. 그래서 스퀼라는 또다시 고민했다.

"……성문에는 성문 수비대가 있고, 성문의 열쇠는 아버지에게 있다. 아, 이 일을 어쩔꼬, 슬픈 일이다. 내게 두려운 존재는 아버지뿐이고, 내 소원의 앞을 막는 이 역시 아버지뿐이라는 것은…… 아버지만 계시지 않는다면…… 하지만 인간은 누구나 저 자신의 신이 되어 자신의 운명을 집행하지 않으면 안 된다. 운명의 여신은, 행동하는 인간을 돌보실 뿐, 기도만 하고 있는 인간은 돌보시지 않는다.

242

누군들 나와 같이 하려 하지 않겠는가. 욕망이 내 욕망만큼 강렬하다면 누군들 사랑의 앞길을 막는 장애물을 깨뜨리지 않겠는가. 그래, 깨뜨리려 할 것이다.

기꺼이 깨뜨리려 할 것이다. 남들은 용감하게 그것을 깨뜨리는데 나는 왜 하지 못한다는 말인가? 나는 할 수 있다. 불길 사이로도 지날 수 있고, 칼의 숲 사이로도 지날 수 있다.

그러나 지금은 그럴 필요가 없다. 내 아버지의 머리카락에서 단 한 올의 머리카락만 잘라내면 된다. 내게는 황금보다 더 소중한 단 한 올의 머리카락. 이 보랏빛 머리카락이 나를 행복하게 할 것이므로. 이 머리카락이 그토록 바라 마지않던 것을 나에게 베풀어줄 것이므로······"

스퀼라가 이런 생각을 하고 있을 동안, 인간의 근심을 치료하는 전능한 의사가 찾아왔다. 밤이 찾아온 것이다. 어둠은 스퀼라를 담대하게 했다. 잠이, 인간의 가슴에 깃든 모든 근심과 걱정을 재우는 이 평화로운 시간을 틈타, 스퀼라는 살며시 아버지의 침실로 숨어들어가 그 끔찍한 짓을 저질렀다. 딸이 아버지의 머리로부터, 아버지의 목숨과 운명이 걸린 머리카락을 훔친 것이다.

머리카락을 손에 넣은 스퀼라는, 똑바로 적진을 뚫고 들어가 미노스 왕 앞으로 나아갔다. 왕은 스퀼라가 온 것을 보고는 놀랐다. 스퀼라는 왕에게 말했다.

"사랑이 저에게 죄를 짓게 했습니다. 저 스퀼라는 제 왕국의 수호신과 제 집안을 왕께 드리는 바입니다. 저는 전하밖에는 원하는 것이 없습니다. 제가 드리는 사랑의 맹세와 이 보랏빛 머리카락을 받으시고, 이 머리카락이 사실은 한 오라기의 머리카락이 아니라 제가 바치는 제 아버지의 머리인 줄 알아주소서."

스퀼라는 이러면서 그 죄 많은 손으로 아버지의 머리카락을 바쳤다.

낙랑공주에게는, 나라와 아버지에 대한 사랑보다 호동왕자에 대한 사랑이 더 컸던 것임에 분명하다. 낙랑공주가 어떻게 되었던가? 『삼국사기』는 이렇게 전하고 있다.

최리의 딸(낙랑공주)은 예리한 칼을 들고 몰래 무기고에 들어가서 북을 찢고 나팔의 주둥이를 베어버린 후, 이를 호동에게 알려주었다. 호동왕자의 권고를 받고 (고구려) 왕이 낙랑을 침공하였다. 최리는, 북과 나팔이 울지 않으므로 방비를 하지 않았다. 그는 고구려 군사들이 소리없이 성밑까지 이르게 된 뒤에야 북과 나팔이 모두 훼손되고 만 것을 알았다. 낙랑 왕 최리는 마침내 자기 딸을 죽이고 나와서 항복했다.

낙랑공주는 호동왕자의 사랑을 얻지 못하고 아버지 최리의 손에 죽임을 당한다.

스퀼라는 어떻게 될까?

미노스 왕은 알카토오스 왕국의 자명고라고 할 수 있는 왕의 보라색 머리카락을, 사랑과 함께 가져온 기특한 공주 스퀼라를 아내로 맞게 될까? 『변신 이야기』를 다시 읽어본다.

미노스 왕은, 스퀼라가 저지른 이 전대미문의 죄악에 기겁을 하고는 스퀼라를 꾸짖었다.

"우리 시대에 너같이 더러운 것이 있었구나. 신들이시여, 대지는 저것을 내치게 하시고, 어떤 땅, 어떤 바다도 저것에게는 깃들 자리를 주지 않게 하소서. 그리고 스퀼라, 너 잘 들어라. 나는, 내 아버지 제우스 신의 요람이었던 크레타 섬에 너같이 더러운 것이 들어오는 것을 용납하지 않겠다."

공정한 정복자 미노스 왕은, 정복당한 적들에게 갖가지 합당한 조치를 취한 연후에, 노잡이들에게는 닻을 올리고 이물에 청동갑을 댄 군함에 오르라고 명령했다.

스퀼라는 먼 바다로 나가는 군함을 바라보았다. 스퀼라는 군함들이 파도를 타는 것을 본 다음에야, 적장 미노스에게 자신이 세운 공로에 상을 내릴 생각이 없음을 알았다. 이제 스퀼라에게는 빌 것이 없었다. 스퀼라의 마음은 분노로 차오르기 시작했다. 분을 참지 못한 스퀼라는 제 머리카락을 쥐어뜯으며, 미노스의 함대 쪽으로 빈 주먹질을 하면서 외쳤다.

"어디로 가느냐? 내가, 내 조국보다 내 아버지보다 더 사랑하던 그대가 나를 두고 어디로 가느냐? 그대에게 승리를 안겨준 나를 두고, 그대를 정복자로 만들어준 나를 두고 어디로 가느냐? 무정한 이여, 나로 인하여 승리를 얻고, 조국을 배신한 죄업을 나에게만 떠넘기고 대체 어디로 떠난다는 말이냐? 내가 바친 것들이 그렇게도 마음에 들지 않던가? 내 사랑도 그대에게는 아무것도 아니었더라는 말인가? 내가 온 마음을, 온 소망을 다 바쳤는데도 그대에게는 그것이 아무것도 아니었다는 말인가? 그대가 나를 버리면 나는 어쩌라는 말인가? 내 조국은 이제 망하고 말았다. 설사 망하지 않았다고 하더라도 배신자인 내 앞에서는 그 문이 닫혀 있다. 나더러, 내 손으로 그대 앞에다 무릎을 꿇린 내 아버지에게 가라는 말이냐? 나를 증오할 권리가 있는 내 나라 백성은 그 권리에 따라 나를 증오하고, 이웃 나라 백성들은 내가 보인 본보기를 경계하여 나를 두려워한다. 온 세상의 문이 내 앞에 닫혀 있는 지금, 내가 피하여 몸 붙일 곳은 크레타뿐이다. 그대가 나를 크레타에 들이는 것을 용납하지 않는다면, 그대가 나를 버릴 만큼 배은망덕한 인간이라면 제우스의 자식일 리 없으니, 그대의 출생을 둘러싼 이야기는 모두 거짓이다. 오, 아버지 니소스 왕이시여. 저에게 벌을 내리소서. 내가 내 손으로 적국의 왕에게 바친 성이여, 내 불행을 위안으로 삼으시라. 나는 그대로부터 죄를 얻었으니 나는 죽어야 마땅하다. 그러나 나는 죽되, 나로 인하여 고통을 당한 이의 손에 죽고 싶다. 미노스여, 그런데 왜 그대가 승리를 바친 나를 벌하는가? 내가 내 아버지와 내 조국에 지은 죄는, 그대에게는 곧 은혜가 아니던가? 배은망덕한 자여, 내 말이 귓구멍으로 들어가지 않느냐? 아니면 그대의 함대를 몰고 가는 바람이 내 말을 내 귓전으로 흘려버리는 것이냐?

아, 미노스는 제 부하들을 재촉하는구나. 파도는 물결을 일으키며 노 끝으로 밀려나고, 나와 내 조국은 이로써 뒤편으로 밀려나는구나. 그러나 그래봐도 소용없다. 미노스여, 내가 그대를 위해 해준 일 같은 것은 이제 기억해주지 않아도 좋다. 그대가 아무리 나를 증오해도 나는 그대를 따라갈 것이다. 나는 그대가 탄 배의 뱃전에 붙어서라도 넓고 넓은 바다를 건너고 말 테다."

스퀼라는 이 말과 함께 바다로 뛰어들어 함대 쪽을 향하여 헤엄쳐 가기 시작했다. 스퀼라는 증오에 찬 열정의 힘을 빌려 단숨에 크레타의 뱃전까지 헤엄쳐 가, 불청객으로 거기에 달라붙었다. (보라색 머리카락을 잘리고 물수리로 변신한) 스퀼라의 아버지 니소스가 이를 내려다보고는 그 뾰족한 부리로 뱃전에 매달린 딸의 손을 찍었다. 스퀼라는 그 순간 놀라움과 고통에 못 이겨 뱃전을 잡았던 손을 놓고 말았다. 그러나 스퀼라는 물 위로 떨어지지 않았다. 뱃전을 놓는 순간 미풍이 스퀼라를 하늘로 감아올린 것이다. 하늘로 오른 스퀼라는 그제서야 제 몸에 깃털이 돋아난 것을 알았다(새가 된 것이다).

미노스 왕이여, 딸을 조심하라

무사히 크레타로 돌아온 미노스 왕은 함대를 항구에 정박시키고, 떠날 때 했던 서약에 따라 100마리의 소를 아버지인 제우스 신께 제물로 바쳤다. 미노스가 얻은 전리품은 궁전 곳곳에 내걸렸다. 미노스 왕이 떠나 있을 동안, 왕비가 낳았던 이상하게 생긴 아이(왕비가 황소의 씨를 받아 지어낸, 반은 인간의 모습이고 반은 소의 모습인 미노타우로스)는 장성해 있었다. 크레타 왕가의 수치거리였던 이 아이가 자라 그 흉칙한(소 머리에 사람 몸을 한) 몰골로, 만인에게 왕비의 구역질나는 정사의 현장을 떠올리게 하고 있었던 것이다.

미노스는 이 구역질나는 괴물이 제 궁전에 모습을 나타내지 못하게 하기로 마음먹었다. 교묘하게 설계하고 빈틈없이 지은 감옥에다 가두어 밖으로 나오지 못하게 해야겠다고 결심한 것이다. 그는 이 일을, 재간꾼으로 유명한 건축가 다이달로스에게 맡겼다. 다이달로스는, 통로를 분간하는 표지가 될 만한 것은 모두 뒤헝클어버리고,

수많은 우회로와 굴곡으로 사람들이 눈을 홀리는 아주 이상한 미궁을 지었다. 다이달로스가 지은 미궁은, 프뤼기아 땅을 제멋대로 흐르는 마이안드로스강과 흡사했다. 마이안드로스강은, 왼쪽으로 흐르는가 하면 오른쪽으로도 흐르고, 이쪽으로 흐르는가 하면 저쪽으로도 흐르며, 강의 원류를 거슬러 올라가는가 하면, 어느새 대양을 향해서도 흘러가는, 참으로 이상한 강이었다. 다이달로스는, 수많은 미로를 곳곳에 배치하여, 한번 들어가면 저 자신도 입구를 찾아나오기 어려운, 저 마이안드로스강을 연상시키는 미궁을 만든 것이다.

미노스는 이 미궁에다 반은 사람의 모습, 반은 소의 모습을 한 이 괴물을 가두고 두 번이나 아테나이에서 보내온 희생 제물을 먹이로 들여보내주었다. 아테나이에서는 이러한 공물이 두 번이나 크레타로 왔다. 그러나 9년 뒤, 미노스가 요구한 세 번째 공물이 크레타에 온 지 오래지 않아 이 괴물은 목숨을 잃었다. 세 번째 공물에 묻어온 테세우스 손에 죽은 것이다. 테세우스는, 미노스 왕의 딸 아리아드네의 도움을 받아, 이 미궁으로 들어갈 때 명주실을 풀면서 들어갔다가 이 괴물을 죽이고는 그 명주실을 잡고, 아무도 살아나온 사람이 없는 이 미궁을 무사히 빠져나왔다.

괴물을 죽이고 미궁을 무사히 빠져나온 테세우스는 미노스 왕의 딸과 함께 그곳을 떠나 낙소스 섬으로 갔다. 그러나 공주 아리아드네는 이 섬에서 아테나이로 가지 못했다. 테세우스가 공주를 이 섬에다 남겨두고 떠나버렸기 때문이다.

『변신 이야기』에는 테세우스와 아리아드네 이야기가 위와 같이 간결하게 기록되어 있다. 미국 작가 토마스 벌핀치의 신화집에는 아래와 같이 조금 더 자세하게 나와 있다.

당시 아테나이인들은 크레타 왕 미노스의 강권에 못 이겨 해마다 조공으로 바쳐야 하는 산 제물 때문에 크게 난처한 입장에 처해 있었다. 미노스 왕이 요구하는 조공이란 총각 일곱, 처녀 일곱 도합 열네 명의 선남선녀였다. 미노스 왕은, 괴물 미노타우로스에게 이 선남선녀들을 먹이로 제공하고 있었다. 이 괴물은 힘이 무지막지하게 세고 성질이 난폭하여 다이달로스가 특별히 설계 시공한 미궁에 갇혀 살았다. 이 미궁은 실로 교묘하게 만들어져 누구든 이 안으로 들어가면 혼자서는 빠져 나오지 못하게 되어 있었다. 미노타우로스는 이 미궁을 헤매며 인간이라는 산 제물을 잡아먹고 있었던 것이다.

　테세우스는, 이러한 재앙으로부터 백성을 구하되, 구하지 못하면 산 제물이 되어 제 나라 신민과 함께 죽기로 마음먹었다. 이윽고 조공을 보낼 때가 되어 산 제물이 될 처녀 총각의 제비뽑기가 시작되었다. 테세우스는 부왕의 간원에도 불구하고 자진해서 산 제물로 희생자 무리에 끼어들었다. 배는 여느 때처럼 검은 돛을 올리고 출항했다. 테세우스는 출항하기 직전에, 자신이 승리를 얻어 귀국할 때는 검은 돛 대신 흰 돛을 올리겠노라고 부왕과 약속했다. 배가 크레타에 이르자 처녀 총각들은 미노스 왕 앞으로 끌려나갔다. 그런데 그 자리에 나와 있던 미노스 왕의 딸 아리아드네는 테세우스의 모습을 보고는 첫눈에 반하고 말았다. 테세우스 역시 마찬가지였다. 아리아드네는 테세우스에게 칼 한 자루를 주며 그것으로 미노타우로스와 싸우라고 했고, 실 한 타래를 주면서는 실을 이용하면 미궁에서 빠져나올 수 있다고 했다. 덕분에 테세우스는 (실을 풀면서 미궁으로 들어가) 미노타우로스를 죽이고는 (그 실을 따라) 미궁에서 나오는 데 성공했다. 그는 아리아드네와, 자기 손으로 구한 처녀 총각들을 데리고 배에 올라 아테나이를 바라보며 돛을 올렸다. 도

중에 이들은 낙소스 섬에 기항했다. 그런데 테세우스는 아리아드네가 잠들어 있을 때를 이용해서 아리아드네를 놓아둔 채 낙소스 섬을 떠나버렸다. 생명의 은인에 대해 이같은 배은망덕한 짓을 한 것은 그렇게 하라는 아테나 여신의 현몽이 있었기 때문이다.

아이에테스 왕이여, 딸을 조심하라

영웅 이아손이 조상이 빼앗긴 금양모피, 즉 황금 양의 털가죽을 찾아 콜키스 왕국에 갔을 때도 같은 일이 일어난다. 그 나라 왕 아이에테스는 이아손에게 까다로운 조건을 내건다. 불을 뿜는 황소에 쟁기를 메워 전쟁신 마르스의 밭을 갈아줄 것을 요구한 것이다. 하지만 인간은 불 뿜는 황소에게 접근할 수 없다. 순식간에 타죽기 때문이다. 하지만 호동왕자에게 낙랑공주가, 미노스에게는 스퀼라가, 테세우스에게는 아리아드네가 있었듯이 이아손에게는 메데이아가 있다. 메데이아는 아이에테스 왕의 딸이다. 낙랑공주가 약초에 눈이 밝듯이 메데이아 역시 약초에 눈이 밝다. 메데이아가 손수 고약을 만들어 이아손의 몸에 발라주면 이아손은 불 뿜는 황소를 잡도리할 수 있다. 하지만 그것은 아버지와 조국에 대한, 치명적인 배신 행위다. 메데이아 역시, 낙랑공주처럼, 스퀼라처럼, 아리아드네처럼, 이것과 저것 사이에서 고민한다. 메데이아 이야기를 읽어본다.

    이 나라 공주 메데이아는 이 이아손을 보는 순간 첫눈에 반하고 말았다. 메데이아는, 낯선 청년 이아손을 도와주려면 아버지를 배신해야 할 터이라 이아손을 향하는 자신의 마음과 싸웠다. 그러나 메데이아의 이성이나 감성은, 이 뜨거운 사랑의 불길 앞에서는 너무나도 미약했다. 메데이아는 이런 생각을 하면서 혼자 고민했다.

    "메데이아야, 저항해도 소용없다. 어느 신인지는 모르나 어느 신인가가 너의 마음을 다스리고 있다. 아, 이런 것을 사랑이라고 하는 것일까? 그렇지 않다면, 불 뿜는 황소로 밭을 갈라는 아버지의 요구가 지나친 요구라고 생각될 까닭이 없지. 아니다, 지나친 요구임에 틀림없어. 만난 지 얼마 되지도 않는데, 나는 왜 이아손의 파멸을 이다지도 두려워하는 것일까? 내가 이렇게 두려워하는 까닭이 무엇일까? 아, 이 어리석은 계집아, 네 어리석은 가슴에 붙은 불을 꺼버리면 되지 않느냐? 그렇지, 끌 수만 있다면 얼마나 나다우랴. 하지만 아무리 내가 마음을 다져 먹어도 까닭을 알 수 없는 짐이 나를 짓누르니 이 일을 어쩌지? 욕망은 나더러 이렇게 하라고 하고 이성은 나더러 저렇게 하라고 하니 이 일을 어쩌지? 어느 길이 옳은 길인지 나는 알고 있다. 분명히 알고 있는데도 나는 옳지 않은 길을 따르려 하고 있다. 콜키스의 공주여, 너는 왜 이방인에 대한 사랑의 불길에 타고 있는가? 왜 이방인과의 결혼을 꿈꾸고 있는가? 이 땅에도 사랑할 만한 사람들은 얼마든지 있는데…… 이아손이 죽든 살든, 그것은 신들의 뜻이다. 그런데도 이아손을 걱정하는 것은 또 무슨 까닭일까? 하기야 사랑하는 마음이 없어도 걱정할 수는 있는 법. 죄 없는 이아손이, 왜 그렇게 모진 고초를 겪어야 한다지? 아, 저 젊음, 저 문벌, 저 무용에 반하지 않을 못난 계집도 있을까? 젊음, 문벌, 무용이 하잘것없다고 하더라도 그 뛰어난 언변에 반하지 않을 못난 계집도 있을까? 확실히 저분은 내 마음을 휘저어 놓았구나. 하지만 내가 도와주지 않으면 저분은 불 뿜는 황소의 숨결에 죽거나 치명적인 화상을 입는다. 요행히 이 시련을 이겨낸다고 하더라도 저 탐욕스러운 용의 먹이가 되는 것은 피하기 어렵다. 내가 호랑이 새끼가 아닌 다음에야, 내 심장이 돌이나 쇠로 되어 있지 않은 다음에야 어찌 이것을 구경만 하고 있을 수 있단 말인가?

왜 나는 저 들판으로 가서 저분이 죽어가는 것을 보아야 하지? 왜 나는 저분과 맞서는 황소를 충동질하면 안 되고, 땅에서 돋아난 무사들과 잠들지 않는 용의 편을 들면 안 되는 거지? 그래, 안 된다. 하지만 신들이시여. 저분을 도우소서. 아니다, 아니다. 기도만 하고 있을 것이 아니라 손을 써야겠다. 하면 나는 내 아버지의 왕국을 배반해야 하는 것이 아니냐? 다행히 내 도움에 힘입어 이 미지의 용사가 승리한다면? 승리를 얻고는 나를 버리고 떠나 다른 여자의 지아비가 되어버리고, 나 메데이아만 홀로 남아 왕국이 내게 내리는 벌을 받아야 한다면? 안 된다. 저 사람이 만일에 그런 사람이라면, 나를 버리고 다른 여자를 취할 만큼 배은망덕한 위인이라면, 파멸하게 내버려두어야 한다. 하지만 아니다. 저 용모, 저 고결한 성품, 저 참한 사람됨됨이를 보라. 저런 사람이 나를 속일 것이라고, 내가 베푼 은혜를 잊을 것이라고 두려워할 필요는 없다. 더구나 나는 손을 쓰기 전에 저 사람으로부터 나를 배신하지 않겠다는 약속을 받아내고, 신들을 우리 약속의 증인으로 내세울 것이다. 이제 두려워할 것은 하나도 없는데 메데이아여, 왜 두려워하느냐? 이제 손을 쓸 준비나 하자. 지체해서 득될 것이 없다. 이아손은 영원히 나에게 목숨을 빚졌다고 생각할 게다. 그는 신성한 혼인을 서약할 것이고, 온 그리스 땅 여자들은 하나같이 나를 구세주로 칭송할 것이다.

그러면? 내 형제자매와 아버지와 신들과, 심지어는 내 모국을 버리고 바다를 건너가야 할 테지? 못 갈 게 뭐 있어? 내 아버지는 잔인한 분이고, 내 모국은 아직 미개한 나라, 내 동생은 아직 어리다. 자매들은 나를 위해서 기도할 것이고, 신들 중에서 가장 위대하신 신은 내 가슴에 계시다. 내가 이 땅에다 남겨두어야 할 것들은 모두 하찮은 것들, 내가 좇는 것들은 모두 고귀한 것들이다. 그리스 영웅을 구하는 영예, 이 땅보다 훨씬 나은 나라, 먼 바다 해변에까지 그 이름이 두루 알려진 나라에 대해 내가 얻을 새로운 견문…… 이것이 어찌 고귀한 것들이 아닐까 보냐. 그래, 그런 도시의 예술과 문화를 몸에 익히는 것이다. 이 세상의 온 금은보화를 주고도 바꿀 수 없는 이아손을 차지하는 것이다. 이아손을 지아비로 섬기면 온 세상 사람들은 나를, 하늘의 사랑을 입은 여자라고 부르겠지. 내 권세가 별을 찌를 만큼 드높아질 테지. 그리스로 가는 길이 험하다고 한들 이아손의 가슴에 안겨 있는데 무엇이 두려우랴. 그분의 품 안에만 있으면 두려울 것이 없다. 내게 두려운 것이 있다면 오직 그분

뿐. 하지만 메데이아여, 너는 이것을 결혼이라고 부를 수가 있느냐? 너는 울림이 좋은 이 말로 네 죄를 가림할 수 있다고 여기느냐? 네가 하려는 짓이 얼마나 무서운 짓인지 아느냐? 알면, 다시한 번 생각해보아라. 잘 생각해보고, 때가 너무 늦기 전에 사악한길에서 비켜서거라."

이렇게 중얼거리는 메데이아의 눈앞에 '덕', '효심', '순결' 같은것들의 환영이 나타났다. 이들에게 쫓겨 사랑의 신 에로스는 이미저만치 날아가고 있었다(메데이아의 마음이 아버지와 조국을 지키자는쪽으로 돌아섰다).

그러나 이아손을 다시 보는 순간 메데이아의 뺨은 붉게 물들었다가 다시 새하얗게 변했다. 흡사 얼굴에서 피가 한 방울도 남김없이빠져나가버린 것 같았다. 꺼져 있던 정열의 불길도 되살아났다. 잿더미에 묻혀 있던 불씨가, 문득 불어온 바람에 다시 타오르면서 원래의 그 왕성한 생명력을 되찾는 것처럼, 메데이아의 식어 있던 사랑도 이 청년 앞에서 되살아나 맹렬하게 타오르는 것 같았다. 메데이아가 그렇게 보아서 그랬겠지만 이아손의 모습은 이날따라 더욱늠름해 보였다. 그랬으니, 메데이아가 어떤 대가를 치르든 이 청년의 사랑을 얻어야겠다고 생각한 것은 당연했다. 메데이아는 청년을 정신없이 바라보았다. 처음 보는 것처럼 바라보았다. 메데이아의 시선은 이 청년에게서 떨어질 줄 몰랐다. 메데이아는 청년의 얼굴을 바라보면서 아무래도 여느 인간의 얼굴 같지 않다고 생각했다. 그래서 더욱 눈을 뗄 수 없었던 것이었다. 이 미지의 나라 청년이 손을 잡고, 자기를 도와주면 은혜를 잊지 않고 아내로 삼아 고향으로 데려가겠다고 말했을 때, 메데이아는 울음을 터뜨리면서 이렇게 말했다.

"내가 무슨 짓을 하고 있는 것이지요? 내가 이러는 것은 어떻게 해야 좋은 것인지 몰라서가 아닙니다. 사랑이 나를 이렇게 만들고 있는 것이랍니다. 내가 그대의 안전을 보장하겠습니다. 그러니, 이곳에서 위업을 이루시고 돌아가시게 되거든 나와 한 약속을 잊지 말아주세요."

메데이아는 결국 이아손의 몸에다, 화상을 방지하는 약을 발라줌으로써 아버지와 왕국을 배신한다. 이아손은 메데이아 덕분에 아이에테스 왕이 내거는 까다로운 시험을 이겨내고 금양모피를 찾아 귀로에 오른다. 메데이아도 동행이었다. 아버지가 함대를 몰고 추격하자 메데이아는 두 동생을 찢어 바다에 버리기까지 했다. 아버지의 추격 속도를 늦추기 위해서였다. 아이에테스 왕은 두 아들을 장사 지낸 뒤 다시 이아손을 추격했지만 이미 때늦은 다음이었다. 자, 이렇게까지 이아손을 도운 메데이아는 과연 그의 아내가 될 수 있었을까?

이아손은 메데이아를 두고 아내를 새로 맞아들인다. 메데이아는 손수 제조한 독약으로 이아손의 새 아내를 독살한 다음, 궁전에는 불을 지르고 자기가 낳은 자식을 둘이나 죽인 뒤에 이아손의 분노를 피하여 도망친다. 낙랑공주가 그랬듯이, 스퀼라가 그랬듯이, 아리아드네가 그랬듯이 메데이아도 이아손의 아내가 되지 못한다.

신화가 전하는 메시지가 섬뜩하다.

호동왕자여,
조심하라

나는 유리가 홀어머니 예씨 밑에서 자라난 사연, 아버지 주몽이 감추어 둔 칼도막을 신표 삼아 아버지를 찾아가는 이야기로써 이 글을 열었다. 그러고는 테세우스가 홀어머니 아이트라 밑에서 자란 사연, 아버지 아이게우스가 감추어둔 칼과 가죽신을 신표 삼아 아버지를 찾아가는 이야기와의 견주기를 시도했다.

호동왕자는 바로 유리 태자, 왕위에 오르고부터는 유리왕으로 불리는 바로 그 유리의 손자다.

호동왕자에게 장차 어떤 일이 일어날 것인가? 정치적·군사적 야심에서 낙랑공주를 이용한 호동왕자는 장차 어떻게 될 것인가?

아테나이 왕자 테세우스에게 일어났던 일이 고구려의 유리 태자에게도 그대로 일어났다. 그렇다면 테세우스 집안에 일어나는 일이, 그 유리왕의 집안에서도 일어날 것인가? 유리왕의 손자 호동왕자에게도 일어날 것인가? 만일 두 집안에 같은 일이 일어난다면 나는 이 동서양 신화 견주기를 꽤 성공적으로 끝낼 수 있을 터이다.

공주 아리아드네가 아버지를 배신해준 덕분에 미궁에서 살아나올 수 있었던 테세우스는 어떻게 되었는가?

테세우스가 돌아온 날은, 아테나이 사람들로서는 처음으로 누려보는 참으로 영광스러운 날이었다. 수많은 도시국가의 지도자들과 백성들이 환영 잔치에 참석했다. 포도주가 입을 열게 하자 이들은 이구동성으로 테세우스를 찬양했다. 그는 '판크라티온(전능한 자)'이라고 불리기까지 했다.

"전능하신 테세우스시여, 그대는 크레타에서 참으로 큰일을 이루셨습니다. 그러니 영웅이시여, 우리의 찬양을 받으시고 우리가 드리는 잔을 받으소서."

궁전은 환호성과 백성이 부르는 노래로 떠나갈 듯했다. 아테나이 온 도시에 근심하는 사람은 하나도 없는 것 같았다.

그러나 테세우스로 하여금 큰일을 이루게 하는 데 큰 공을 세운 아리아드네는 그 자리에 있지 않았다. 테세우스는 아테나이로 돌아오는 도중에 아리아드네를 외딴 섬에 남겨놓은 것으로 전해진다.

아리아드네를 배신한 테세우스의 뒤끝은 별로 향기롭지 못하다. 그는 여성만이 산다는 나라 아마존의 여왕 멜라니페의 몸에서 아들을 낳았다. 그 아들의 이름이 히폴뤼토스다.

멜라니페는 오래 살지 못하고 세상을 떠났다. 아내를 잃은 테세우스가 섬나라 크레타를 치고 그 나라 왕의 누이 파이드라를 데려와 아내로 삼는다. 파이드라는 테세우스가 배신한 공주 아리아드네와는 자매간이 된다.

그런데 히폴뤼토스에게는 계모가 되는 이 파이드라가 히폴뤼토스에게 꼬리를 친다. 히폴뤼토스는 강직한 청년이라 계모의 추파에 꿈쩍도 하지 않았다. 파이드라가 히폴뤼토스에게 여러 차례 중매쟁이를 보내어 불륜의 사랑을 하소연했지만 전처 소생의 반응은 차가웠다. 파이드라는, 히폴뤼토스의 야멸찬 말을 전해 들은 날 밤, 제 잠옷을 갈가리 찢어 알몸을 드러나게 한 뒤 테세우스 앞으로 한 장의 유서를 남기고 자결한다.

테세우스는 파이드라의 유서를 곧이곧대로 믿고 포세이돈 신에게, '패륜아' 히폴뤼토스의 목숨을 거두어달라고 빈다. 히폴뤼토스는, 머리카락이 뱀처럼 살아나 머리 위의 올리브 가지를 감는 바람에 한동안 공중에 떠 있다가 말에서 떨어져 죽는다. 테세우스가 다스리던 아테나이 왕국은 이때부터 내리막길을 걷기 시작한다.

그렇다면 호동왕자에게는 어떤 일이 일어나는가?

낙랑공주를 꾀어 자명고를 찢게 하고, 낙랑을 정복한 호동왕자 역시 테세우스와 같은 환영을 받았을 것이다. 하지만 호동왕자를 기다리고 있던 것은, 테세우스의 아들 히폴뤼토스가 맞은 것과 똑같은 운명이었다. 추락하는 것에는 날개가 있다는 말 함부로 하지는 않겠다. 하지만 정점에 오르면 거기에서 내려올 수밖에 없다.

테세우스의 아들 히폴뤼토스 이야기를 염두에 두고, 이제 또 한 번 『삼국사기』,「고구려본기, 제3대 대무신왕」편을 읽어보자.

11월, 왕의 아들 호동이 자살했다. 호동은 왕의 둘째 왕비인 갈사왕 손녀의 소생이었다. 호동은 용모가 준수하여 왕이 매우 귀여워하였으며, 이에 따라 이름도 호동이라고 했다. 첫째 왕비는 호동이 태자가 될 것을 염려하여, 왕에게 참소하였다.

"호동은 나를 무례하게 대하며 간통하려 하였습니다."

왕이 말했다.

"그대는, 호동이 다른 여자의 소생이라 하여 미워하는가?"

첫째 왕비는 왕이 자기를 믿지 못하는 것을 알고 장차 화가 자기에게 미칠 것을 두려워하여 울면서 호소했다.

"바라건대 대왕께서 가만히 엿보소서. 만약 그런 일이 없으면, 제가 죄를 받겠습니다."

왕비의 말이 여기까지 이르자 대왕도 호동을 의심하지 않을 수 없어 죄를 주려 하였다. 누군가가 호동에게 물었다.

"그대는 어찌하여 스스로 해명하지 않는가?"

호동이 대답하였다.

"내가 만일 스스로 해명한다면 이것은 어머니의 죄악을 드러내는 동시에 대왕께 근심을 더해드리는 셈인데, 이것을 어찌 '효'라고 할 수 있겠는가?"

호동은 곧 칼을 품고 엎드려 자결하였다.

도끼자루 깎는 법

말하지 않음으로써 말하기

외국을 여행할 때면, 외국의 어떤 도시를 여행할 때면 나는 그 나라, 그 도시의 상징이 될 만한 것을 열심히 찾고는 한다. 파르테논 신전, 원형 경기장 콜로세움, 에펠탑, 자유의 여신상, 이것은 각각 그리스, 이탈리아, 프랑스, 미국의 상징일 수 있는 동시에 그 나라들의 거대 도시인 아테네, 로마, 파리, 뉴욕의 상징일 수도 있다. 말하자면 구조물 상징이다.

하지만 나는 누구에게나 쉽게 이해되는 이런 상징보다는 나 홀로 은밀히 음미할 수 있는 상징을 더 좋아한다.

먹을거리, 마실거리 상징이다.

술이다.

'우조'라고 불리는 그리스의 독한 포도 증류주, '니혼슈日本酒'라고 불리는 일본의 청주, '빼주'라고 불리는 중국의 화주는 각기 그 나라를 상징

266

하는 술일 수 있다고 나는 생각한다. 그래서 외국을 여행할 때면, 거리의 술가게 진열대 앞에, 공항 면세점 주류 진열대 앞에 오래 서 있고는 한다.

동행 여럿과 함께 중국을 여행할 때의 일이다. 술 좋아하는 내가 주류 진열대 앞에 붙어 오래 떠나지 못하는 것을 본 한 동행이 다른 동행들을 돌아보면서, 이 아무개의 저 모습을 보니 속담이 생각나는군요, 하고 중얼거렸다.

누군가가, 어떤 속담이 생각나는데요, 하고 물었지만 이 말을 한 당사자는 웃기만 할 뿐 아무 대답도 하지 않았다. 나는 이 말을 들은 사람들에게 어떤 속담이 생각나느냐고 물어보았다.

한 사람이 대답했다.

"참새가 방앗간을 그냥 지나칠까, 이 속담 아닌가요?"

다른 사람은 다른 말을 했다.

"비둘기가 콩밭을 그냥 지나칠까, 이 속담 아닌가?"

또 한 사람은 듣기 민망한 말을 했다.

"개가 똥밭을 그냥 지나칠까……"

나를 보고 '저 모습을 보니 속담이 생각나는군요'라고 비아냥거린 사람은 '속담'에 대한 우리의 기억을 환기시켰을 뿐 실제로는 아무 말도 하지 않은 것이나 다름없다. 하지만 그는 아무 말도 하지 않음으로써 실제로는 세 가지 속담을 말한 것이나 다름없다.

'말하지 않음'으로써 실제로는 '많은 말을 하기'…… 어쩌면 신화 및 상징과 이렇게 비슷한가?

말하지 않음으로써 실제로는 많은 말을 하는 것, 이것이 바로 상징이다. 신화는 상징으로 이루어져 있다.

기호는 상징이 아니다

특정한 사물을 표상하는 방법에는 여러 가지가 있다. 우리가 가장 즐겨 사용하는 것에 기호와 상징을 이용하는 방법이 있다. 카를 융의 명저 『인간과 상징』은 기호와 상징을 구분하는 다음과 같은 글로 시작된다.

인간은 자기가 전달하려는 뜻을 나타내기 위해 말과 글을 사용한다. 이 언어는 상징으로 가득 차 있다. 그러나 인간은…… 기호나 이미지도 사용한다…… 이런 것들은 자체로서는 아무 의미가 없는데도 불구하고 고안된 의도에 따라 나름의 의미를 지닌다. 그러나 이런 것들은 상징이 아니다. 우리가 상징이라고 부르는 것은……
특정 함축성을 지니고 있으며 관습적이면서도 명백한 의미를 지닌
다. 상징은 모호하고, 일반에 잘 알려져 있지 않은 것, 우리들에게
는 감추어진 무엇인가를 내포하고 있다…… 말이나 형상이 명백하
고 직접적인 의미 이상의 무엇인가를 내포하고 있을 때, 우리는 그
것을 '상징'이라고 부른다.

서툰 화가가 어떤 사람의 얼굴을 그려놓고 그 위에다 'DJ'라고 써놓
았을 경우, 이 'DJ'는 기호일 뿐 상징이 아니다. 'DJ'에는 '직접적인 의
미 이상의 무엇'이 없기 때문이다.

하지만 얼굴 옆에 지팡이가 하나 그려져 있다면 이것은 상징적이다.
우리는 이 지팡이를 통해 얼굴을 그린 사람의 직접적인 의도 이상의 어
떤 의미(권위 혹은 수난)를 읽을 수 있을 것이기 때문이다.

같은 화가가 한 얼굴을 그려놓고 그 위에다 'JP'라고 써놓았을 경우
'JP'는 기호일 뿐 상징이 아니다.

하지만 얼굴 옆에 골프채가 하나 그려져 있다면 이것은 상징적이다.
우리가 이 골프채를 통해, 이 얼굴을 그린 사람의 직접적인 의도 이상의

어떤 의미(야유)를 읽을 수 있을 것이기 때문이다.

이런 의미에서 문자는 기호적이고 그림은 상징적이다. 그렇다면 문자로 씌어진 신화는 기호적인가, 상징적인가?

신화는 문자로 씌어졌으면서도 그 뜻은 문자 너머에 있다. 신화의 요체는 문자가 아니라 그 문자가 구성하는 언어다. 신화는 상징적인 언어로 이루어져 있다. 상징의 묘미는 말하지 않음으로써 말하기에 있다. 무엇인가를 보여주면서 동시에 감추는 데 있다.

앞에서 쓴 적이 있다. '상징'을 뜻하는 영어 '심벌^{symbol}'은 고대 그리스어 '쉼볼레인^{symbollein}'에서 온 말이다. '맞추어 본다'는 뜻이다. 국가에 변란이 생기고 가족이나 친지가 이별할 경우 거울이나 도기^{陶器} 같은 것을 깨뜨려 신표로 나누어 가지고 있다가 뒷날 서로 '맞추어 보기'가 바로 '쉼볼레인', 곧 '심벌'의 본뜻이다.

우리에게도 뒷날 서로 '맞추어 보기' 위한 이 신표와 아주 똑같은 말이 있다. 부절^{符節}이다. 옛 사신이 가지고 다니던, 돌이나 대나무로 만든, 반쪽으로 된 부신^{符信}이 바로 부절이다. 반쪽은 사신이 가지고 다니지만 반쪽은 조정^{朝廷}에 있다. 이 두 쪽의 부절을 서로 맞추어 보고 딱 들어맞는 경우를 일컫는 말이 바로 '동부^{同符}'다. '부절이 딱 들어맞는다'는 뜻이다.

훈민정음을 창제한 세종은, 조선조를 창업한 조상 여섯 분, 즉 이성계의 고조부인 목조, 증조부인 익조, 조부인 도조, 아버지인 환조 및 태조와 그 아들 태종의 업적을 중국 고사에 견주어 찬양한 노래를 짓게 하는데 이것이 바로 『용비어천가』다. 이 노래는 다음과 같은 말로 시작된다.

해동^{海東} 육룡^{六龍}이 나리사 일마다 천복^{天福}이시니

고성^{古聖}이 동부^{同符}하시니……

우리나라에 여섯 마리의 용이 하강하여 나라를 세웠는데, 그분들이 하신 일이 중국의 옛 성인들이 하신 일과, 부절을 맞춘 듯이 '아주 딱 들어맞더라' …… 이런 뜻이다.

도끼자루를 깎아라, 도끼자루를 깎아라

우리에게, 인간의 전모를 세계의 전모를 온전하게 이해하는 일은 도무지 가능하지 않다. 우리에게 우리가 속한 민족의 꿈과 진실을 온전하게 이해하는 일 역시 도무지 가능하지 않다.

하지만 신화는 우리가 가지고 다니는 부절 비슷한 것이라고 나는 생

각한다.

우리는, 우리가 갖지 못한 나머지 반쪽 부절의 모양을 알지 못한다. 하지만, 만일에 신화가 부절 비슷한 것이라면, 우리에게는 '신화'라는 이름의 부절이 있다. 우리는 어쩌면 우리가 가진 부절의 모양을 통하여 우리가 갖지 못한 부절의 모양을 헤아릴 수 있을지도 모른다. 나는 그것을 신화 읽기의 목적으로 삼는다.

『시경詩經』은 노래한다.

도끼자루를 깎아라, 도끼자루를 깎아라 伐柯伐柯

그 깎는 법이 멀리 있지 않다 其則不遠

도끼자루를 깎으려면 오른손 안에 도끼가 있어야 한다. 도끼자루 깎는 법은, 오른손 안에 있지 멀리 있지 않다. 나에게 신화는 나의 오른손 속에 들려 있는 도끼의 자루이기도 하다. 나는 이 도끼로써, 이 도끼의 자루를 보면서 새 도끼자루를 깎으려고 한다.

272

피리여,
천 년의 피리여

세상에서 가장 힘센 피리

만파식적…… 온갖 물결을 다 잠재우는 피리.

그런 피리 하나 있었으면 좋겠는데, 있을까?

있었다. 신화에 따르면 신라에 있었다.

지금도 남아 있으면 좋겠는데……

남아 있다. 박물관에 남아 있는 것이 아니고 신화에 남아 있다. 따라서 신화가 전해주는 설계도에 따라 나름의 만파식적을 하나씩 만들어가질 수도 있다. 불어볼 수도 있다. 그게 바로 신화의 힘이다.

『삼국유사』를 먼저 읽어보자.

(신라) 제31대 신문왕의 이름은 정명, 성은 김씨다. 당나라 고종 32년(서기 681년) 7월 7일 왕위에 올라, 아버지 왕인 문무왕을 기려

동해 바닷가에 감은사를 세웠다(절의 기록에 따르면, 문무왕이 이 절을 지은 것은 일본 군사의 침입을 막기 위해서였다. 문무왕은 절 짓기를 끝내지 못하고 세상을 떠나 용이 되었다. 그 아들 신문왕이 즉위하여 서기 682년에 짓기를 마쳤다. 이 절 문지방 섬돌 아래에는, 동쪽을 향한 구멍이 하나 나 있었는데, 이것은 용이 절로 들어와 서리고 있게 하기 위함이었다. 문무왕의 유언에 따라 유골을 간수한 곳은 '대왕암', 절 이름은 '감은사', 신문왕이 용을 본 곳은 '이견대'라고 하였다고 한다).

이듬해 5월 초하룻날, 바닷일을 관장하는 파진찬 박숙청이 왕께 아뢰었다.

"동해 한가운데 작은 산이 감은사를 향하여 떠오는데, 파도가 노는 대로 오락가락합니다."

왕이 이를 이상하게 여기고 천문으로 세상 이치를 짐작하는 일관 김춘질에게 점을 쳐보게 했다. 일관 김춘질이 아뢰었다.

"세상 떠나신 선왕께서 지금 바다의 용이 되시어 삼한을 지키시고, 또한 김유신공은 33천의 한 분으로 지금 인간 세상에 내려와 대신이 되었습니다. 두 분 성인들의 덕행이 이같으신지라 성을 지키는 보물을 내리시려는 것 같습니다. 만일에 폐하께서 바닷가로 나

가시면 반드시 값으로 셈할 수 없는 보물을 얻으실 것입니다."

일관의 말을 듣고 왕은 크게 기뻐했다. 왕은 그달 이렛날 이견대로 행차하고는 바다에 뜬 섬을 바라보고는 심부름하는 사람을 보내어 살펴보게 했다. 심부름하는 사람이 가서 살펴보니 산은 흡사 거북의 머리 같았다. 산 위에는 대나무가 한 그루 서 있는데, 낮에는 둘이 되고 밤에는 합하여 하나가 되는 것이었다(산 또한 대나무처럼 붙었다 떨어지기를 되풀이하고 있었다). 심부름하는 사람이 돌아와 왕께 그대로 아뢰었다.

　왕은 감은사에서 하루를 묵었다. 이튿날 정오에 대나무는 합하여 하나가 되었다. 문득 천지가 진동하고 비바람이 몰아치기 시작하여 이레 동안이나 캄캄하더니 그달 열엿새가 되어서야 비로소 바람이 자면서 물결이 고요함을 되찾았다. 왕은 배를 타고 그 산을 올랐다. 왕이 산에 오르자 용이 왕께 검은 옥대를 바쳤다. 왕은 용을 맞이하여 함께 앉은 자리에서 물어보았다.

　"이 산이 대나무와 함께 혹은 갈라지기도 하고 혹은 합쳐지기도 하는데 이는 무슨 까닭인가요?"

　그러자 용이 대답했다.

　"이것은 비유컨대, 한 손바닥으로는 소리를 낼 수 없고, 두 손바닥이 만나야 소리가 나는 것과 같습니다. 이 대나무는 합쳐져야만 소리가 납니다. 이것은 거룩한 왕께서 소리로써 천하를 다스릴 징조입니다. 왕께서는 이 대나무를 거두시어 피리를 만들어 불어보십시오. 그러면 천하가 화평해질 것입니다. 지금 왕의 아버님이신 선왕께서는 바닷속의 큰 용이 되시었고 김유신공도 다시 천신이 되시었습니다. 이제 이 두 성인께서 마음을 함께하시고, 저로 하여금,

값으로 셈할 수 없는 이 보물을 바치게 하신 것입니다."

용의 말을 들은 왕은 한편으로는 놀라워하고 한편으로는 기뻐했다. 왕은 오색 비단과 금과 옥을 바쳐 용에게 보답하고는 아랫사람들을 보내어 대나무를 베어 오게 했다. 대나무를 베어 가지고 바다에서 나오자 그 산과 용은 홀연히 모습을 감추고 보이지 않았다.

그날 밤 왕은 감은사에서 묵었다. 열이렛날에는 기림사 서쪽 시냇가에 이르러 수레를 멈추고 점심을 들었다. 대궐을 지키고 있던 태자 이공(뒷날의 효소대왕)이 소식을 듣고는 말을 달려 왕께 이르러 경하를 드렸다. 옥대를 찬찬히 살피던 태자가 왕께 아뢰었다.

"이 옥대에 달린 여러 개 장식은 진짜 용입니다."

왕이, 그것을 어떻게 아느냐고 물었다. 태자는, 장식 하나를 떼어 물에 넣어보면 알 수 있다고 했다. 태자가 옥대의 왼쪽 두 번째 용을 떼어 물에 담가보았다. 용 장식은 용이 되어 하늘로 날아올라가버렸다. 용이 올라간 자리는 못이 되었다. 그 못을 '용연'이라고 불렀다.

왕은 대궐로 돌아와 그 대나무로 피리를 만들어 월성의 천존고에 간직해두었다. 그 피리를 불면 적군이 물러가고 병이 나았으며 가뭄 때는 비가 내리고 장마 때는 비가 그쳤다. 바람을 자게 하기도 했고 거친 파도를 가라앉히기도 했다. 왕은 이것을 만파식적, 즉 온갖 물결을 다 잠재우는 피리라고 이름하고 나라의 보물로 일컬었다.

그 다음 왕인 효소왕 때인 당 중종 10년(서기 693년)에는 당시 화랑이던 부례랑(뒷날의 원성왕)이 적군의 포로가 되었다가 (만파식적 덕분에) 살아 돌아온 일이 있었다. 이 신기한 일이 있고 나서 만파식적은 '만만파파식적', 즉 '더할 나위 없이 거센 물결도 잠재우는 피리'라는 이름으로 고쳐 불렸다.

이 신화(혹은 설화)에서 '만파식적'은 과연 무엇인가? 만파식적 이야기는 무엇을 상징하고 있는가?

여러 가지 해석이 있다. 신문왕이, 삼국 통일을 이루어준 선왕 문무왕의 은혜에 고마움을 나타내는 한편 선왕의 위덕을 받들기 위한 상징적인 사건이라는 해석이 그중 하나다. 신문왕이 짓기를 마무리한 '감은사'가 '은혜를 고마워하는 뜻에서 지은 절'이라는 뜻이니 그럴 수도 있겠다.

오로지 불교에 의존하던 나라의 정신적 안위가 호국적 용신 신앙으로 가파른 중심이동을 하던 분위기를 전하는 상징적인 사건으로 해석하는 분들도 있다. 신문왕이 '값을 셈할 수 없는 이 보물'을 감은사에 두지 않고 월성의 천존고에 간직하게 했다는 것으로 보아 그럴 수도 있겠다.

당시 정치적으로 궁지에 몰리고 있던 신문왕의 정치적 독립 선언 및 자파 세력의 기반 다지기를 상징하는 사건이라는 해석도 있다. 만파식적 이야기가 신문왕 당대에 끝나지 않고 다음 왕인 효소왕, 또 그 다음 왕인 원성왕까지 이어지고 있으니 그럴 수도 있겠다. 이러한 주장은 다 나름의 논거가 있어서 설득력도 있다.

알레고리, 혹은 '다르게 말하기'

나는 달리 읽는다. 학자들 주장에 딴지를 거는 것이 아니다. 나는 신화 (혹은 설화)를, '같은 것을 다르게 한 이야기'라고 생각한다. 따라서 달리 '읽는 방법'이 필요하다고 생각한다.

만파식적 이야기를 읽으면서 내 머리에 맨 먼저 떠오르는 것은 '파경', 이 두 글자였다. 무엇인가?

'거울 깨기'다.

중국에 실제로 있었던 풍습이라지 아마. 서로 사랑하는 처녀총각이 있다. 두 연인은, 혼인날 받아놓았으니 그래도 괜찮겠지 싶어서 물레방

앗간 같은 데서 만나 은근슬쩍 살을 섞었을 수도 있고, 처녀의 완강한 저항에 총각이 뜻을 이루지 못했을 수도 있다. 그런데 혼인날이 되기도 전에 총각은 마을을 떠나야 한다. 나라로부터, 머나먼 국경으로 수자리 살러 가라는 명을 받을 수도 있고, 만리장성 공사장으로 부역하러 가라는 명을 받을 수도 있다. 총각은 떠나야 한다. 사랑하는 처녀를 남겨두고는 우편번호도 없는 곳으로 떠나야 한다. 총각이 꺼낼 수도 있고 처녀가 꺼낼 수도 있다. 어느 한쪽이 품 안에서 '거울을 꺼내어 이것을 둘로 나눈다'. 즉 '파경'하는 것이다. 요즘의 거울은 유리로 만들어졌으니 깨뜨리면 박살날 테지만 옛날에는 푸석푸석한 구리 거울이었으니 반으로 나누기가 쉬웠을 것이다. 파경한 한쪽은 자기 품속에 지니고 나머지 한쪽은 상대방에게 준다.

거울을 나눈 쪽이 처녀라면 이랬을 수도 있다.

"나를 보는 듯이, 이 거울 반쪽을 간직해주세요."

총각이 거울을 나누었으면 비장하게 이런 말을 했을 수도 있다.

"금생에는 인연이 다해 우리가 다시 만나지 못한다면 이 거울 쪼가리나마 각기 후손에게 남겨 서로 만나게 합시다."

하여튼 나는 만파식적 이야기를 읽으면서 '파경', 이 두 글자를 떠올렸다. 이 '파경'이 지금은 '갈라서기'를 뜻한다. 탤런트 김 아무개가 '파경을 맞았다'라고 하면 김 아무개가 배우자와 갈라섰다는 뜻으로 쓰인다. 잘못 쓰이고 있는 말이지만, 말이라는 게 원래 이렇게 생겨먹은 것이다. 원적과 본적을 잃어버린 말이 얼마나 많은가.

만파식적 이야기를 읽으면서 두 번째로 떠올린 단어는 '부절'이다. 이 말은 플라톤의 저서 『향연』에 나온다. 이 책에서 그리스의 희극 작가 아리스토파네스는 남성 여성, 할 때의 '성'과 '잃어버린 반쪽이'에 대해 다음과 같은 주장을 편다.

…… 인간의 자연적인 상태 말인데요, 예전에는 지금 같지 않았어요. 지금이야 남성과 여성, 이렇게 두 가지 성이 있을 뿐이지만 한처음에는 성이 세 가지 있었어요. 남성과 여성을 두루 가진 제3의 성, 즉 양성인이 있었던 것입니다. 지금은 이런 것이 없지만요. 다만 '안드로기노스' …… 즉 '어지자지'(남성과 여성을 한몸에 두루 가진 사람을 지칭하는 순수한 우리말)라는 명칭만 남아 지금은 남 욕할 때 욕말로나 쓰이지요.

옛날 사람들은 둥글었어요. 등도 둥글, 옆구리도 둥글었지요. 팔

넷, 다리 넷, 귀 넷에, '거시기'도 둘이었답니다. 머리는 하나였지만 얼굴은 둘이었어요. 두 얼굴은 서로 반대 방향을 보고 있었지요. 걸을 때는 이들 역시 지금의 우리처럼 똑바로 서서 걸었답니다. 하지만 빨리 뛰고 싶을 때는 곡예사가 공중제비를 넘듯이, 여덟 개의 손발로 땅을 짚어가면서 아주 빠른 속도로 굴러갈 수 있었어요(공처럼 말이지요).

사람의 모양이 이랬던 까닭은 남성은 해에서, 여성은 땅에서, 양성은 달에서 태어났기 때문이지요. 저들의 모양이 둥글둥글했고 걸음걸이 역시 둥글둥글했던 것은 저들이 부모를 닮았기 때문이랍니다(고대 그리스인들은 태양과 지구와 달이 둥글둥글하다는 것을 알고 있었던 모양이다). 그런데 힘이 장사이고, 기운이 헌걸차고 야심이 대단했던 저들은 감히 신들의 세계를 공격했던 모양입니다. 호메로스는, 거인들이 신들의 궁전을 공격하기 위해 그리스에서 가장 높은 산인 오싸 산을 들어 펠리온 산에다 포갰다고 쓰지 않았어요? 사실은 저들을 말한 것이지요.

제우스는 신들의 회의를 소집했지요. 벼락으로 전멸시키자니 그때까지 받아먹은 제물이 아깝고 그대로 두자니 신들에게 박박 기어

오르는 게 눈꼴 사나워서 못 보겠고…… 마침내 제우스의 머리에 멋진 아이디어가 떠오릅니다.

"……저들을 살려두되 약골로 만들어버리면 우리들에게 기어오르지 못할 게 아니오? 저들을 반으로 쪼개어버리는 게 좋겠어요. 그러면 우리를 섬기는 약골들이 갑절로 늘어날 게 아니겠어요?"

이 말끝에 제우스는 저들을 불러, 겨울철에 갈무리할 마가목 열매를 두 쪽으로 짜개듯이, 삶은 달걀의 껍데기를 벗기고는 머리카락으로써 두 토막으로 자르듯이 두 토막으로 갈라놓으며, 아폴론에게 명하여(아폴론은 의술의 신이니까) 가르는 족족 가른 자리를 치료해주게 했습니다…… 반쪽이들이 다른 반쪽이들을 목마르게 그리워하고 다시 한몸이 되려고 하는 것은 이 때문이지요…… 그러므로 반쪽이가 된 우리는 각각 옛날의 온전했던 한 인간의 '부절'입니다…… 그래서 사람마다 자기의 다른 반쪽이 부절을 목마르게 찾는 것이지요."

아리스토파네스는 반쪽이가 나머지 반쪽이를 그리워하는 것은 다시 한몸이 되고 싶기 때문이라고 했다. 반쪽이가 된 우리 자신을 '옛날의 온전했던 한 인간의 부절'이라고 했다. 우리말 번역어인 이 '부절'이란 무엇인가? 부절이란, 옛날의 사신들이 몸에 지니고 다니던, 돌이나 대나무 같은 것으로 만든 일종의 신분증 같은 것이다. 사신들이 가지고 다니던 부절은 온전한 것이 아니라 반으로 나뉜 '반쪽'이었다. 나머지 반쪽은 임금이 보관하고 있었다. 이 두 개의 반쪽 부절을 맞추어 딱 맞을 경우를 '부합'이라고 했다. '부합', 즉 '서로 맞춘 부절이 딱 맞듯이 두 가지 사물이 서로 꼭 들어맞음'을 뜻하는 이 단어는 이렇게 해서 생긴 말이다. 한문 '부절符節'의 '부'자와 '절'자에 대나무를 뜻하는 '죽竹'자가 붙어 있는 것에 유념할 필요가 있다.

　하나의 거울 파편을 지니고 있을 경우 다른 하나의 파편 모양을 짐작하는 것은 가능할까? 하나의 부절을 지니고 있을 경우 다른 하나의 부절 모양을 짐작하는 것은 가능할까? 답은 독자에게 맡긴다.

　『향연』의 영문판이 '부절'이라는 뜻으로 쓰고 있는 단어 '인덴추어indenture'는 '두 통으로 만들어서 서명한 계약서'라는 뜻이다. 이 두 통의 계약서는 아주 똑같아야 계약이 유효하다. '반쪽 부절'과 같은 뜻이다. 한 장의 계약서를 지니고 있을 경우 다른 한 장의 계약서 모양을 짐작하는 일은 가능할까? 답은 독자에게 맡긴다.

　이 '부절'을 뜻하는 말이 그리스 원어에는 '쉼볼론symbolon'으로 되어 있다. 앞에서 두어 번 언급했지만 이 단어를 이해하자면 약간의 도움말이 필요할 것 같다.

　고대 그리스는 나그네를 위한 나라였다. 새로운 정보를 가지고 마을로 들어오는 나그네 대접은 모든 집주인들의 의무였다. 으뜸신 제우스는 '제우스 크세니오스', 즉 '나그네들의 수호신 제우스'라고 불렸을 정도였다. 주인과 나그네의 사이는 각별할 수밖에 없었다. 고대 그리스에는 나그네가 한 집에서 오래 머물면서 융숭한 대접을 받고 주인과 헤어질 경우, 접시나 은화 같은 것을 반으로 나누어 한쪽은 자신이 갖고 한쪽은 주인에게 주어 간직하게 하는 풍습이 있었다. 뒷날 주인 혹은 주인의 자손이 나그네 혹은 나그네의 자손을 찾아올 경우, 조각을 맞추어 보고 은혜 갚음을 할 수 있게 하기 위해서였다. 이 반쪽이 바로 '쉼볼론'이다. 반쪽이 쉼볼론을 '서로 맞추어 보는' 일은 '쉼발레인symballein'이라는 동사로 불렀다. '상징'을 뜻하는 영어 단어 '심벌symbol'은 바로 이 '쉼발레인'에서 온 말이다. '서로 맞추어 본다'는 뜻이다. '거울을 깬다'는 뜻을 지닌 '파경'과 얼마나 비슷한 말인가?

　모르기는 하지만 쉼볼론이 되었든, 반쪽 거울이 되었든, 계약서가 되었든 도자기 파편이 되었든 서로 맞추어 보면 이쪽은 저쪽을 증거하고 저쪽은 이쪽을 증거할 것이다. 한쪽의 쉼볼론을 지니고 있을 경우 다른 한쪽 쉼볼론의 모양을 짐작하는 일은 가능할까? 답은 독자들에게 맡긴다.

거울, 부절, 쉼볼론이 지닌 공통점은 바로 이들 모두가 '반쪽'의 모양을 하고 있다는 것이다. 반쪽이 기능하기 위해서는 떨어져 있지 않으면 안 된다. 각기 소지하고 있던 반쪽을 서로 맞추어 본다는 것은 헤어짐을 선제로 한다. 그렇다면 만파식적 이야기에는 어떤 헤어짐이 있는가? 『삼국유사』에 실려 있는 일연 스님의 주석을 다시 읽어본다.

문무왕의 유언에 따라 유골을 간수한 곳은 '대왕암', 절 이름은 '감은사', 신문왕이 용을 본 곳은 '이견대'라고 하였다고 한다.

용은 신문왕에게 '세상 떠나신 선왕께서 지금 바다의 용이 되시어 삼한을 지키'고 있다고 했다. 그러므로 이 용은 문무왕의 화신이 아닐 수도 있다. 하지만 문무왕일 가능성도 있다. 신문왕이 그 용을 본 곳에다 이견대를 지었다. 뒷날의 기록에 따르면 신문왕은 '이견대 노래'를 짓기까지 했다. 이 '이견대 노래'에 대해서 『고려사』 제71권은 이렇게 기록하고 있다.

세상에 이런 말이 전해져 내려온다.

"신라 왕 부자가 오랫동안 서로 갈라져 있다가 다시 만나 한 정자를 짓고 다시 만난 기쁨을 노래했는데, 이때 지은 정자를 이견대라고 했다."

이는 『주역』의 '이견대인'에서 따온 말일 것이다. 왕 부자가 서로 헤어질 일이 없는데 이상하지 않은가? 이웃 나라에서 서로 만났거나, 아들을 어느 나라에 볼모로 보낸 것인지도 모르는 일이다.

만파식적의 재료가 된 대나무는, '바다에 뜬 섬' 위에서 자라고 있었다. 용을 만난 자리에서 신문왕은 용에게, 산이 대나무와 함께 혹은 갈라지기도 하고 혹은 합쳐지기도 하는데 이는 무슨 까닭인가요, 하고 묻는다. 용이 한 대답은 다시 읽어볼 가치가 있다.

이것은 비유컨대, 한 손바닥으로는 소리를 낼 수 없고, 두 손바닥이 만나야 소리가 나는 것과 같습니다. 이 대나무는 합쳐져야만 소리가 납니다. 이것은 거룩한 대왕께서 소리로써 천하를 다스릴 징조입니다. 대왕께서는 이 대나무를 거두시어 피리를 만들어 불어보십시오. 그러면 천하가 화평해질 것입니다……

신화란 어떻게 이루어져 있는가? 신화는 매우 상징적인 이야기로 이루어져 있다. 신화는 곧 상징이기도 하다. 우리는 이 우주에 대한 옛사람들의 생각을 얼마나 알고 있는가? 우리는 이 세계의 전모에 대한 옛사람들의 생각을 얼마나 알고 있는가? 우리는 아직 잘 알지 못한다.

하지만 우리에게는 신화가 있다. 신화는 상징이다. 우리는 이 신화로써, 상징으로서, 반쪽 거울로써, 반쪽 쉼볼론으로써, 세계의 전모, 인간의 바닥을 흐르는 저 낯선 강의 모양을 짐작할 수 있는가?

신화는 상징이다. 반쪽 거울이다. 사신들이 신분증으로 가지고 다니던 부절이다. 두 통으로 작성된 계약서다. 반쪽의 쉼볼론이다. 도끼자루다…… 오른손에 도기를 들고도, 도끼자루 어떻게 깎으면 되어요, 하고 묻지 말라. 한쪽으로써 다른 한쪽을 짐작하고 이로써 전모를 이해하는 것…… 이거야말로 온갖 시비를 잠재우는 만파식적이 아닐 것인가……

이견대에서 만난 용은 신문왕에게 이 소식을 전했는지도 모른다고 나는 상상한다. 신화나 설화에 나오는 희미한 논거로써 신화를 논리적으로 설명하는 일에 관한 한 나는 속수무책이다. 내가 신화 읽기를 좋아하는 것은 어쩌면 신화의 특성인 '설명하기 어려움undefinableness', '정의하기 어려움undefinableness' 때문인지도 모르겠다. 나에게, 신화를 읽는 일은 태양을 상징하는 그리스의 까마귀와 태양을 상징하는 중국과 고구려의 세발까마귀 사이에다 내 사유를 풀어놓고 한없이 느린 걸음으로 걷게 하는 일이다. 나에게, 신화를 읽는 일은 결국 사유하면서 상상하면서 걸으면서, 설명하기 어려운, 정의하기 어려운 저 영원한 생명의 노래에 나름의 귀를 기울이는 일이다.

돌종과 금솥

『삼국유사』 제9권 「효선」 편을 읽어본다. 「효선」 편에는 '진정한 효도와 착한 행실'의 귀감이 될 만한 이야기들이 실려 있다. 그중의 한 편, '손순 매아설화', 즉 손순이 아이를 묻으려 한 이야기는 이러하다.

　　손순은 모량리 사람이다. 아버지의 이름은 학산이라고 했다. 아버지 학산이 세상을 떠나자 손순은 아내와 함께 남의 집에서 품을 팔고 이로써 쌀을 얻어 늙은 어머니를 봉양했다. 어머니의 이름은 운오라고 했다.

　　손순에게는 어린 자식이 있었다. 그런데 그 아이가 항상 어머니의 밥을 빼앗아 먹었다. 이것을 난처하게 여긴 손순은 아내와 의논했다.

　　"자식은 다시 얻을 수 있으나 어머니는 다시 얻기 어렵소. 아이가 어머니의 음식을 빼앗아 먹으니 어머니께서 얼마나 배가 고프시겠소. 차라리 아이를 땅에 묻어버리고 어머니를 배부르게 해드리는 것이 어떻겠소?"

부부는 아이를 업고 모량리 북쪽에 있는 산 취산을 넘어 들로 나가서 땅을 팠다. 그런데 그곳에서 이상하게 생긴, 돌종이 나왔다. 부부는 놀랍고도 신기해서 나무 위에 걸어놓고 종을 쳐보았다. 종소리는 은은하고 맑았다. 아내가 말했다.

"이상한 종을 얻은 것은 아이의 복인 듯하니 아이 묻는 것을 그만 둡시다."

손순 또한 그렇게 생각하여 아이와 돌종을 들고 집으로 돌아왔다. 집으로 돌아온 부부는 들에서 파온 돌종을 들보에 걸고 두드려보았다. 돌종 소리는 은은하게 퍼져 대궐에까지 들렸다.

신라 42대 임금 흥덕왕이 이 소리를 들었다. 그러고는 좌우 신하들에게 명하여, 그 맑고 은은한 소리가 나는 종이 어디에 있는지 알아오게 했다. 신하들이 손순의 집을 찾아내고 그 돌종의 내력을 알아내었다. 신하들은 물론 임금께, 알아온 바를 자세히 사뢰었다. 신하들 말을 들은 왕이 말했다.

"옛날 곽거가 자식을 묻으려 하니, 하늘에서 금솥이 내렸다더니, 지금 손순이 자식을 묻으려 하니 돌종이 나왔구나. 이 두 사람의 효도는 천하의 귀감이 될 만하다."

왕은 손순에게 집 한 채를 주고, 해마다 벼 50석을 내림으로서, 사람들로 하여금 그 지극한 효성을 칭송하게 했다.

손순은 옛집 터에다 절을 지어, 홍효사라고 하고 돌종을 거기에 걸었다. 하지만 진성왕 때 후백제 도적들이 마을로 들어와 돌종을 훔쳐가버리는 바람에 지금은 절만 남아 있다.

신라 효자 손순을 중국에서 만나다

1992년 중국은 벌써 자본주의 쪽으로 가파르게 기울어져 있었다. 이 해에 나는 미국에서, 몽골인민공화국이 사회주의 노선을 포기한다는 소식을 들었다. 나는 중국과 몽골에서 신화가 부활할 것이라고 자신있게 예언했다.

사회주의 국가 몽골에서는 칭기스칸 숭배가 금지되어 있었다. 러시아에 깊이 밀착해 있던 몽골인들에게, 칭기스칸은, 마르크스와 레닌주의를 희석시킬 수 있는 위험한 국민 영웅일 터였기 때문이다.

나는 2002년 7월에 몽골을 여행했다. 칭기스칸은 유라시아의 영웅으로, 몽골의 신화로 맹렬하게 되살아나고 있었다. 그러니까 나는, 사회주의를 포기한 지 10년째 되는 몽골을 여행함으로써 10년 전 미국에서 했던 예언을 확인한 셈이다.

중국에 대해서도 같은 생각을 하고 있었다. 중국이 어떤 나라던가? 왕조 시대의 잔재인 신화가 소독을 당하다시피 한 나라가 아니던가? 60년대의 문화혁명 때는 홍위병들이 일어나 왕조 시대 이데올로기의 근원이던 공자의 사당까지 때려 부수던 나라가 아니던가?

나는 중국이 사회주의에서 멀어지면 멀어질수록, 자본주의로 접근하면 접근할수록 고대 신화의 현장 복원에 박차를 가할 것이라고 생각했다. 2001년 8월과 2002년 8월 두 차례 중국을 여행했다. 2000년대의 중국은 조금 과장하면 '신화의 복원 현장'이라고까지 불릴 만했다.

산시성의 유서 깊은 도시 서안에서 북쪽으로 4시간 정도 걸리는 거리에 떨어진 도시 보계寶鷄, baoji에서 했던 경험을 잊을 수가 없다.

중국 신화의 꼭지점에 서 있는 전설적인 황제의 한 분인 염제 신농炎帝 神農을 모신 염제릉炎帝陵은 바로 보계에서 가까운 상양산에 있다. 상양산은, 서울의 남산보다 약간 낮은 산이다.

2001년 이 염제릉을 한 차례 다녀왔다. 잔뜩 흥분한 채, 디지털 카메라로 수백 장의 사진을 찍었다. 어떻게 흥분하지 않을 수 있었겠는가? 우리 설화의 현장에 와 있는 것 같았다. 너무 흥분했던 것이 화근이었다. 카메라의 촬영 모드가 '흑백'으로 조작되어 있는 줄도 모른 채 계속해서 흑백으로 사진을 찍었던 것이다.

2002년 그 보계의 염제릉으로 다시 갔다. 조선족 출신의 통역 한 사람, 운전사 한 사람을 데리고 서안에서 보계로 올라가 이번에는 천연색 사진으로 찍어왔다.

신농은, 몸은 사람의 몸이어도 머리는 소와 같다. 그리스 신화에 나오는 미노타우로스와 비슷했던 모양인데, 그가 이런 모습을 하게 된 것은 어머니가 신룡神龍의 감응을 받고 낳은 아들이기 때문이다.

신농은, 나무를 잘라 구부리고 이로써 오늘날의 호미 비슷한 농기구를 만들어 백성들에게 농사를 가르친 농업의 신이기도 하고, 오만 가지 풀을 두루 맛보고 이중에서 약초를 찾아낸 의약의 신이기도 하다. 뿐만 아니다. 줄이 다섯 개인 현악기 오현금을 만들어 백성에게 가르쳐준 음악의 신이기도 하고 점치는 법을 고안해서 백성들에게 가르친 점술의 신이기도 하다.

보계에 이르러 상양산을 오르면 '화하시조문華夏始祖門'이 하늘 쪽으로 열려 있다. 화하시조는 중국의 시조라는 뜻이다. 그 문을 지나면 사당이 있다. 사당의 중앙에는 손에 곡식 이삭을 든 염제 신농이 벗은 채로 앉아 있다. 이 거대한 조상彫像의 벌거벗은 몸은 황금빛으로 채색되어 있다. 벽에는 약초를 맛보는 신농, 악기를 만드는 신농, 불을 일으키는 신농의 모습을 담은 벽화가 천연색으로 그려져 있다. 그림이 지나치게 도식화되어 있어서 사당에는 잘 어울려 보이지 않는다. 사당을 지나면 상양산 정상이 보이는데, 염제릉은 거기에 있다.

사당에서 염제릉으로 이르자면 999계단을 올라야 한다. 999개의 계단이 가로막고 있어서 염제릉 있는 데가 하늘과 닿아 있는 것 같다. 계단 양옆으로는 신화·전설과 역사에 등장하는 무수한 인물들의 석상이 서 있어서 그들이 중국의 시조인 염제의 무덤에 이르는 길을 위요하고 있다는 인상을 준다. 주나라 문왕과 무왕, 제나라 환공과 위나라 문후, '오월동주吳越同舟'고사에 나오는 월나라 왕 구천과 오나라 왕 합려, 진시황제, 초패왕 등, 높이 3미터가 넘는 석상이 나란히 서 있다. 깎은 솜씨가 썩 훌륭한 것은 아니다. 석상을 이루는 인체의 비례가 맞지 않아서 어떤 석상의 모양은 만화 같기도 하다. 하지만 중요한 것은 예술적 성

취가 아니다.

신화 시대와 역사 시대 인물들의 석상을 보면서 999계단을 다 오르면 염제릉이 나온다. 푸른 돌로 둘레를 치고 중앙에만 흙으로 봉분을 만든 염제릉은 규모가 예상했던 것만큼 크지는 않다. 잣나무와 측백나무와 실편백에 둘러싸인 무덤은, 기라성 같은 중국 제왕帝王들의 위요를 받고 있는 것에 견주어 어울리지 않게 단아해 보인다.

염제릉 뒤에도 무수한 석상들이 있다. 염제릉 앞에 서 있는 석상의 주인공들은 왕들이지만, 뒤에 있는 석상들은 여느 사람들이다. 지극한 효성으로 이름을 떨친 전설적인 인물들의 모습이 석상으로 세워져 있는 것이다. 모기가 늙은 어머니 뜯을 것을 염려해서 벌거벗음으로써 온몸을 모기에게 내맡기고 뜯기는 효자, 제 몸을 팔아 아버지의 장례를 치르는 동영, 병든 아버지를 위해 얼음 바닥에 누워 있다가 잉어를 잡아다 바친 왕상, 굶주린 시어머니에게 젖을 빨리는 당나라 효부孝婦…… 석상만 덩그러니 세워져 있는 것이 아니다. 석상 발치에는 짧지만 명쾌한 설명문도 음각되어 있다. 읽고 있자니 조선 시대에 편찬된 『삼강행실도』를 보고 있는 것 같았다. 『삼국유사』의 「효선」 편을 석상으로 읽고 있는 느낌이었다. 그렇다. 『삼국유사』의 그 대목을 다시 읽어보자.

신하들 말을 들은 왕이 말했다.

"옛날 곽거가 자식을 묻으려 하니, 하늘에서 금솥이 내렸다더니, 지금 손순이 자식을 묻으려 하니 돌종이 나왔구나. 이 두 사람의 효도는 천하의 귀감이 될 만하다."

아, 거기에 '곽거郭巨'도 있었다. 신라 손순 설화의 원판原版 주인공 곽거가 거기에 있었다. 슬퍼 보이는, 하지만 비장하게 결심한 듯한 얼굴로, 아들을 묻으려고 땅을 파는 곽거의 석상이 거기에 있었다. 강보에 싸인 아들은, 제 할머니의 밥을 빼앗아 먹기에는 너무 어려 보였다.

어머니를 배불리 먹게 하기 위해, 어머니의 밥을 축내는 자식을 땅에다 파묻는 아들…… 중국 정부가 이렇듯이 비정한 아버지의 효심을 지금 이 시대에도 장려하기 위해서 이런 석상을 세워놓았겠는가? 우리 한국의 아비들에게 그런 효심 본받을 것을 독려하기 위해 내가 지금 이런 글을 쓰고 있겠는가?

그럴 리 없다. 내가 곽거의 석상 앞에서 가슴이 울렁거리도록 감동한 것은 두 가지 이유에서다. 하나는, 『삼국유사』에 실려 있던 전설 같은 이야기의 주인공 효자 곽거가, 20세기의 석상 이미지로 중국인들의 조상인 염제의 무덤 뒤에 재현되어 있었다는 것, 둘은 중국 정부가, 지금은 약발이 다 떨어진 신화나 민담의 이미지를 현재적으로 재해석하는 데 놀라울 만한 힘을 기울이고 있다는 것. 나는 이것을 중국의 '뒷심'이라고 생각한다. 중국의 아이들은 염제릉의 무수한 석상을 보면서 현대의 신화를 쓸 것이다.

우리는 어째서 앞으로 나아가려고만 하고 있는지?

밭에는 잡초,
컴퓨터에는 버그

누님의 심정

왜 신화인가? 내가 무수히 받아온 질문이다. 나는 신문이나 잡지 기고를 통해, 그리고 내가 펴낸 여러 권의 책을 통해 이 질문에 여러 차례 대답해왔다. TV나 라디오를 통해서도 여러 차례 이 질문에 대답해왔다. 하지만 이 질문은 지금 이 시각에도 그치지 않는다. 무수히 대답해왔는데도 아직까지 듣지 못한 사람들, 읽지 못한 사람들이 있다.

왜 신화인가? 너는 왜 신화를 읽는가?

내 누님 이야기로 글을 열겠다.

나는 1947년생, 일곱 남매의 막내다. 아버지는 1948년에 세상을 떴다. 내가 첫돌을 갓 지났을 때의 일이다. 어머니가 1986년에 세상을 떴으니 나는 마흔 살이 될 때까지 홀어머니 한 분만을 의지해서 산 셈이다. '아버지'라는 말은, 아버지는 내가 말을 배우기 전에 돌아가셨으니까, 내가 한 번도 온갖 진정성을 실어서는 입에 담아본 적이 없는 어휘다. 따라서 내 삶에 존재하지 않는 어휘이기도 하다. 세상 떠난 어머니를 아버지 곁에 모시던 날, 나는 슬픔을 견딜 수 없었다. 나는, 어머니가 없는 세상을 도무지 상상할 수 없었다. 누님은, 슬픔을 가누지 못하는 막내가 안타까웠던 모양이다. 누님은 내 곁으로 다가오더니, 내 어깨를 쓰다듬으면서 속삭였다.

"이 사람아, 그만 하게. 죽음이라는 거, 그거 좋은 법이라고 할 수는 없네만, 그렇다고 해서 나쁜 법인 것만은 아니네."

누님으로부터 이 말을 듣던 순간을 나는 생생하게 기억한다. 나는 누님 말의 참뜻을 다 알지 못했다. 하지만 누님의 말뜻을 어렴풋이 짐작할 수 있을 것 같았다. 그래서 내 슬픔은 죽음이라고 하는, 어느 누구도 피할 수 없는 현상, 어느 누구도 받아들이지 않을 수 없는 이 현상 앞에서 많이 묽어지는 것을 느낄 수 있었다. 하지만 나는 누님 말의 깊은 뜻을 다 알아먹은 것은 아니었다.

한식날, 우리 여섯 남매가 부모님 산소 앞에 모였다. 일곱 남매가 여섯 남매로 줄어든 것은, 맏형이 2년 전에 세상을 떴기 때문이다. 맏형은 지금 어머니 산소 곁에 묻혀 있다. 맏형의 맏아들인 우리 맏조카도 벌써 자기 아버지 산소 아래쪽에 묻혀 있다. 맏조카의 누이, 그러니까 내 질녀도 이 세상에 없다. 무덤은 없다. 우리 집안은, 혼인 전에 세상 떠난 이에게는 무덤을 지어주지 않는다.

한식날 형님들 누님들 앞에서 내가 말실수를 했다.

"형님들, 누님들, 어머니가 지금까지 살아 계셨으면 좀 좋을까요?"

무심결에 이런 말이 내 입에서 나온 것이다. 정말, 깊은 생각 없이 내뱉은 말이었다. 누님이 나를 그냥 두지 않았다.

"그 사람, 공부 헛했네? 어머니가 지금까지 살아 계셨으면? 어머니가 살아 계셔서 어쩌게? 맏아들 먼저 보내시는 슬픔, 그거 안겨드리고 싶어서? 그토록 사랑하시던 맏손자 먼저 보내시는 슬픔, 그거 안겨드리고 싶어서? 손녀 교통사고로 세상 떠나는 거, 그거 보여드리고 싶어서? 어머니 돌아가셨을 때 내가 뭐랬어? 죽음이라는 거, 그거 좋은 법이라고 할 수는 없지만 그렇다고 해서 나쁜 법인 것만은 아니라고 하지 않았어?"

어 뜨거라, 싶었다. 나는 누님이 16년 전에 한 말의 깊은 뜻을 올 한식날에야 알아먹은 것이다. 그랬다. 16년 전에 어머니가 세상 떠난 일, 찬양할 일은 아니다. 하지만 어머니가 살아 계셨더라면? 당신 목숨보다 더 아끼시던 맏아들, 맏손자가 당신 앞서는 것을 보셔야 했을 것이다.

그것은 당신의 죽음보다 더 견디기 어려운 일이었을 것이다. 누님은 그걸 미리 알고, 죽음이 나쁜 법인 것만은 아니라고 했던 것이다.

나는, 우리 누님이 지금도 신화를 쓰고 있다고 생각한다. 나는 누님의 지혜로운 말, 사람살이를 두루 꿰뚫어 보는 듯한 말에 겸허하게 귀를 기울이는 기분으로 신화를 읽는다.

'버그'와 잡초

이 세상에 좋은 일만 있으면 좀 좋으랴? 하지만 좋은 일만 있는 것이 아니다. 좋은 일이 그렇듯이 궂은 일 또한 삶의 구비구비에 매복해 있다가 우리 삶을 간섭한다. 사람들은 이것을 알고 있다. 하지만 사람들은 이것을 설명하지 못한다.

이 세상에 좋은 사람만 있으면 좀 좋으랴. 하지만 좋은 사람만 있는 것이 아니다. 좋은 사람이 그렇듯이 궂은 사람 또한 삶의 구비구비에 매복해 있다가 우리 삶을 간섭한다. 사람들은 이것을 알고 있다. 하지만 사람들은 이것을 설명하지 못한다.

나는 설명을 시도해본 적이 있다. '궂은 일', 혹은 '궂은 사람'을 '버그'라고 이름 짓고 '모든 것은 버그로부터 시작되었다'라는 제목으로 꽤 유식한 말들을 써가면서 글을 쓴 적이 있다. 신화를 방불케 하는, 내 누님의 명쾌한 단칼 설명과 견주기 위해 내가 쓴 글의 일부를 여기 옮겨 본다.

'버그'. 요즈음 내가 들고 있는 화두다. 잘 알려져 있다시피 컴퓨터 용어에서 '버그'는 '프로그램의 실행 오류'라는 뜻으로 쓰인다. 컴퓨터 이전 시대에는 '벌레'라는 뜻으로 흔하게 쓰였다. '공부벌레', '일벌레' 할 때의 벌레는 각각 공부와 일에 미쳐 있다는 의미에서 '광'이라는 뜻을 아울러 지닌다. 영어에서도 마찬가지다. '무비 버그'는 '영화광'이라는 뜻이다. 하지만 내 머릿속에서 고물거리는 '버그'는 '무비 버그' 할 때의 버그가 아니고, '밀레니엄 버그' 할 때의 그 버그다.

……기독교에서는 에덴 동산에서 일어난 일을 인류사의 큰 비극으로 여기는 모양이다. 히브리의 '야훼께서 만드신 들짐승 가운데 제일 간교한' 뱀이 등장하고, 아담과 하와(이브)가 뱀의 유혹을 이기지 못하고 금단의 열매를 먹게 되는 순간 평화롭던 에덴 동산은 원죄의 현장이 된다. 신의 뜻, 야훼의 디자인에 따르면 그것이 아니

었을 것이다. 그래서 야훼는 하와에게, '어쩌다가 이런 일을 했느냐'고 한탄했던 것이다. 그렇다면 무엇인가? 야훼 하느님의 프로그램에 '버그'가 생긴 것이다. 기독교에서는 인류 정신사에서 매우 중요한 이 '버그'를 '사탄'이라고 부른다.

그리스 신들의 아버지 제우스에게, 인간에게 문명의 씨앗을 훔쳐다준 프로메테우스는 참 괘씸한 존재였을 것이다. 프로메테우스라는 말은 '미리 아는 자'라는 뜻이다. 이 '미리 아는 자'는 제우스 눈의 가시, 그리스 신화 세계의 버그였다. 어쩌면 문명의 씨앗을 훔쳐다 인간에게 주겠다는 프로메테우스의 생각, 즉 신화 시대의 버그 때문에 신들의 황금 시대가 닫히고 인간의 시대가 열렸는지도 모르는 일이다. 신화 시대의 버그가 훔쳐다 인류에게 준 문명의 씨앗은 무엇이던가? 불, 혹은 발화의 원리다. 발화의 제1원리가 무엇인가? 충돌이다. 인류 문명사에서 매우 중요한 이 버그의 이름은 '반역'과 '충돌'이다. '미리 아는 자'는 제우스를 반역하고 인간에게 불을 줌으로써 발화의 원리를 숙명으로 안겨준 것이다. 이름이 '미리 아는 자'였던 프로메테우스가 그 일로 제우스와 충돌할 것을 몰랐을 턱이 없다.

버그의 특징은 프로그램 사용자로 하여금 '열 받게 만든다[bug]'는 것이다. 야훼에게, 에덴 동산이라는 프로그램을 망가뜨린 사탄은 '열 받게 만드는 버그'였을 것이다. 제우스에게, 발화의 원리를 인간에게 가르친 프로메테우스도 그런 버그였을 것이다. 모르기는 하지만 코카서스 바위산으로 프로메테우스를 귀양 보내면서 제우스는 이렇게 뇌까렸을지도 모른다.

"저 자식 때문에 정말 열 받네[Oh, he really bugs me]!"

뱀 혹은 사탄이라는 버그가 껴들지 않았더라면 야훼는 에덴 동산을 이상향으로 만들 수 있었을까? 프로메테우스라는 이름의 버그가 껴들지 않았으면 제우스는 올림포스를 이상향으로 만들 수 있었을까? 영국의 소설가 토마스 모어에 따르면 버그 없는 세상, 그런 이상향은 존재하지 않는다. 토마스 모어는 버그 없는 그런 이상향을 '유토피아'라고 불렀다. 그리스 말로는 '우토피아'다. '우토피아'라는 그리스 말은 '존재하지 않는(우) 곳(토피크)에 대한 이야기'라는 뜻이다.

그런데 '오르토스(바로 선 것, 정론)'가 지배하게 마련인 인류 정신사에도 어깃장 놓기를 좋아하는 버그가 껴든다. 사사건건 오르토스에 딴지를 걸고들어 열을 받게 만드는 이 버그의 이름은 '파라'다. '파라'는 '아니오' 혹은 '글쎄올시다'에 해당하는 그리스 말 접두사다. '파라독스'가 무엇인가? '오르토독스^{orthodox}'의 딴지를 걸고드는 이 버그는 무엇인가? '정론'의 딴지를 걸고드는 '이론'이라는 이름의 버그다.

인류의 정신사는 '아니다'라고 말한 사람들, 오르토독스와 맞붙는 것을 두려워하지 않고 씩씩하게 파라독스를 부르짖는 사람들, 모듬살이가 명시적으로든 묵시적으로든 승인한 질서에 순응하지 않고 사상의 광야로 나서는 사람들에 의해서 끊임없이 호전되어왔다. 이설을 부르짖는 이단자, 믿음을 위해서라면 목숨 버리기도 마다하지 않는 순교자들에 의해 호전되어왔다. 특정 시대에 그 시대 정론의 물결에 몸을 맡기고 평화를 구가하던 주류 세력에게 이설을 부르짖는 버그는 참 성가셨겠다.

실행 오류를 뜻하는 평범하던 낱말 '버그'는 세기말에 이르러 '밀레니엄 버그'라는 말의 유행과 함께 자못 장엄한 울림까지 획득하기에 이른다. '밀레니엄'은 '천 년'을 지칭하는 단순한 수사가 아니다. 세계의 종말이 오기 전에, 그리스도가 재림하여 이 세계를 통치한다는 신성한 천 년 왕국과 그 신성한 세월을 지칭하는 말이다. 따라서 이 밀레니엄이라는 말이 지니는 역사성의 원점, 그 꼭지점에는 그리스도가 있다. 그리스도가 누구였던가?

고대 이스라엘의 공의회 산헤드린을 무단하던 유대교도들, 특히 바리새파와 사두개파 원로들에게, 하느님의 아들을 자칭하는 그리스도는 참 성가신 존재였을 것이다. 프로그램을 열 받게 만드는 버그 같은 존재, 오르토독스에 딴지를 거는 파라독스의 화신이었을 것이다.

유대 역사가 요세푸스에 따르면, 가야파가 예수를 밉게 본 것은, 예수가 성전 앞 환전상들의 환전대를 둘러엎고부터다. 환전대는 무엇인가? 가야파의 전임 대사제는 가야파 자신의 장인 안나스였다. 대사제가 틀어쥔 교회는, 5대에 이르기까지 대사제직을 대물림하는 가야파 집안의 세습 왕조였다. 환전대는 그 세습 왕조의 수익 사업체, 요즘 말로 하자면 금융업체였다. 제우스가 프로메테우스에게 그랬듯이, 난데없이 나타나 수익 사업체를 둘러엎는 예수 그리스도라는 이름의 버그를 향해 이런 말을 했을 것이다.

"저 친구 정말 사람 열 받게 만드네 He bugs me a lot!"

그리스도는 버그에 대해 잘 알고 있었던 것 같다. 나는, 화평을 주러 온 것이 아니라 검을 주러 왔다는 그의 말을, 프로그램을 주려고 온 것이 아니라 '버그'를 주러 왔다는 뜻으로 읽는다. 움베르또 에코는 소설 『장미의 이름』에서 악마를 실체가 있는 어떤 것이 아니라 '한 점의 의혹도 없는 믿음'이 곧 악마라고 했다. 나는 이 말을 '버그가 없는 프로그램'으로 읽는다.

미당 서정주는, 자신을 키워준 것은 8할이 바람이었다고 했다. 바람은 혹 버그 아니었을까? 나는 앞으로 오래 이 화두를 들고 있어야 할 것 같다. 아무래도 모든 것은 버그로부터 시작된 것 같아서.

이것이 '버그'에 대한 나의 생각이다. 나는 우리 삶을 신산스럽게 하는 것, 한 시대에 홀로 가파르게 우뚝한 사상에 딴지를 거는 어떤 현상을 '버그'라는 이름으로 불러보았다.

그러나 나는 '버그'를 부정적인 시각으로 보지만은 않는다. 에덴 동산을 침범한 '뱀'이라는 이름의 버그, 올림포스를 침범한 '프로메테우스'라는 이름의 버그, 예루살렘을 강타한 '그리스도'라는 이름의 버그가 없었더라면 우리 삶은 얼마나 메말랐을 것인가? 버그가 우리를 튼튼하게 일으켜 세운다는 나의 믿음은 확고하다.

밭농사를 지어본 사람은 잘 알겠지만 잡초와의 싸움은 정말 장난이 아니다. 작물과 함께 밭에서 살 권리가 있다고 해서 잡초를 뽑지 않는 사람이 있다지만 나의 근기는 거기에 훨씬 미치지 못한다. 잡초의 생존권을 존중하는 시늉을 해본 적이 있기는 하다. 그런데 그렇게 농사를 지으니 먹을 것이 하나도 남아나지 않았다. 그래서 잡초의 생존권 존중을 포기했다. 하지만 나는 이랑을 덮는 비닐, 잡초를 죽이는 제초제 따위는 절대로 쓰지 않는다. 그러자니 잡초와의 싸움이 쉽지 않다. 하지만 나는, 내 삶의 '버그'와 미운정 고운정을 나누어왔듯이 내 밭의 잡초와도 미운정 고운정을 나누게 될 것이다.

우리 누님은 전업 농부는 아니지만 꽤 넓은 텃밭에다 농사를 짓는다. 내가 내 삶의 버그, 내 밭의 잡초와 싸워왔듯이, 누님도 누님 삶을 쓰라리게 하는 뜻밖의 불행과 텃밭의 잡초와 힘겨운 싸움을 벌였을 것임에 틀림없다. 하지만 누님은 삶의 쓰라림을 말하지 않았다. 잡초 이야기를 딱 한 차례 내게 했을 뿐이다. 내가 누님과 나눈 이 몇 마디 대화, 나는 오래 잊을 수 없을 것이다.

"이것 봐, 동생, 인간에게 곡식의 씨앗을 내려준 중국의 신이 누군지 알지?"

"염제 신농씨라고들 하지요."

"그런데 곡식이 왜 잡초와 함께 자라는지 알아?"

"글쎄요."

"신농씨가 씨앗을 내려줄 때, 씨앗만 준 것이 아니고 잡초 씨앗을 섞어서 내려줬대."

"되게 심술궂은 신이네? 왜 그랬대요?"

"인간이 게을러질까 봐. 잡초를 뽑아야 하니 게으름 피울 겨를이 없잖은가? 열심히 해야 겨우 입에 풀칠을 할 만하니 자만할 겨를이 없잖아?"

나는 누님 앞에서, 누님 졌소, 하고 고백했다.

곡식의 신 염제 신농이 인간에게 곡식을 내려줄 때, 인간이 게을러질까 봐 잡초 씨를 섞어서 내려주었다……

이것이 바로, 누님과 같은 상상력을 가진 사람들이 쓰는 신화다.

컴퓨터의 신 빌 게이츠가 인류를 위해 컴퓨터를 대량 생산할 때 인간이 게을러질까 봐 버그를 넣어서 팔아먹었다…… 대략 이런 이야기가 되지 않는가? 하지만 내가 논리적인 말로 일쑤 더하기 빼기를 하면서 쓴 버그 이야기는, 내 누님의 신농씨 이야기에 견주면 얼마나 초라한가?

나는 누님을 만날 때마다 누님이 쓴, 스케일이 큰 신화를 찾기 위해 귀를 기울인다.

미국 와세다 대학 나온 사람

청운의 꿈을 품고 상경한 지 40년이나 되었다. 상경 이후 한식 성묘는 거른 적이 거의 없다. 하지만 나라 밖을 떠돈 10여 년 동안은 성묘에 참례하지 못했다.

귀국한 직후에 맞은 한식날, 남쪽으로 차를 몰았다. 약간의 제수와 제주를 마련하기 위해 고향 마을 초입의 읍내 가게 앞에 차를 세웠는데, 가는 날이 장날이었다.

가게 앞에서, 연세 지긋한 분들이 낮술을 마시고 있었다. 70대가 대부분이고 80대에 드셨음직한 분도 더러 보였다. 낯익은 우리 마을 노인의 모습도 보였다. 시골 장날에 흔히 볼 수 있는 광경이다.

제수를 사들고 가게 문을 나서는데 우리 마을에 사는 70대 초반의 노인이 벌떡 일어서더니 내게 다가와 내 어깨에 손을 얹었다. 그러고는 좌

중을 향해 큰 소리로 외쳤다.

"이 사람이 바로 미국 와세다 대학을 나온 사람이오!"

노인들이 박수를 쳤다. 우리 마을 노인의 해괴한 소개말에 얼떨떨했지만 이 '미국 와세다 대학 나온 사람'은 노인들에게 꾸벅 절하고는 돌아섰다. 그러고는 자동차 시동 걸면서 실소하고, 고향 마을로 들어서면서 박장대소했다. 얼마나 절묘한가.

나를 소개한 노인은, 50년 전에 마을을 떠난 나를 잘 알지 못한다. 몇 년에 한 번씩, 그것도 잠깐씩 한식날에나 만나는 사람에 지나지 못한다. 그런데도 그는 나를 '미국 와세다 대학 나온 사람'이라고 자신만만하게 소개했다. 그는 다른 마을 사람들에게, 같은 마을 출신인 나를 근사하게 소개하고 싶었음에 분명하다. 나는 이 사태를 바로잡아야 하는가? 바로잡을 수 있는가?

재작년 한식에는 나무 옮겨 심을 일이 있어서 트럭을 몰고 고향으로 내려갔다. 읍내에서 만난 초등학교 후배가 투욱 한마디 던졌다.

"미국 와세다 대학 나온 사람이 '도라꾸'를 다 타고 댕기네요?"

환갑을 목전에 둔 후배는 모르고 그랬던 것이지 나를 비아냥거렸던 것 같지는 않다.

나는 미국에서 대학을 나온 일이 없다. 명문 와세다는커녕 일본에서 대학을 다닌 일도 없다. 내가 '미국 와세다 대학'을 나왔다고 학력 사칭을 한 일은 더더욱 없다. 그런데도 '미국 와세다 대학'은 꽤 퍼져 있는 풍문인 듯했다. 하지만 한 노인에 의해 거의 즉흥적으로 유포되었음에 분명한 이 풍문의 고유한 목숨을 나는 끊어버릴 수 없다.

미국의 대학에 연구원, 혹은 외래학자 신분으로 장기간 머물기는 했다. 일본에 머물면서, 나의 숙부를 비롯한 고향 마을 출신 재일교포들의 북송 상황을 뒷조사해본 적은 있다. 그것이 '미국 와세다 대학'으로 돌변했던 모양인가.

이 놀라운 기문둔갑奇門遁甲의 세계를 횡행하는 논리 오류와 형용모순과 상투어구는 내 고향 사람들이 피워내는 이야기의 꽃이다. 나는 이 꽃의 내력을 납득하면 옛이야기의 내력도 제법 짐작할 수 있을 것 같다.

우리 것이 되었든 남의 것이 되었든, 신화는 그런 세계에 핀 꽃일 것이라고 나는 생각한다. 나에게 신화를 읽는 일은 꽃을 통하여 그런 세계의 진상에 접근하는 일이다.

원고를 정리하다 보니, 이미 출간된 나의 책에 실린 글 꼭지나 마디가 더러 산견散見된다. 한 주제로 모으려다 보니 생긴 무리인데, 독자에게 폐를 끼치는 것 같아서 퍽 미안하다.

이 책 때문에 꽤 속을 썩힌 '열림원' 사장 정중모, 이 글의 일부가 잡지에 연재될 동안 마음고생 많이 했던 사진가 이지누와 어울려서 옛말하며 술 한잔 하고 싶다.

2007년 7월 과천 소천재에서

이윤기

부록

일연 스님을 찾아서

ⓒ 유동영

중국의 창세 신화에 등장하는 반고. 우주적(최초의) 인간 반고는 나뭇잎에 싸여 있는 모습으로 그려진다. 이것은 그가 곧 자연, 혹은 자연 속에 자재(自在)하는 존재임을 나타낸다.

보각국사비 잔해. 1295년에 인각사에 세워졌던 이 비석은 부서지고 마멸된 나머지 현재 10분의 1 정도만 남아 있다.

신화의 새벽

근대에 그려진 단군(삼성출판 박물관)도 목과 허리에 나뭇잎이 돋아나 있다. 우주적 인간의 표상이다. 황해도 구월산 삼성사(三聖祠)에 모셔져 있는 단군상도 같은 모습으로 그려져 있다.

슬프고도 아름다운 곰 이야기

달(여성 원리)의 여신 아르테미스 축제에 참가하는 처녀들은 서로를 '곰'이라고 부른다. 실제로 곰의 차림을 하고 곰 시늉을 하기도 한다. 그리스에서와는 달리 터키의 아르테미스 여신은 풍요를 상징하는, 젖(혹은 알)이 가슴에 여러 개 달려 있다.

곰나루에서 출토된 돌곰의 복제품(진품은 충남 공주 박물관에 있다).

공주 곰나루(웅진)의 웅신단(곰사당).

3의 비밀을 찾아서

바다의 신 포세이돈이 들고 다니는 트리아이니(삼지창)는 인드라(환인)가 들고 다니는 트리술라(삼지창)의 그리스 판(版)일 가능성이 높다. 그렇다면 이런 삼지창은 우리나라의 당제(堂祭)나 풍어제에 등장하는 삼지창과 무관할 것인가? 이런 질문을 던졌다가 우리나라 민속학자에게 혼난 적이 있다. 무관하단다.

단군이 하늘에 제사 지내던 곳으로 알려진 강화도 마리산 참성단은 삼성신인 풍백, 우사, 운사와도 밀접한 관계가 있는 제단이다. 세발 향로가 놓인 이 제단을 보라.

그리스 무녀는 세발 의자, 혹은 세발솥을 타고 앉아야 신이 맡긴 뜻을 인간에게 들려줄 수 있다.

우리가 어디에서 왔는가 하면

산신은 도가(道家)의 신이다. 그러나 이 그림에
그려진 산신은 왼손으로 수인(手印)을 짓고 있
다. 명백히 불교적이다. 도가의 산신이 불교로
습합되는 과정을 보여주는 듯하다.

신화는 단군이 이 땅에서 1908년을 산 뒤, 산으로 들어가 산신이 되었다고 전한다. 태백산 만경사
삼성각(三聖閣)에는 단군과 산신과 독성(獨聖)이 나란히 모셔져 있다.

태백산 천제단. 자연석으로 쌓아올린 단아한 천제단은 옛부터 하늘에 제사를 지내던 곳으로 알려져 있다. 정월 초하룻날 해맞이 축제가 열리는 곳이기도 하다.

닭 목을 비틀어도
새벽은 온다?

자줏빛 알이 놓여 있었다는 우물을 덮고 세운
나정. 신라 천 년의 역사는 이 작은 우물에서
시작된다. 혁거세를 모신 오릉은 이 우물에서
약 500미터 떨어져 있다.

알영이 태어났다는 신성스러운 알영 우물 자리. 붉은 문 뒤에 알영정을 설명하는 비각이 있다.

문 열어라, 꽃아

박혁거세와 알영부인이 묻혀 있다는 신라의 오릉(五陵). 뱀이 혁거세의 매장을 방해했다고 해서 '사릉(蛇陵)'이라고도 불린다. 역사학자 이이화 선생의 주장에 따르면, 매장을 방해한 것이 뱀이 아니라 이무기였으므로 '타릉(蛇陵)'이라고 불러야 한다. '사(蛇)'는 뱀을 뜻할 때는 '사', 이무기를 뜻할 때는 '타'로 읽는다.

알영부인이 계룡의 옆구리에서 태어났다는 신화를 기록한 분이 일연 스님이었던 만큼, 마야 부인의 옆구리에서 태어났다는 석가의 탄생 설화를 상기시킨다. 석가 탄생을 그린 영월 법흥사의 돋을새김.

선도산의 마애삼존불. 가운데 계신 부처님은 극락정토를 주장하는 아미타불.

선도산에서 내려다본 무열왕릉, 김인문릉.

외래인들, 산을 넘고 바다를 건너다

경주로 온 그리스의 주신(主神) 제우스 상 앞에서 배를 잡고 오래 웃었다. 팔난봉꾼으로 유명한 제우스가 벌거벗은 채로 여성의 알몸을 그러쥐고 있는데(경주 노서동), 제우스의 상징성을 이해한다면 신화의 문법을 통해 이 가게 주인이 전하려는 메시지를 읽는 것도 가능하다.

ⓒ 유동영

배씨(裵氏)의 시조가 된 금산 가리촌의 지타(6부 촌장 중 한 분)를 모신 사당 경덕사(景德祠). 육화문(六和門)은, 서로 화합하여 혁거세를 왕으로 옹립하던 신화 시대의 도래인 6부 촌장들을 기념하는 구조물이다.

그리스 영웅 페르세우스도 어린 시절 어머니와 함께 조각배에 실린 채로 버려졌다. 1920년에 발행된 『탱글우드 신화집』의 삽화.

배나 궤짝 혹은 바구니에 실린 채 버려지는 어린 영웅 이야기는 세계 어디에서나 들을 수 있는 흔하디 흔한 모티프다. 모세 역시 갈대 바구니(작은 배)에 실린 채로 버려졌다. 우리는, 데 그리베르의 〈모세 발견〉에 그려진 아기 모세와 이집트 왕녀 하셉수트의 모습에서, 탈해를 발견하는 아진의선의 모습을 상상해도 좋겠다.

신성한 숲 시림(始林)에서 바라본 반월성. 탈해가 빼앗았다는 호공의 집은 둔덕 위의 어디엔가 있었을 것이다.

경주에 있는 신라 제4대 탈해왕릉. 아름드리가 넘는 소나무가 왕릉 쪽으로 쓰러진 채, 흡사 기어가는 형상으로 자라고 있다.

버들은 비 오지 않아도
홀로 습하니

버드나무(柳花)가 생식력의 상징이라면 개구리(金蛙)는 풍요와 자연적 재생력의 상징일 수 있다. 중국 농촌 트럭의 옆구리에 씌어진 '금와(金蛙)', 이 두 글자는 농민의 염원을 상징하고 있는지도 모른다.

물이 있는 곳이면 어디서든 뿌리내리는 버드나무는 생명력의 상징이다. 좁으장하고 갸름한 버드나무 잎은 여성 성기를 상징하는 문양으로 쓰이기도 한다. 척박한 땅 몽골에서도, 물줄기가 트이는 곳이면 가장 먼저 뿌리내리고 자라는 식물이 버드나무다. 몽골 테를찌 국립공원에서 울창한 버드나무 숲으로 들어가는 한 쌍의 젊은이를 보았다. 그때 내가 한 상상은 약간 짓궂을 수밖에.

주몽이 파렴치한이라니

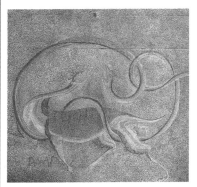

거북은 사방 가운데 북쪽을 상징하는 동물이기도 하다. 강서대묘(江西大墓) 북쪽 벽에 그려진 고구려 시대의 벽화.

〈후예사일(后羿射日)〉, 즉 '후예가 태양을 쏘다'. 여기에서 '후예'는 '신예'를 말한다. 땅에 떨어진 세 마리의 까마귀는 세 개의 태양을 상징한다. 아직은 가설이기는 하나, 주몽이, 이 중국의 천신(天神)을 죽인 파렴치한일 수도 있다니.

그리스 신화의 헤라클레스는 중국 신화의 신예와 놀랄 만큼 비슷한 영웅신이다. 신예가 태양을 쏘았듯이, 헤라클레스 역시 햇볕이 성가시다고 태양에 활을 겨눈 적이 있다. 신예, 방몽, 후예, 주몽이 그랬듯이 헤라클레스 또한 명궁이었다.

편모슬하에서 사람 되기

우리에게는 우리 신화 이미지가 거의 전해지지 않는다. 제자 트리프톨레모스에게 보리 이삭을 건네주는 데메테르의 모습에서, 주몽에게 보리 씨를 보내준 유화부인의 모습을 상상할 수밖에 없다.

그리스 신화에 등장하는 곡물의 여신 데메테르. '데메테르'라는 말은 '다(땅)'의 메테르(어머니)'라는 뜻이다. 로마 신화에 등장하는 곡물의 여신은 '케레스(Ceres)'다. 우유에 풀면 보리죽이 되는 '시리얼(Cereal)'은 '케레스의 선물'이라는 뜻이다(5세기 로마 시대에 조성된 대리석상).

밀 이삭을 들고 서 있는 그리스 곡물의 여신 데메테르. 앞에서 술을 바치는 여성은 씨앗의 운명을 상징하는 딸 페르세포네(아테네 국립 고고학 박물관).

아버지, 아버지, 우리 아버지

미노타우로스 이야기는 태어나고 갇히고 죽음을 당하기까지의 경위가 기승전결이 뚜렷한 신화다. 우리에게도 '소 머리 인간'을 그린 고구려 고분 벽화가 있는 것으로 보아 비슷한 신화가 있었던 것 같다. 하지만 그 내용은 전해지지 않는다.

아버지 찾아 3만 리

아버지가 남겨둔 신표인 칼을 꺼내려고 섬돌을 들어올리는 테세우스(고대 그리스의 돋을새김, 영국박물관). 고주몽은 아들에게 어떤 신표를 남겼는가? 유리 태자는 어떻게 그것을 찾아내었는가?

안악고분의 소 머리 인간.

아버지가 남겨둔 신표(칼과 가죽신)를 찾아내기 위해 바위를 들어올리는 테세우스(니콜라 푸생의 그림).

호동왕자여, 조심하라

루벤스가 그린 〈히폴뤼토스의 죽음〉.

돌종과 금솥

염제의 사당을 지나 염제릉으로 오르는 999계
단. 염제릉은 이 상양산 정상에 있다. 계단 양쪽
에 늘어선 것들이 중국 역대 제왕들의 거대한
석상이다.

염제릉 뒤에는, 제왕들의 석상이 아닌, 지극한 효성으로 이름을 떨친 이들의 석상이 100여 기 서 있다.

슬퍼 보이는, 그러나 비장한 얼굴로 아들을 묻기 위해 땅을 파는 효자 곽거. '손순매아설화'의 원판 이미지를 중국에서 만나다니.

꽃아 꽃아 문 열어라

1판 1쇄 발행 2007년 7월 23일
1판 9쇄 발행 2010년 8월 31일

지은이 이윤기
펴낸이 정중모
펴낸곳 도서출판 열림원
제작 윤준수
영업 남기성 김정호 김경훈 장혜원
관리 박금란 김선애 김수나
등록 1980년 5월 19일(제406-2003-026호)
주소 경기도 파주시 교하읍 문발리
출판문화정보산업단지 513-15
전화 02-3144-3700
팩스 02-3144-0775
홈페이지 www.yolimwon.com
이메일 editor@yolimwon.com

* 책값은 뒤표지에 있습니다.
* 저자와 협의하여 인지를 생략합니다.

ISBN 978-89-7063-558-3 03810